象牙戒指

庐隐 著

中国画报出版社·北京

图书在版编目（CIP）数据

象牙戒指 / 庐隐著. -- 北京：中国画报出版社，2015.8（2015.10重印）

（插图典藏本）

ISBN 978-7-5146-1137-3

Ⅰ. ①象… Ⅱ. ①庐… Ⅲ. ①中篇小说 - 小说集 - 中国 - 现代　Ⅳ. ①I246.5

中国版本图书馆CIP数据核字(2015)第071035号

象牙戒指　　　　　　　　　　　　　　　庐　隐　著

出 版 人：于九涛
责任编辑：赵　菁
责任印制：焦　洋
出版发行：中国画报出版社
　　　　　（中国北京市海淀区车公庄西路33号 邮编：100048）
开　　本：32开（880mm×1230mm）
印　　张：10.25
字　　数：223千字
版　　次：2015年8月第1版　　2015年10月第2次印刷
印　　刷：北京通州皇家印刷厂
定　　价：32.00元

总编室兼传真：010-88417359　　版权部：010-88417359
发　行　部：010-68469781　　010-68414683（传真）

关于作者

庐隐（1898—1934），原名黄英，福建闽侯人。现代著名女作家，主要作品有《海滨故人》《象牙戒指》《灵海潮汐》《曼丽》《云欧情书集》《东京小品》等。

庐隐于年考入女子师范学校，1917年毕业后任教于北平公立女子中学、安徽安庆小学及河南女子师范学校，1919年考入北京高等女子师范国文系，1921年加入文学研究会，附属中学、上海大夏大学、北京市立女子第一中学（任校长）及上海工部局女子中学。

庐隐的第一本小说集《海滨故人》于1925年出版。1930年，庐隐与李唯建结婚，1931年出版了二人的通信集《云欧情书集》。

1934年，庐隐因难产死于上海大华医院。

前言

庐隐（1898—1934），原名黄英，是上世纪二三十年代最著名的新文学女作家之一。她擅于书写知识女性的情感波折，笔调兼有浪漫感伤与率直激切，在当时形成了所谓的"庐隐风格"，受到了不少读者的推崇及模仿，影响力颇大。

庐隐入读北京女高师的那一年，正是"五四"运动发生的1919年。庐隐在这一时期开始文学创作，作品天然有着"五四"的烙印。茅盾曾撰《庐隐论》一文谈及她对"五四"的呈现："我们现在读庐隐的全部著作，就仿佛再呼吸着'五四'时期的空气，我们看见一些'追求人生意义'的热情的然而空想的青年在书中苦闷地徘徊，我们又看见一些负荷着几千年传统思想束缚的青年们在书中叫着'自我发展'，可是他们的脆弱的心灵却又动辄多所顾忌。"茅盾也因此惋惜庐隐的创作未能在新的时代里继续"向前"而形成"停滞"。然而，鲜明地伫立于"五四"的风景中，也正是庐隐的独特身姿，同时也正是我们今天不断重读庐隐的原因。

庐隐较早的习作，有很蓬勃的青春色彩：多动，多变，轻浅，有细腻的世俗情感，也流露出基督教的宗教气息，笔触是相对散漫的，又带着探索的好奇。

庐隐最具代表性的作品是她的女性情感书写，从《或人的悲哀》《丽石的日记》，到《海滨故人》，再到后来的《象牙戒指》等，有一条连贯的线索。通过这些作品，庐隐塑造了一系列令人过目不忘的知识女性，同时也使自己富于个性的"现代女作家"形象得以凸显。

就第一代现代女作家的谱系而言，比庐隐略早的是冰心。冰心围绕母爱、儿童等题材形成的清丽典雅风格，已经建立起一个评论家、读者对现代女作家及其作品的接受空间；而庐隐的出现，则多少逸出了这一空间。她个人生活的遭际，她作品中忧郁感伤与激越颓废杂糅的风格，都显示出某种"另类"特质，也拓展了女作家的写作路径。以个人化的身体（如疾病）和情感为核心，写歧路彷徨的心灵，写这敏感心灵与不那么明晰却又无疑具有巨大冲击力的思潮变换间的撞击与隔膜，我们在稍后继起的女作家如丁玲那里也可以见到。

庐隐笔下的人物，多为忧思善感的年轻女性，她们情感畸零，身体病弱，但往往有着不合流俗的孤傲性情，不免以"游戏人间"为苦闷内心的破解之法。亚侠（《或人的悲哀》）如此，丽石（《丽石的日记》）亦如此。《海滨故人》中的四五个年轻女孩子，本都是无忧的少女，两年间或嫁人或远离，经历了爱情波折、家庭变故，于是失意之人更觉人生惨淡，前途茫茫。这些女性形象，现在读来未免有点儿单薄之感，但胜在真挚动人，带着"五四"文学要呕心沥血将个人表达出来的恳切，同时，也带着庐隐自己的影子。这里就涉及庐隐创作"自叙传"的问题。

所谓"自叙传小说"，是上世纪二十年代后兴起的一种创作潮流，尤以"创造社"的郁达夫为代表。自叙传小说认为作家的创作活动都是他们的"自叙传"，其中强调的不是作家的"生平自传"，而是在叙述过程中呈现出来的"精神自传"。如郁达夫小说《沉沦》，里面的支那留学生形象虽有郁达夫本人的影子，但绝非郁达夫本人，但那种弱国子民的敏感多愁、家国之痛，确是作家的精神风貌，同时也是一代人的精神写照，从而引起了二十年代读者们的心理呼应。庐隐的小说也是如此。

庐隐作品的自传性是鲜明的，例如她的好友刘大杰曾说"《海滨故人》是庐隐前半生的自传，露莎就是庐隐自己"；同学苏雪林也根据庐隐女高师时期好友们(号为"四公子")的性格特征,将她们从《海滨故人》中一一指认出来。庐隐个人的婚恋有不少波折,先曾有过毁掉婚约之举;二十四岁时,庐隐顶着各种非议,嫁给当时已有妻室的郭梦良,却受尽夫家的冷遇;两年后,丈夫因病去世,留给庐隐一个不满一岁的女儿。这一时期的庐隐,赖以度日的是烟、酒、写作,她笔下的女性都带着她的艰辛与沧桑。二十九岁时,庐隐结识了清华大学西洋文学系的学生诗人李唯建,但因李比庐隐年少近十岁,两人的爱情遂成为当时不少人的谈资。这些情感经历的甘苦,我们不仅可以在她的《云鸥情书集》(与李唯建合著)里读到,也可以从她的小说中读出来。

庐隐笔下的人物有庐隐自己,也有她的朋友家人,同时代表着特定的一代"五四"的女儿:她们有冲破网罗的勇敢个性,同时有决绝之后的困惑迷惘。《或人的悲哀》中,亚侠喊出了"我们游戏人间吧"这一庐隐式的口号,然而,她很快意识到:"我何尝游戏人间?只被人间游戏了我!"最后只有投湖自尽以获得解脱。庐隐以好友石评梅为原型所著的长篇小说《象牙戒指》,其笔墨无意于早期共产党人的革命实践,而是"灰城永远是这样沉闷着,像是一座坟墓",热血的男女最终迎来"生命花的萎谢与僵死"。我们今天固然可以批评庐隐的调子未免消沉、格局未免狭窄,但这种"五四"落潮后的迷惘感及其表达,恐怕也恰是那个时代的情感政治所在。

与自叙传小说的主旨相关,庐隐小说的形式感也很显著,即大量使用书信和日记,这甚至成为庐隐的写作标志。书信(往往是没有回复的信件)与日记,具有私人记录性,因而更宜于倾诉"独白",便于剖白自我的隐秘心路,是浪漫主义文学最常采用的手法。不过,需要注意的是,在庐隐的作品里,书信和日记虽然在篇幅上很大,但其实又并非独立的完整文体,庐隐将这些书信与日记置于文本"语境"中,从而在引领读者"进入"主人公的"内心"时,又"走出"了这些独白，并因此可以反观"内心"。如《或人的悲哀》中以数封亚侠的书信组成，但文末附有"亚侠的表妹附书"；《丽石的日记》在日记之前，则有类似小序，由丽石的朋友说明"我相信丽石确是死于心病"。类似手法的使用，除了用以交待人物结局，还或多或少打开了一些被忽略的叙述空间。更有意思的是《父亲》一文——庐隐小说中较少以男性为主人公的小说，以"我"的日记展现"我"对于继母的爱恋，也是"五四"小说中并不少见的精神"弑父"之作。但是，在小说开端，则交代这是"我们"听人"用洪亮而带滑稽的声调"读出来的一本"小说"，小说内容遂与"我们"的"消遣"构成了一种含混的互生作用，其中蕴含的意识是可堪玩味的。因此，我们可以说，庐隐通过对书信、日记文体的借用和打破，事实上在其小说中形成了一种回复的叙述结构，在效果上，有效地避免了作品中情感或风格的过于单一，从而产生了一种此起彼伏的丰富性，也就表现为我们品味其文字时所感到的"浪漫感受与率直激切"的杂揉。

总之，无论从文学史的角度，还是小说叙事的角度，庐隐的作品都有重读的价值。

李宪瑜

目 录

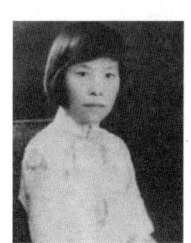

1/ 灵魂可以卖吗？
11/ 或人的悲哀
29/ 丽石的日记
42/ 海滨故人
101/ 父亲
130/ 房东
141/ 象牙戒指

·象牙戒指·

灵魂可以卖吗？

荷姑她是我的邻居张诚的女儿，她从十五岁上，就在城里那所大棉纱工厂里，作一个纺纱的女工，现在已经四年了。

当夏天熹微的晨光，笼罩着万物的时候，那铿锵悠扬的工厂开门的钟声，常常唤醒这城里居民的晓梦，告诉工人们作工的时间到了。那时我推开临街的玻璃窗，向外张望，必定看见荷姑拿着一个小盒子，里边装着几块烧饼，或是还有两片卤肉，——这就是工厂里的午饭，从这里匆匆地走过，我常喜欢看着她，她也时常注视我，所以我们总算是一个相识的朋友呢！

初时我和她遇见的时候，只不过彼此对望着，仅在这两双视线里，打个照会。后来日子长了，我们也更熟悉了，不像从前那种拘束冷淡了；每次遇见的时候，彼此都含着温和的微笑，表示我们无限的情意。

今天我照常推开窗户，向下看去，荷姑推开柴门，匆匆地向这边来了，她来到我的窗下，便停住了，满脸露着很愁闷和怀疑的神气，仰着头，含着乞求的眼神颤巍巍地道："你愿意帮助我吗？"说完俯下头去，静待我的回答。我虽不知道她要我帮助她作什么，但是我的确很愿意尽我的力量帮助她，我更不忍看她那可怜的状态，我竟顾不得思索，急忙地应道："能够！能够！凡是你所要我作的事，我都愿意帮助你！"

"呵！谢上帝！你肯帮助我了！"荷姑极诚恳的这么说着，眼睛里露出欣悦的光采来，那两颊温和的笑痕，在我的灵魂里，又增了一层更深的印象，甜美，神秘，使人永远不易忘记呢！过了些时，她又对我说："今天下午六点钟的时候，我们再会吧！现在我还须到工厂里去。"我也说道："再会吧！"她便回转身子，匆匆地向工厂的那条路上去了。

荷姑走了！连影子都看不见了！但是我还怔怔地俯在窗子上，回想她那种可怜的神情，不禁使我生出一种神秘微妙的情感，和激昂慷慨的壮气，我觉得世界上可怜的人实在太多，但是像荷姑那种委曲沉痛的可怜，我还是第一次看见呢！她现在要求我帮助她，我的能力大约总有胜过她的，这是上帝给我为善的机会，实在是很难得而可贵的机会！我应当怎样地利用呵！

我决定帮助她了！那末我所帮助她的，必要使她满足，所以我现在应该预备了。她若果和我借钱，我一定尽我所有的帮助她；她若是有一种大需要，我直接不能给她，也要和母亲商量把我下月应得的费用，一齐给她，一定使她满足她所需要的。人们生活在世界上，缺乏金钱，实在是不幸的运命呢！但是能济人之急，才是人类互助的精神，可贵的德性！我有绝大的自尊心，不愿意作个自私自利的动物，我不住的这么想，我豪侠的壮气，也不住的增加，恨不得荷姑立刻就来，我不要她向我乞求，便把我所有的钱,好好地递给她,使她可以少受些疑难和愁虑的苦!

我自从荷姑走后,我心里没有一刻宁贴,那一股勇于为善的壮气,直使我的心容留不下,时时流露在我的行动里,说话的声音特别沉着,走路都不像平日了。今天的我仿佛是古时候的虬髯客和红拂那一流的人,"气概不可一世"。

今天的日子,过得特别慢,往日那太阳射在棉纱厂的烟筒尖上,是很容易的事情,可是今天,我至少总有十几次,从这窗外看过去,日影总没到那里,现在还差一寸呢!

"呵!那烟筒的尖上,现在不是射着太阳,放出闪烁的光来吗?荷姑就要来了!"我俯在窗子上,不禁喜欢得自言自语起来。

远远地一队工人,从工厂里络绎着出来了;他们有的向南边的大街上去;有的到东边那广场里去,顷刻间便都散尽了。但是荷姑还不见出来,我急切地盼望着,又过了些时,那工厂的大铁门,才又"呀"的一声开了,荷姑忙忙地往我们这条胡同里来,她脸上满了汗珠,好似雨点般滴下来,两颊红得真像胭脂,头筋一根根从皮肤里隐隐地印出来,表示那工厂里恶浊的空气,和疲劳的压迫。

她渐渐地走近了,我们的视线彼此接触上了。她微微地笑着走到我的书房里来,我等不得和她说什么话,我便跑到我的卧室里,把那早已预备好的一包钱,送到荷姑面前,很高兴的向她说:"你拿回去吧!若果还有需用,我更想法子帮助你!"

荷姑起先似乎很不明白地向我凝视着,后来她忽叹了一口气,冷笑道:"世界上应该还有比钱更为需要的东西吧!"

我真不明白,也没有想到,荷姑为什么竟有这种出人意料的情形？但是我不能不后悔，我未曾料到她的需要，就造次把含侮辱人类的金钱，也可以说是万恶的金钱给她，竟致刺激得她感伤，唉！这真是一种极大的羞耻！我的眼睛不敢抬起来了！羞和急的情绪，激成无数的泪水，从我深邃的心里流出来！

我们彼此各自伤心寂静着，好久好久，荷姑才拭干她的眼泪和我说道："我现在要告诉你一件小故事，或者可以说是我四年以来的历史，这个就是我要求你帮助的。"我就点头应许她，以下的话，便是她所告诉我的故事了。

"在四年前，我实在是一个天真活泼的小孩子，现在自然是不像了！但是那时候我在中学预科里念书，无论谁不能想象我会有今天这种沉闷呢！"

荷姑说到这里，不禁叹息流下泪来，我看着她那种凄苦憔悴的神气，怎能不陪着她落下许多同情泪呢？等了许久，荷姑才又继续说：——

"日子过得极快，好似闪电一般，这个冰雪森严的冬天，早又回去了，那时我离中学预科毕业期，只有半年了，偏偏我的父亲的旧病，因春天到了，便又发作起来，不能到店里去作事，家境十分困难，我不能不丢弃这张将要到手的毕业文凭，回到家里侍奉父亲的病！当然我不能不灰心！但是这还算不得什么，因为慈爱的父母和弟妹，可以给我许多安慰。不过没有几天，我的叔叔便托人替我荐到那所绝大的棉纱厂里作女工，一个月也有十几块钱的进项。于是我便不能不离开我的父母弟妹，去作工了，幸亏这时我父亲的病差不多快好了，我还不至于十分不放心。

"走到工厂临近的那条街上，早就听见轧轧隆隆的声音，这种声音,实含着残忍和使人厌憎的意思,足以给人一种极大不快的刺激,更有那乌黑的煤烟和污腻的油气,更加使人头目昏胀!

"我第一天进这工厂的门,看见四面黯淡的神气,实在忍耐不住,但是这些新奇的境地,和庞大的机器,确能使我的思想轮子,不住的转动,细察这些机器的装置和应用,实在不能说没有一点兴趣呢!过了几天,我被编入纺纱的那一队里。那个纺车的装置和转动,我开始学习,也很要用我的脑力,去领会和记忆,所以那时候,我仍不失为一个有活泼思想的人,常常从那油光的大铜片上,映出我两颊微笑的窝痕。

"那一年春天,很随便的过去了!所有鲜红的桃花托上,那时不是托着桃花,是托着嫩绿带毛的小桃子,榆树的残花落了一地,那叶子却长得非常茂盛,遮蔽着那灼人肌肤的太阳,竟是一个天然的凉篷。所有春天的燕子、杜鹃、黄莺儿,也都躲到别处去了,这一切新鲜夏天的景致,本来很容易给人们一种新刺激和新趣味。但是在那工厂里的人,实在得不到这种机会呢!

"我每天早晨,一定的时间到工厂里去,没有别的爽快的事情和希望,只是每次见你俯在窗子上,微笑着招呼,那便是我一天里最快活的事情了!除了这件,便是那急徐高低永没变更过一次的轧轧隆隆的机器声,充满了我的两耳和心灵,和永远用一定规矩去转动那纺车,这便是我每天的工作了!我的工作实在使我厌烦,有时我看见别的工人打铁,我便有一个极热烈的愿望,就是要想把那铁锤放在我的手中,拿起来试打两下,使那金黄色的火星,格外多些,似乎能使这沉黑的工厂,变光明些。

"有一次我看着刘良站在那铁炉旁边,摸擦那把铁锤子,火星四散,不觉看怔了,竟忘记使纺车转动,忽听见一种严厉的声音道:'唉!'我吓了一跳,抬头只见管纺纱组的工头板着铁青的面孔,恶狠狠地向我道:'这个工作便是你唯一的责任,除此以外,你不应该更想什么;因为工厂里用钱雇你们来,不是叫你运用思想,只是运用你的手足,和机器一样,谋得最大的利益,实在是你们的本分!'

"唉!这些话我当时实在不能完全明白,不过我从那天起,我果然不敢更想什么,渐渐成了习惯,除了谋利和得工资以外,也似乎不能更想什么了!便是离开工厂以后,耳朵还是充满着纺车轧轧的声音,和机器隆隆的声音,脑子里也只有纺车怎样转动的影子,和努力纺纱的念头,别的一切东西,我都觉得仿佛很隔膜的。

"这样过了三四年,我自己也觉得我实在是一副很好的机器,和那纺车似乎没有很大的分别,因为我纺纱不过是手自然的活动,有秩序的旋转,除此更没有别的意义。至于我转动的熟习,可以说是不能再增加了!

"在那年秋天里的一天——八月十号——是工厂开厂的纪念日,放了一天工。我心里觉得十分烦闷,便约了和我同组的一个同伴,到城外去疏散,我们出了城,耳旁顿觉得清静了!天空也是一望无涯的苍碧,不着些微的云雾,只有一阵阵的西风吹着那梧桐叶子,发出一种清脆的音乐来,和那激石潺潺的水声,互相应和。我们来到河边,寂静的站在那里,水里映出两个人影,惊散了无数的游鱼,深深地躲向河底去了。

"我们后来拣到一块白润的石头上坐下了,悄悄地看着水里的树影,上下不住的摇荡,一个乌鸦斜刺里飞过去了。无限幽深的美,充满了我们此刻的灵魂里,细微的思潮,好似游丝般不住地荡漾,许多的往事,久已被工厂里的机器声压没了,现在仿佛大梦初醒,逐渐地浮上心头。

"忽一阵尖利的秋风,吹过那残荷的清香来,五年前一个深刻的印象,从我灵魂深处,渐渐地涌现上来,好似电影片一般的明显:在一个乡野的地方,天上的凉云,好似流水般急驰过去,斜阳射在那蜿蜒的荷花池上,照着荷叶上水珠,晶晶发亮,一队活泼的女学生,围绕着那荷花池,唱着歌儿,这个快乐的旅行,实在是我一生最大的幸福呢!今天的荷花香,正是前五年的荷花香,但是现在的我,绝不是前五年的我了!

"我想到我可亲爱的学伴,更想到放在学校标本室的荷瓣和秋葵,我心里的感动,我真不知道怎样可以形容出来,使你真切的知道!"

荷姑说到这里,喉咙忽咽住了,眼眶里满含着痛泪,望着碧蓝的天空,似乎求上帝帮助她,超拔她似的,其实这实在是她的妄想呵!我这时满心的疑云乃越积越厚,忍不住的问荷姑道:"你要我帮助的到底是什么呢?"

荷姑被我一问才又往下说她的故事。

"那时我和我的同伴各自默默地沉思着,后来我的同伴忽和我说:'我想我自从进了工厂以后,我便不是我了!唉!我们的灵魂可以卖吗?'呵!这是何等痛心的疑问!我只觉得一阵心酸,愁苦的情绪,乱了我的心,我一句话也回答不出来!停了半天只是自己问着自己道:'灵魂可以卖吗?'除此我不能更说别的了!

"我们为了这个痛心的疑问,都呆呆地瞪视那去而不返的流水,不发一言,忽然从芦苇丛中,跑出四五个活泼的水鸭来,在水里自如的游泳着,捕捉那肥美的水虫充饥,水鸭的自由,便使我们生出一种嫉恨的思想——失了灵魂的工人,还不如水鸭呢!——而这一群恼人的水鸭,也似明白我们的失意,对着我们,作出傲慢得意的高吟,不住'呵,呵!'的叫着,这个我们真不能更忍受了!便急急地离开这境地,回到那尘烟充满的城里去。

"第二天工厂照旧开工,我还是很早地到了工厂里,坐在纺车的旁边,用手不住摇转着,而我目光和思想,却注视在全厂的工人身上,见他们手足的转动,永远是从左向右,他们所站的地方,也永远没有改动分毫,他们工作的熟练,实在是自然极了!当早晨工厂动工钟响的时候,工人便都像机器开了锁,一直不止的工作,等到工厂停工钟响了,他们也像机器上了锁,不再转动了!他们的面色,是黧黑里隐着青黄,眼光都是木强的,便是作了一天的工作,所得的成绩,他们也不见得有什么愉快,只有那发工资的一天,大家脸上是露着凄惨的微笑!

"我渐渐地明白了,我同伴的话实在是不错,这工厂里的工人,实在不止是单卖他们的劳力,他们没有一些思想和出主意的机会,——灵魂应享的权利,他们不是卖了他们的灵魂吗?

"但是我永远不敢相信,我的想头是对的,因为灵魂的可贵,实在是无价之宝,这有限的工资便可以买去?或者工人便甘心卖出吗?……'灵魂可以卖吗?'这个绝大的难题,谁能用忠诚平正的心,给我们一个圆满的回答呢!"

荷姑说完这段故事,只是低着头,用手摸弄着她的衣襟,脸上露着十分沉痛的样子,我心里只觉得七上八下的乱跳,更不能说出半句话来,过了些时荷姑才又说道:"我所求你帮助我的,就是请你告诉我,灵魂可以卖吗?"

我被她这一问,实在不敢回答,因为这世界上的事情不合理的太多呵！我实在自悔孟浪，为什么不问明白，便应许帮助她呢？现在弄得欲罢不能！我急得眼泪湿透了衣襟，但还是一句话没有，荷姑见我这种为难的情形，不禁叹道："金钱虽是可以帮助无告的穷人，但是失了灵魂的人的苦恼，实在更甚于没有金钱的百倍呢！人们只知道用金钱周济人，而不肯代人赎回比金钱更要紧的灵魂！"

她现在不再说什么了！我更不能说什么了！只有忏悔和羞愧的情绪，激成一种小声浪，责备我道："帮助人呵！用你的勇气回答她呵！灵魂可以卖吗？"

（原载《小说月报》1921年第12卷第11号）

荷姑说完这段故事,只是低着头,用手摸弄着她的衣襟,脸上露着十分沉痛的样子。

或人的悲哀

亲爱的朋友KY：

我的病大约是没有希望治好了！前天你走后，我独自坐在窗前玫瑰花丛前面，那时太阳才下山，余辉还灿烂地射着我的眼睛，我心脏的跳跃很利害，我不敢多想什么，只是注意那玫瑰花，娇艳的色彩，和清润的香气，这时风渐渐大了，于我的病体不能适宜，媛姊在门口招呼我进去呢。

我到了屋里，仍旧坐在我天天坐着的那张软布椅上，壁上的像片，一张张在我心幕上跳跃着，过去的一件一件事情，也涌到我洁白的心幕上来，唉！KY，已经过去的，是事情的形式，那深刻的，使人酸楚的味道，仍旧深深地印在我的脑海中，渗在我的血液里，回忆着便不免要饮泣！

第一次，使我忏悔的事情，就是我们在紫藤花架下，那几张石头椅子上坐着，你和心印谈人生究竟的问题，你那时很郑重的说："人生哪里有究竟！一切的事情，都不过像演戏一般，谁不是涂着粉墨,戴着假面具上场呢?……"后来你又说:"梅生和昭仁他们一场定婚,又一场离婚的事情简直更是告诉我们说:人事是作戏,就是神圣的爱情,也是靠不住的,起初大家十分爱恋的定婚,后来大家又十分憎恶的离起婚来。一切的事情,都是靠不住的。"心印听了你的话,她便决绝的说:"我们游戏人间吧!"我当时虽然没有开口,给你们一种明白的表示,但是我心里更决绝的,和心印一样,要从此游戏人间了!

从那天以后,我便完全改了我的态度;把从前冷静考虑的心思,都收起来,只一味的放荡着,——好像没有目的地的船,在海洋中飘泊,无论遇到怎么大的难事,我总是任我那时情感的自然,喜怒笑骂都无忌惮了!

有一天晚上,我独自坐在冷清清的书房里,忽然张升送进一封信来,是叔和来的。他说:他现在很闷,要到我这里谈谈,问我有工夫没有?我那时毫不用考虑,就回了他一封说:"我正冷清得苦,你来很好!"不久叔和真来了,我们随意的谈话,竟销磨了四点多钟的光阴;后来他走了,我心里忽然一动,我想今天晚上的事情,恐怕有些太欠考虑吧?……但是已经过去了!况且我是游戏人间呢!我转念到这里,也就安贴了。

谁知自从这一天以后,叔和便天天写信给我,起初不过谈些学术上的问题,我也不以为奇,有来必回,最后他忽然来了一封信说:"我对于你实在是十三分的爱慕;现在我和吟雪的婚事,已经取消了,希望你不要使我失望!"

KY!别人不知道我的为人,你总该知道呵!我生平最恨见异思迁的人,况且吟雪和我也有一面之缘,总算是朋友,谁能作此种不可思议的事呢?当时我就写了一封信,痛痛地拒绝他了。

但是他仍然纠缠不清,常常以自杀来威胁我,使我脆弱的心灵受了非常的打激!每天里,寸肠九回,既恨人生多罪恶!又悔自家太孟浪!唉!KY!我失眠的病,就因此而起了!现在更蔓延到心脏了!昨天医生用听筒听了听,他说很要小心,节虑少思,或者可以望好,唉!KY!这种种色色的事情,怎能使我不思呢?

明天我打算搬到妇婴医院去,以后来信,就寄到那边第二层楼十五号房间;写得乏了!再谈吧!

你的朋友亚侠 6月10日

亲爱的KY:

我报告你一件很好的消息,我的心脏病,已渐渐好了!失眠也比从前减轻,从前每一天夜里,至多只睡到三四个钟头,就不能再睡了。现在居然能睡到六个钟头,我自己真觉得欢喜,想你也一定要为我额手称贺!是不是?

我还告诉你一件事:这医院里,有一个看护妇刘女士,是一个最笃信宗教的人,她每天从下午两点钟以后,便来看护我,她为人十分和蔼,她常常劝我信教。我起初很不以为然,我想宗教的信仰,可以遮蔽真理的发现;不过现在我却有些相信了!因为我似乎知道真理是寻不到,不如暂且将此心寄托于宗教,或者在生的岁月里不至于过分的苦痛!

昨天夜里,月色十分清明,我把屋里的电灯拧灭了;看那皎洁的月光,慢慢透进我屋里来。刘女士穿了一身白衣服,跪在床前低声的祷祝,一种恳切的声音,直透过我的耳膜,深深地侵进我的心田里,我此时忽感一种不可思议的刺激,我觉得月光带进

·象牙戒指·

神秘的色彩来，罩住了世界上的一切，我这时虽不敢确定宇宙间有神，然而我却相信，在眼睛能看见的世界以外，一定还有一个看不见的世界了。

我这一夜，几乎没闭眼，怔怔想了一夜，第二天我的病症又添了！不过我这时彷徨的心神好像有了归着，下午睡了一觉，现在已经觉得十分痊愈了！马大夫也很奇怪我好得这么快，他说：若以此种比例推下去，——没有变动再有三四天，便可出院了。

今天心印来看我一次，她近来颜色很不好！不知道有什么病，你有工夫可以去看看她，大约她现在彷徨歧路，必定很苦！

你昨天叫人送来的一束兰花，今天还很有生气，这时他正映着含笑的朝阳，更显得精神百倍，我希望你前途的幸福也和这花一样灿烂。再谈，祝你康健！

亚侠　7月6日

KY吾友：

我现在真要预备到日本去找我的哥哥，因为我自从病后便不耐幽居，听说蓬莱的风景佳绝，我去散散心，大约病更可以除根了。

我希望你明天能来，因为我打算后天早车到天津乘长沙丸东渡，在这里的朋友，除了你，和心印以外，还有文生，明天我们四个人，在我家里畅叙一下罢！我这一走，大约总要半年才能回来呢！

你明天来的时候，请你把昨天我叫人送给你看的那封心印的信带了来，她那边有一个问题，——"名利的代价是什么？"我当时心里很烦，没有详细的回答她，打算明天见面时，我们四个人讨论一个结果出来，不过这个问题，又是和"人生究竟的问题"差不多,恐怕结果,又是悲的多,乐的少,唉!何苦呵!我们这些人总是不能安于现在,求究竟,——这于人类的思想,固然有进步,但是精神消磨得未免太多了!……但望明天的讨论可以得到意外的完满就好了!

我现在屋子里乱得不成样子,箱子里的东西乱七八糟堆了一床,我理得实在心烦,所以跑到外书房里来,给你们写信,使我的眼睛不看见,心就不烦了!说到这里,我又想起一件事了。

KY!你记得前些日子;我们看见一个盲诗人的作品,他说:"中午的太阳,把世界和世界的一切惊异指示给人们,但是夜,却把宇宙无数的星,无际限的空间,——全生活,广大和惊异指示给人们。白昼指示给人们的,不过是人的世界,黑暗和污秽。夜却能把无限的宇宙指示给人们,那里有美丽的女神,唱着甜美的歌,温美的云织成洁白的地毡,星儿和月儿,围随着低低地唱,轻轻地舞。"这些美丽的东西,岂是我们眼睛所能领略得到的呢?KY,我宁愿作一个瞎子呢!倘若我真是个瞎子,那些可厌的杂乱的东西,再不会到我心幕上来了。但是不幸!我实在不是个瞎子,我免不了要看世界上种种的罪恶的痕迹了!

任笔写来,不知说什么,好了!别的话留着明天面谈的!

亚侠 9月2日

KY呵!

<u>丝丝</u>的细雨敲着窗子,密密的黑云罩着天空,澎湃的波涛震动着船身;海天辽阔,四顾苍茫,我已经在海里过了一夜,这时正是开船的第二天早晨。

前夜，那所灰色墙的精致小房子里的四个人，握着手谈着天何等的快乐？现在我是离你们，一秒比一秒远了！唉！为什么别离竟这样苦呵！

我记得：分别的那一天晚上，心印指着那迢迢的碧水说："人生和水一样的流动，岁月和水一样的飞逝；水流过去了，不能再回来！岁月跑过去了，也不能再回来！希望亚侠不要和碧水时光一样。早去早回呵。"KY，这话真使我感动，我禁不住哭了！

你们送我上船，听见汽笛呜咽悲鸣着，你们便不忍再看我，忍着泪，急急转过头走去了，我呢？伫立在甲板上，不住的对你们望，你们以为我看不见你们了，用手帕拭泪，偷眼往我这边看，咳！KY，这不过是小别，便这样难堪！以后的事情，可以设想吗？

"名利的代价是什么？"心印的答案：是"愁苦劳碌"。你却说："是人生生命的波动；若果没有这个波动，世界将呈一种不可思议的枯寂！"你们的话在我心里，起伏不定的浪头，在我眼底；我是浮沉在这波动之上，我一生所得的代价只是愁苦劳碌。唉！KY！我心彷徨得很呵！往哪条路上去呢？……我还是游戏人间吧！

今天没有什么风浪，船很平稳，下午雨渐渐住了，露出流丹般的彩霞，罩着炊烟般的软雾；前面孤岛隐约，仿佛一只水鸦伏在那里。海水是深碧的，浪花涌起，好像田田荷丛中窥人的睡莲。我坐在甲板上一张旧了的藤椅里，看海潮浩浩荡荡，翻腾奔掀，心里充满了惊惧的茫然无主的情绪，人生的真象，大约就是如此了。

再有三天，就可到神户；一星期后可到东京，到东京住什么地方，现在还没有定，不过你们的信，可寄到早稻田大学我哥哥那里好了。

我的失眠症，和心脏病，昨日夜里又有些发作，大约是因为劳碌太过的缘故,今夜风平浪静,当得一好睡!

现在已经黄昏了。海上的黄昏又是一番景象,海水被红日映成紫色,波浪被余辉射成银花,光华灿烂,你若是到了这里,大约又要喜欢得手舞足蹈了!晚饭的铃响了,我吃饭去。再谈!

亚侠　9月5日

KY吾友:——

我到东京,不觉已经五天了。此地的人情风俗和祖国相差太远了!他们的饮食,多喜生冷;他们起居,都在席子上,和我们祖国从前席地而坐的习惯一样,这是进化呢?还是退化?最可厌的是无论到什么地方,都要脱了鞋子走路;这样赤足的生活,真是不惯!满街都是吱吱咖咖木屐的声音,震得我头疼,我现在厌烦东京的纷纷搅搅,和北京一样!浮光底下,所盖的形形色色,也和北京一样!莫非凡是都会的地方都是罪恶荟萃之所吗?真是烦煞人!

昨天下午我到东洋妇女和平会去,——正是她们开常会的时候,我因一个朋友的介绍,得与此会。我未到会以前,我理想中的会员们,精神的结晶,是纯洁的,是热诚的。及至到会以后,所看见的妇女,是满面脂粉气,贵族式的夫人小姐;她们所说的和平,是片面的,就和那冒牌的共产主义者,只许我共他人之产不许人共我的产一样。KY!这大约是:人世间必不可免的现象吧?

昨天回来以后,总念念不忘日间赴会的事,夜里不得睡,失眠的病又引起了!今天心脏觉得又在急速的跳,不过我所带来的药还有许多,吃了一些,或者不至于再患。

今午吃完饭后,我跟着我哥哥,去见一位社会主义者,他住的地方离东京很远,要走一点半钟。我们一点钟从东京出发,两点半到那里。那地方很幽静,四围种着碧绿的树木和菜蔬,他的屋子就在这万绿丛中。我们刚到了他那门口,从他房子对面,那个小小草棚底下,走出两个警察来,盘问我们住址、籍贯、姓名,与这个社会主义者的关系。我当时见了这种情形,心里实感一种非常的苦痛,我想,这些巩固各人阶级和权利的自私之虫,不知他们造了多少罪孽呢?KY呵!那时我的心血沸腾了!若果有手枪在手,我一定要把那几个借强权干涉我神圣自由的恶贼的胸口,打穿了呢!

麻烦了半天,我们才得进去,见着那位社会主义者。他的面貌很和善,但是眼神却十分沉着。我见了他,我的心仿佛热起来了!从前对于世界所抱的悲观,而酿成的消极,不觉得变了!这时的亚侠,只想用弹药炸死那些妨碍人们到光明路上去的障碍物,KY!这种的狂热回来后想想,不觉失笑!

今天我们谈的话很多,不过却不能算是畅快;因为我们坐的那间屋子的窗下,有两个警察在那里监察着。直到我们要走的时候,那位社会主义者才说了一句比较畅快的话,他说:"为主义牺牲生命,是最乐的事,与其被人的索子缠死,不如用自己的枪对准喉咙打死!"KY!这话的味道,何其隽永呵!

晚上我哥哥的朋友孙成来谈,这个人很有趣,客中得有几个解闷的,很不错!

写得不少了,再说罢。

亚侠 9月20日

KY呵!

我现在不幸又病了!仍旧失眠,心脏跳动,和在京时候的程度差不多。前三天搬进松井医院。作客的人病了,除了哥哥的慰问外,还有谁来看视呢!况且我的病又是失眠,夜里睡不着,两只眼看见的,是桌子上的许多药瓶,药末的纸包,和那似睡非睡的电灯,灯上罩着深绿的罩子,——医生恐光线太强,于病体不适的缘故。——四围的空气,十分消沉、暗淡。耳朵所听见的,是那些病人无力的吟呻;凄切的呼唤,有时还夹着隐隐地哭声!

KY!我仿佛已经明白死是什么了!我回想在北京妇婴医院的时候看护妇刘女士告诉我的话了,她说:"生的时候,作了好事,死后便可以到上帝的面前,那里是永久的乐园,没有一个人脸上有愁容,也没有一个人掉眼泪!"KY!我并不是信宗教的人,但是我在精神彷徨无着处的时候,我不能不寻出信仰的对象来;所以我健全的时候,我只在人间寻道路;我病痛的时候,便要在人间之外的世界,寻新境界了。

这几天,我一闭眼,便有一个美丽的花园——意象所造成的花园,立在我面前,比较人间无论哪一处都美满得多。我现在只求死,好像死比生要乐得多呢!

人间实在是虚伪得可怕!孙成和继梓——也是在东京认识的,我哥哥的同学;他们两个为了我这个不相干的人,互相猜忌,互相倾轧。有一次,恰巧他们两人,不约而同时都到医院来看我,两个人见面之后,那种嫉妒仇视的样子,竟使我失惊!KY!我这时才恍然明白了!人类的利己心,是非常可怕的!并且他们要是欢喜什么东西,便要据那件东西为己有!

唉！我和他们两个只是浅薄的友谊，哪里想到他们的贪心，如此利害！竟要作成套子，把我束住呢？KY！我的志向你是知道的，我的人生观你是明白的，我对于我的生，是非常厌恶的！我对于世界，也是非常轻视的，不过我既生了，就不能不设法不虚此生！我对于人类，抽象的概念，是觉得可爱的，但对于每一个人，我终觉得是可厌的！他们天天送鲜花来，送糖果来，我因为人与人必有交际，对于他们的友谊，我不能不感谢他们！但是照现在看起来，他们对于我，不能说不是另有作用呵！

KY！你记得，前年夏天，我们在万牲园的那个池子旁边钓鱼，买了一块肉，那时你曾对我说："亚侠！作人也和作鱼一样，人对付人，也和对付鱼一样！我们要钓鱼，拿他甘心，我们不能不先用肉，去引诱他，他要想吃肉，就不免要为我们所甘心了！"这话我现在想起来，实在佩服你的见识，我现在是被钓的鱼，他们是要抢着钓我的渔夫，KY！人与人的交际不过如此呵！

心印昨天有信来，说她现在十分苦闷，知与情常常起剧烈的战争！知战胜了，便要沉于不得究竟的苦海，永劫难回！情战胜了，便要沉沦于情的苦海，也是永劫不回！她现在大有自杀的倾向。她这封信，使我感触很深！KY！我们四个人，除了文生尚有些勇气奋斗外，心印你我三个人，困顿得真苦呵！

我病中的思想分外多，我想了便要写出来给你看，好像二十年来，茹苦含辛的生活，都可以在我给你的信里寻出来。

KY！奇怪得很！我自从六月间病后，我便觉得我这病是不能好的，所以我有一次和你说，希望你，把我从病时，给你的信，要特别留意保存起来。……但是死不死，现在我自己还不知道，随意说说，你不要因此悲伤吧！有工夫多来信，再谈。祝你快乐！

亚侠　11月3日

KY：

读你昨天的来信，实在叫我不忍！你为了我前些日子的那封信，竟悲伤了几天！KY！我实在感激你！但是你也太想不开了！这世界不过是个寄旅，不只我要回去，便是你，心印，文生，——无论谁，迟早都是要回去的呵！我现在若果死了，不过太早一点。所以你对于我的话，十分痛心！那你何妨，想我现在是已经百岁的人，我便是死了，也是不可逃数的，那也就没什么可伤心了！

这地方实在不能久住了！这里的人，和我的隔膜更深，他们站在桥那边；我站在桥这边，要想握手是很难的，我现在决定回国了！

昨天医生来说：我的病很危险！若果不能摒除思虑，恐怕没有好的希望！我自己也这样想，所以我不能不即作归计了！我的姑妈，在杭州住，我打算到她家去，或者能借天然的美景，疗治我的沉疴，我们见面，大约又要迟些日了了。

昨夜我因不能睡，医生不许我看书，我更加思前想后的睡不着，后来我把我的日记本，拿来偷读，当时我的感触，和回忆的热度，都非常利害，我顾不得我的病了！我起来把笔作书，但是写来写去，都写不上三四个字，便写不下去了，因又放下笔，把日记本打开细读，读到三月十日我给心印的信上面，有几首诗说：——

> 我在世界上，
> 不过是浮在太空的行云！
> 一阵风便把我吹散了，
> 还用得着思前想后吗？"
> "假若智慧之神不光顾我，
> 苦闷的眼泪
> 永远不会从我心里流出来呵！

　　这一首诗可以为我矛盾的心理写照：我一方说不想什么，一方却不能不想什么，我的眼泪便从此流不尽了！这种矛盾的心理，最近更利害，一方面我希望病快好，一方面我又希望死，有时觉得死比什么都甜美！病得利害的时候，我又惧怕死神，果真来临！ＫＹ呵！死活的谜，我始终猜不透！只有凭造物主的支配罢了！

　　我的行期，大约是三天以内，我在路上，或者还有信给你。

　　现在天气渐渐冷了。长途跋涉，诚知不宜，我哥哥也曾阻止我，留我到了春天再走，但是ＫＹ！我心里的秘密，谁能知道呢？我当初到日本去，是要想寻光明的花园，结果只多看了些人类偏狭心理的怪现状！他们每逢谈到东亚和平的话，他们便要眉飞色舞的说：这是他们唯一的责任，也是他们唯一的权利！欧美人民是不容染指的。他们不用镜子，照他们魑魅的怪状，但我不幸都看在眼里，印在心头，我怎能不思虑？我的病如何不添重？我不立刻走，怎么过呢？

　　况且我的病，能好不能好，我自己毫无把握！我固然是厌恶人间，但是我活了二十余年，我究竟是个人，不能没有人类的感情,我还有母亲,我还有兄嫂,他们和我相处很久;我要走了,也应该和他们辞别,我所以等不到春天,就要赶回来了!

我到杭州住一个礼拜,就到上海去,若果那时病好了,当到北京和你们一会。

我从五点钟给你写信,现在天已大亮了!医生要来,我怕他责备我,就此搁笔吧!

亚侠　12月5日

亲爱的KY:

我离东京的时候,接到你的一封信,当时忙于整理行装,没有复你,现在我到杭州了。我姑妈的屋子,正在湖边,是一所很精致的小楼,推开楼窗,全湖的景色,都收入脑海,我疲病之身,受此自然的美丽的沐浴,觉得振刷不少!

湖上天气的变幻,非常奇异,我昨天到这里,安顿好行李,我便在这窗前的藤椅上坐下,我看见湖上的雾,很快——大约五分钟的工夫,便密密幂起,四围的山,都慢慢地模糊了。跟着淅淅沥沥的雨点往下洒,游湖的小船,被雨打得船身左右震荡,但是不到半点钟,雨住云散,天空飞翔着鲜红的彩霞,青山也都露出格外翠碧的色彩来。山涧里的白云随风袅娜,真是如画境般的湖山,我好像作了画中的无愁童子,我的病似乎好了许多。

我姑妈家里的表兄,名叫剑楚的,我们本是幼年的伴侣;但是隔了五六年不见,大家都觉得生疏了!这时他已经有一个小孩子,他的神气,自然不像从前那样活泼,不过我苦闷的时候,还是和他谈谈说说觉得好些!(十二月二十日写到此)

KY！我写这封信的一半，我的病又变了！所以直迟了五天，才能继续着写下去，唉！KY！你知道恶消息又传来了！

　　我给你写信的那天晚上，——我才写了上半段，剑楚来找我，他说："唯逸已于昨晚死了！"唉！KY！这是什么消息？你回想一年前，我和你说唯逸的事情，你能不黯然吗？唯逸他是极有志气的青年，他热心研究社会主义，他曾决心要为主义牺牲，但是他因为失了感情的慰藉，他竟抑抑病了，昨晚竟至于死了。

　　他有一封信给我，写得十分凄楚，里头有一段说："亚侠！自从前年夏天起，我便种了病的因，只因为认识了你！……但是我的环境，是不容我起奢望的，这是知识告诉我，不可自困！然而我的精神，从此失了根据。我觉得人生真太干枯！我本身失去生活的趣味，我何心去助增别人的生活趣味？为主义牺牲的心，抵不过我厌生的心，……但是我也不愿意作非常的事，为了感情牺牲我前途的一切！且知你素来洁身自好，我也决不忍因爱你故，而害你，但是我终放不下你！亚侠！现在病已深入了！我深藏心头的秘密，才敢贡诸你的面前！你若能为你忠心的仆人，叫一声可怜！我在九泉之灵也就荣幸不少了！……"唉！KY！游戏人间的结果，只是如此呵！

　　我失眠两天了！昨天还吐了几口血，现在疲乏得很！不知道还能给你几封信呵！

亚侠伏枕书　12月25日

KY亲爱的朋友：

　　在这一个星期里，我接到你两封信，心印和文生各一封信，但是我病了,不能回你们!

唉!KY!我想不到,我已经不能回上海了!也不能到北京了!昨天我姑妈打电报,给我的家里,今天我母亲嫂嫂已经来了!她们见了我,只是掉眼泪,我的心也未尝不酸!但是奇怪得很!我的泪泉,不知在什么时候已经干枯了?

自从上礼拜起,我就知道我的病,是不能好了!我便把我一生的事情,从头回想一遍,拉杂写了下来!现在我已经四肢无力,头脑作痛,眼光四散,我不能写了!唉!

……

"我一生的事情,平常得很!没什么可记,但是我精神上起的变化,却十分剧烈:我幼年的时候,天真烂漫,不知痛苦。到了十六岁以后,我的智情都十分发达起来。我中学卒业以后,我要到西洋去留学,因为种种的关系,作不到;我要投身作革命党,也被家庭阻止,这时我深尝苦痛的滋味!

但是这些磨折,尚不足以苦我!最不幸的,是接二连三,把我陷入感情的漩涡,使我欲拔不能!这时一方,又被知识苦缠着,要探求人生的究竟,化费了不知多少心血,也求不到答案!这时的心,彷徨到极点了!不免想到世界既是找不出究竟来,人间又有什么真的价值呢?努力奋斗,又有什么结果呢?并且人生除了死,没有更比较大的事情,我既不怕死,还有什么事不可作呢!……唉!这时的我,几乎深陷堕落之海了!……幸一方面好强的心,很占势力,当我要想放纵性欲的时候,他在我头上,打了一棒,我不觉又惊醒了!不敢往这里走,但是究竟往什么地方去呢?我每天夜里,睡在床上,殚精竭虑的苦事搜求,然而没有结果!

我在极苦痛的时候,我便想自杀,然而我究竟没有勇气!我否认世界的一切;于是我便实行我游戏人间的主义,第一次就失败了!接二连三的,失败了五六次!唯逸因我而死!叔和因我而病!我何尝游戏人间?只被人间游戏了我!……自身的究竟,既不可得,茫茫前途,如何不生悲凄之感!

唉!天乎!不可治的失眠病,从此发生!心脏病,从此种根!颠顿了将及一年,现在将要收束了!

今夜他们都睡了。更深入静,万感丛集!——虽没死的勇气,然而心头如火煎逼!头脑如刀劈、剑裂!我纵不欲死,病魔亦将缠我至于死呵!死神还不降临我,实在等不得了!这时我努力爬下床来,抖战的两腿,使我自己惊异!这时窗子外面,射进一缕寒光来,湖面上银花闪烁,我晓得那湖底下朱红色的珊瑚床,已为我预备好了!云母石的枕头,碧绿青苔泥的被褥,件件都整理了!……我回去吧!唉!亲爱的母亲!嫂嫂!KY……再见吧!"……

我表姊,昨夜不知什么时候,跳在湖心死了!她所写的信,和她自己的最后的一页日记,都放在枕边。唉!湖水森寒,从此人天路隔!KY!姊呵!我表姊临命的时候,瘦弱可怜的影子,永远深深刻在我脑幕上。今天晚上,我走到她住的屋子里去,但见雪白的被单上,溅着几滴鲜红的血迹,哪有我表姊的影子呢?我禁不住坐在她往日常坐的那张椅子上,痛哭了!

她的尸首,始终没有捞到,大约是沉在湖底,或者已随流流到海里去了。

她所有的东西,都收拾好,交给我舅母带回去,有一本小书,——《生之谜》,上面写着留给你作纪念品的,我现在邮寄给你,望你好好保存了吧!

      亚侠的表妹附书 1月9日

(原载《小说月报》1922年第13卷第12号)

我此时忽感一种不可思议的刺激,我觉得月光带进神秘的色彩来,罩住了世界上的一切。

·象牙戒指·

丽石的日记

今日春雨不住响的滴着,窗外天容惜淡,耳边风声凄厉,我静坐幽斋,思潮起伏,只觉怅然惘然!

去年的今天,正是我的朋友丽石超脱的日子,现在春天已经回来了,并且一样的风凄雨冷,但丽石那惨白梨花般的两靥,谁知变成什么样了!

丽石的死,医生说是心脏病,但我相信丽石确是死于心病,不是死于身病,她留下的日记,可以证实,现在我将她的日记发表了吧!

十二日二十一日　不记日记已经半年了。只感觉着学校的生活单调,吃饭,睡觉,板滞的上课,教员戴上道德的假面具,像俳优般舞着唱着,我们便像傻子般看着听着,真是无聊极了。

图书馆里,摆满了古人的陈迹,我掀开了屈原的《离骚》念了几页,心窃怪其愚——怀王也值得深恋吗⋯⋯

下午回家,寂闷更甚;这时的心绪,真微玄至不可捉摸⋯⋯

日来绝要自制,不让消极的思想入据灵台,所以又忙把案头的《奋斗》杂志来读。

晚饭后,得归生从上海来信——不过寥寥几行,但都系心坎中流出,他近来因得不到一个归宿地,常常自戕其身,白兰地酒,两天便要喝完一瓶,……他说:"沉醉的当中,就是他忘忧的时候。"唉!可怜的少年人!感情的海里,岂容轻陷?固然指路的红灯,只有一盏,但是这"万矢之的"的红灯,谁能料定自己便是得胜者呢?

其实像海兰那样的女子,世界上绝不是仅有,不过归生是永远不了解这层罢了。

今夜因为复归生的信,竟受大困——的确我搜尽枯肠,也找不出一句很恰当的话,那是足以安慰他的,……其实人当真正苦闷的时候,绝不是几句话所能安慰的哟!

十二月二十二日　今天因俗例的冬至节,学堂里放了一天假,早晨看姑母们忙着预备祭祖,不免起了想家的情绪,忆起"独在异乡为异客,每逢佳节倍思亲"怆然下泪!

姑丈年老多病,这两天更觉颓唐,干皱的面皮,消沉的心情,真觉老时的可怜!

午后沉青打发侍者送红梅来,并有一封信说:"现由花厂买得红梅两株,遣人送上,聊袭古人寄梅伴读的意思。"我写了回信,打发来人回去,将那两盆梅花,放在书案的两旁,不久斜阳销迹,残月初升,那清淡的光华,正笼照在那两株红梅上,更见精神。

今夜睡得极迟,但心潮波涌,入梦仍难,寂寞长夜,只有梅花吐着幽香,安慰这生的漂泊者呵!

十二月二十四日 穷冬严寒，朔风虎吼，心绪更觉无聊，切盼沅青的信，但是已经三次失望了。大约她有病吧？但是不至如此，因为昨天见面的时候，她依旧活泼泼地，毫无要病的表示呵，咳！除此还有别的原因吗？……我和她相识两年了，当第一次接谈时，我固然不能决定她是怎样的一个人，但是由我们不断的通信和谈话看来，她大约不至于很残忍和无情吧！……不过，"爱情是不能买预约券的，也不是一成不变的……"变幻不测的人类，谁能认定他们要走的路呢？

下午到学校听某博士的讲演，不期遇见沅青，我的忧疑更深，心想沅青既然没有病，为什么不来信呢？当时赌气也不去理她，草草把演讲听完，愁闷着回家去了；晚饭懒吃，独坐沉思，想到无聊的地方，陡忆起佛经所说："菩萨畏因，众生畏果"，我不自造恶因，安得生此恶果？从此以后，谨慎造因罢！情感的漩涡里，只是愁苦和忌恨罢了，何如澄澈此心，求慰于不变的"真如"呢……想到这里，心潮渐平，不久就入睡乡了。

十二月二十五日 昨夜睡时，心境平稳，恶梦全无，今早醒来，不期那红灼灼的太阳，照满绿窗了。我忙忙自床上坐了起来，忽见桌上放着一封信，那封套的尺寸和色泽，已足使我澄澈的心紊乱了，我用最速的目力，把那信看完了，觉得昨天的忏悔真是多余，人生若无感情维系，活着究有何趣？春天的玫瑰花芽，不是亏了太阳的照拂，怎能露出娇艳的色泽？人类生活，若缺乏情感的点缀，便要常论到干枯的境地了，昨天的芥蒂，好似秋天的浮云，一阵风洗净了。

下午赴漱生的约，在公园聚会，心境开朗，觉得那庄严的松柏，都含着深甜的笑容，景由心造，真是不错。

十二月二十六日　今天到某校看新剧,得到一种极劣的感想,——当我初到剧场时,见她们站在门口,高声哗笑着,遇见来宾由她们身边经过,她们总作出那骄傲的样子来,惹得那些喜趁机侮辱女性的青年,窃窃评论,他们所说的话,自然不是持平之论,但是喜虚荣的缺点,却是不可避免之讥呵!

下午雯薇来——她本是一个活泼的女孩,可惜近来却憔悴了——当我们回述着儿时的兴趣,过去的快乐,更比身受时加倍,但不久我们的论点变了。

雯薇结婚已经三年了,在人们的观察,谁都觉得她很幸福,想不到她内心原藏着深刻的悲哀,今天却在我面前发现了,她说:"结婚以前的岁月,是希望的,也是极有生趣的,好像买彩票,希望中彩的心理一样,而结婚后的岁月,是中彩以后,打算分配这财产用途的时候,只感到劳碌,烦燥,但当阿玉——她的女儿——没出世之前,还不觉得,……现在才真觉得彩票中后的无趣了。孩子譬如是一根柔韧的彩线,被她捆住了,虽是厌烦,也无法解脱。"

四点半钟雯薇走了,我独自回忆着她的话,记得《甲必丹之女》①书里,有某军官与彼得的谈话说:"一娶妻什么事都完了。"更感烦闷!

十二月二十七日　呵!我不幸竟病了,昨夜觉得心燥头晕,今天竟不能起床了,静悄悄睡在软藤的床上,变幻的白云,从我头顶慢慢经过,爽飒的风声,时时在我左右回旋,似慰我的寂寞。

我健全的时候,无时不在栗六中觅生活,我只领略到烦搅,

---

①　现通译《上尉的女儿》,普希金著。

和疲敝的滋味,今天我才觉得不断活动的人类的世界,也有所谓"静"的境地。

我从早上八点钟醒来,现在已是下午四点钟了,我每回想到健全时的劳碌和压迫,我不免要恳求上帝,使我永远在病中,永远和静的主宰——幽秘之神——相接近。

我实在自觉惭愧,我一年三百六十日中,没有一天过的是我真愿过的日子,我到学校去上课,多半是为那上课的铃声所勉强,我恬静的坐在位子上,多半是为教员和学校的规则所勉强,我一身都是担子,我全心也都为担子的压迫,没有工夫想我所要想的。

今天病了,我的先生可以原恕我,不必板坐在书桌里,我的朋友原谅我,不必勉强陪着她们到操场上散步……因为病被众人所原谅,把种种的担子都暂且搁下,我简直是个被赦的犯人,喜悦何如?

我记得海兰曾对我说:"在无聊和勉强的生活里,我只盼黑夜快来,并望永远不要天明,那末我便可忘了一切的烦恼了。"她也是一个生的厌烦者呵!

我最爱读元人的曲,平日为刻板的工作范围了,使我不能如愿,今夜神思略清,因拿了一本《元曲》就着烁闪的灯光细读,真是比哥仑布发现了新大陆还要快活呢!

我读到《黄粱梦》一折,好像身驾云雾,随着骊山老母的绳拂,上穷碧落了。我看到东华帝君对吕岩说:"……把些个人间富贵,都作了眼底浮云,"又说:"他每得道清平有几人?何不早抽身?出世尘,尽白云满溪锁洞门,将一函经手自翻;一炉香手自焚,这的是清闲真道本。"似喜似悟,唉!可怜的怯弱者呵!在担子底下奋斗筋疲力尽,谁能保不走这条自私自利的路呢!

每逢遇到不如意事时,起初总是愤愤难平,最后就思解脱,这何尝是真解脱,唉!只自苦罢了!

十二月二十九日 二十八日热度稍高,全身软疲,不耐作字,日记因阙,今早服了三粒"金鸡纳霜",这时略觉清楚。

回想昨天情景,只是昏睡,而睡时恶梦极多,不是被逐于虎狼,就是被困于水火,在这恐怖的梦中,上帝已指示出人生的缩影了。

午后雯薇使人来问病,并附一信说:"我吐血的病,三年以来,时好时坏,但我不怕死,死了就完了。"她的见解实在不错!人生的大限,至于死而已;死了自然就完了。但死终不是很自然的事呵!不愿意生的人固不少,可是同时也最怕死;这大约就是滋苦之因了。

我想起雯薇的病因,多半是由于内心的抑郁,她当初作学生的时代,十分好强,自从把身体捐入家庭,便弄得事事不如人了——好强的人,只能听人的赞扬,不幸受了非议,所有的希望便要立刻销沉了。其实引起人们最大的同情,只能求之于死后,那时用不着猜忌和倾轧了。

下午归生的信又来了,他除为海兰而烦闷外,没有别的话说,恰巧这时海兰也正来看我,我便将归生的信让她自己看去,我从旁边观察她的态度,只见她两眉深锁,双睛发直;等了许久,她才对我说:"我受名教的束缚太甚了,……并且我不能听人们的非议,他的意思,我终究要辜负了,请你替我尽友谊的安慰吧!……这一定没有结果的希望!"她这种似迎似拒的心理,看得出她智情激战的痕迹。

正月一日　今天是新年的元旦,当我睡在床上,看小表妹把新日历换那旧的时,固然也感到日子的飞快,光阴一霎便成过去了。但跟着又成了未来,过去的不断过去,未来的也不断而来,浅近的比喻,就是一盏无限大的走马灯,究有什么意思!

今天看我病的人更多了,她们并且怕我寂寞,倡议在我房里打牌伴着我,我难却她们的美意,其实我实在不欢迎呢!

正月三日　我的病已经好了,今天沉青来看我,我们便在屋里围着火炉清谈竟日。

我自从病后,一直不曾和归生通信,——其实我们的情感只是友谊的,我从不愿从异性那里求安慰,因为和他们——异性——的交接,总觉得不自由。

沉青她极和我表同情,因此我们两人从泛泛的友谊上,而变成同性的爱恋了。

的确我们两人都有长久的计划?昨夜我们说到将来共同生活的乐趣,真使我兴奋!我一夜都是作着未来的快乐梦。

我梦见在一道小溪的旁边,有一所很清雅的草屋,屋的前面,种着两棵大柳树,柳枝飘拂在草房的顶上,柳树根下,拴着一只小船。那时正是斜日横窗,白云封洞,我和沉青坐在这小船里,御着清波,渐渐驰进那芦苇丛里去。这时天上忽下起小雨来,我们被芦苇严严遮住,看不见雨形,只听见淅淅沥沥地雨声。过了好久时已入夜,我们忙忙把船开回,这时月光又从那薄薄凉云里露出来,照得碧水如翡翠砌成,沉青叫我到水晶宫里去游逛,我便当真跳下水,忽觉心里一惊,就醒了。

回思梦境,正是我们平日所希冀的呵!

正月四日　今天因为沉青不曾来,只感苦闷!走到我和沉青同坐着念英文的地方,更觉得忽忽如有所失。

我独自坐在葡萄架下,只是回忆和沅青同游同息的陈事:玫瑰花含着笑容,听我们甜蜜的深谈,黄莺藏在叶底,偷看我们欢乐的轻舞,人们看见我们一样的衣裙,联袂着由公园的马路上走过,如何的注目呵!唉!沅青是我的安慰者,也是我的鼓舞者,我不是为自己而生,我实在是为她而生呢!

晚上沅青遣人送了一封信来说:"亲爱的丽石!我决定你今天必大受苦闷了!……但是我为母亲的使命,不能不忍心暂且离开你。我从前不是和你说过,我有一个舅舅住在天津吗?因为小表弟的周岁,母亲要带我去祝贺,大约至迟五六天以内,总可以回来,你可以找雯薇玩玩,免得寂寞!"我把这信,已经反复看得能够背诵了,但有什么益处?寂寞益我苦!无聊使我悲!渴望增我怒!

正月十日 沅青走后,只觉恢恢懒动,每天下课后,只有睡觉,差强人意!

今天接到天津的电话,沅青今夜可以到京,我的心怀开放了,一等到柳梢头没了日影,我便急急吩咐厨房开饭;老妈子打脸水,姑母问我忙什么?我才觉得自己的忘情,不禁羞惭得说不出话来。

到了火车站,离火车到时还差一点多钟呢!这才懊悔来的太早了!

盼得心头焦燥了,望得两眼发酸了,这才听见呜呜汽笛响,车子慢慢进了站台,接客的人,纷纷赶上去欢迎他们的亲友,我只远远站着,对那车窗一个个望去;望到最后的一辆车子,果见沅青含笑望我招手呢!忙忙奔了过去,不知对她说什么好,只是嬉嬉对笑。出了站台,雇了车子一直到我家来,因为沅青应许我今夜住在这里。

正月十一日 昨夜和沅青说的话太多了,不免少睡了觉,今天觉得十分疲倦,但是因沅青的原故,今夜依旧要睡的很晚呢!

今天沅青回家去了,但黄昏时她又来找我,她进我屋门的时候,我只乐得手舞足蹈!不过当我看她的面色时,不禁使我心脉狂跳,她双睛红肿,脸色青黄,好像受了极大的刺激。我禁不住细细追问,她说:"没有什么?作人苦罢了!"这话还没说完,她的眼泪却如潮涌般滚下来,后来她竟俯在我的怀里痛哭起来,急得我不知怎样才好,只有陪着她哭。我问她为什么伤心?她始终不曾告诉我,晚上她家里打发车子来接她,她才勉强擦干眼泪走了。

沅青走后,我回想适才的情境,又伤心,又惊疑,想到她家追问她,安慰她,但是时已夜深,出去不便。只有勉强制止可怕的想头,把这沉冥的夜度过。

正月十二日 为了昨夜的悲伤和失眠,今天觉得头痛心烦,不过仍旧很早起来,打算去看沅青,我在梳头的时候,忽沅青叫人送封信来,我急急打开念道——:

"丽石!丽石!

人类真是固执的,自私的呵!我们稚弱的生命完全被他们支配了!被他们戕贼了!

我们理想的生活,被她们所不容,丽石!我真不忍使你知道这恶劣的消息!但是我们分别在即了,我又怎忍始终瞒你呢!

我的表兄他或者是个有为的青年———这个并不是由我观察到的,只是我的母亲对他的考语,他们因为爱我,要我与这有为的青年结婚，咳！丽石！你为什么不早打主意，穿上男子的礼服，戴上男子的帽子，妆作男子的行动，和我家里求婚呢？现在人家知道你是女子，不许你和我结婚，偏偏去找出那什么有为的青年来了。

他们又仿佛很能体谅人，昨晚母亲对我说：'你和表兄，虽是小时常见面的，但是你们的性情能否相合，还不知道，你舅舅和我的意思，都是愿意你到天津去读书，那末你们俩可以常见面，彼此的性情就容易了解了。如果合得来，你们就订婚，合不来再说。'丽石！母亲的恩情不能算薄，但是她终究不能放我们自由！

我大约下礼拜就到天津去。唉！丽石！从此天南地北，这离别的苦怎么受呢？唉！亲爱的丽石！我真不愿离开你，怎么办？你也能到天津来吗？……我希望你来吧！"

唉！失望呵！上帝真是太刻薄了！我只求精神上一点的安慰，他都拒绝我！"沅青！沅青！"唉！我此时的心绪，只有怨艾罢了！

正月十五日 我自得到沅青要走的消息，第二天就病了，沅青虽刻刻伴着我，而我的心更苦了！这几天我们的生活，就如被判决的死囚，唉！我回想到那一年夏天，那时正是雨后，蕴泪的柳枝，无力的荡漾着，阶前的促织，切切私语着，我和沅青，相倚着坐在浅蓝色的栏杆上，沅青曾清清楚楚对我说："我只要能找到灵魂上的安慰，那可怕的结婚，我一定要避免。"现在这话，只等于往事的陈迹了！

雯薇怜我寂寞和失意，这两天常来慰我，但我深刻的悲哀，永远不能消除呵！

今天雯薇来时，又带了一个使我伤心的消息来，她告诉我说："可怜的欣於竟堕落了！"这实在使我惊异！"他明明是个志趣高尚的青年呵？"我这么沉吟着，雯薇说："是呵！志趣高尚的青年，但是为了生计的压迫，——结婚的结果——便把人格放弃了；他现在作了某党派的走狗，谄媚他的上司；只是为四十块钱呵！可怜！"

唉！到处都是污浊的痕迹！

二月一日　懊恼中，日记又放置半月不记了，我真是无用！既不能澈悟，又不能奋斗，只让无情的造物玩弄！

沅青昨天的来信，更使我寒心，她说："丽石，我们从前的见解，实在是小孩子的思想，同性的爱恋，终久不被社会的人认可，我希望你还是早些觉悟吧！

我表兄的确是个很有为的青年，他并且对我极诚恳，我到津后，常常和他聚谈，他事事都能体贴入微，而且能任劳怨！……"

唉！人的感情，真容易改变，不过半个月的工夫，沅青已经被人夺去了，人类的生活，大约争夺是第一条件了！

上帝真不仁，当我受着极人的苦痛时，还不肯轻易饶我，支使那男性特别显著的少年郦文来纠缠我，听说这是沅青的主意，她怕我责备，所以用这个好方法堵住我的口，其实她愚得很，恋爱岂是片面的？在郦文粗浮的举动里，时时让我感受极强的苦痛，其实同是一个爱字，若出于两方的同意，无论在谁的嘴里说都觉得自然和神圣，若有一方不同意，而强要求满足自己的欲望，那是最不道德的事实，含着极大的侮辱。郦文真使我难堪呵！唉！沅青何苦自陷？又强要陷人！

二月五日　今天又得到沅青的信,大约她和她表兄结婚,不久便可成事实。唉!我不恨别的,只恨上帝造人,为什么不一视同仁,分什么男和女,因此不知把这个安静的世界,搅乱到什么地步?……唉!我更不幸,为什么要爱沅青!

　　我为沅青的缘故,失了人生的乐趣!更为沅青故得了不可医治的烦纡!

　　唉!我越回忆越心伤!我每作日记,写到沅青弃我,我便恨不得立刻与世长辞,但自杀我又没有勇气,抑郁而死吧!抑郁而死吧!

　　我早已将人生的趣味,估了价啦,得不偿失,上帝呵!只求你早些接引!……

　　我看着丽石的这些日记,热泪竟不自觉的流下来了。唉!我什么话也不能再多说了。

(原载《小说月报》1923年第14卷第6号)

　　我梦见在一道小溪的旁边,有一所很清雅的草屋,屋的前面,种着两棵大柳树,柳枝飘拂在草房的顶上,柳树根下,拴着一只小船。

·象牙戒指·

海滨故人

一

呵！多美丽的图画！斜阳红得像血般，照在碧绿的海波上，露出紫蔷薇般的颜色来，那白杨和苍松的荫影之下，她们的旅行队正停在那里，五个青年的女郎，要算是此地的熟客了，她们住在靠海的村子里；只要早晨披白绡的安琪儿，在天空微笑时，她们便各人拿着书跳舞般跑了来。黄昏红裳的哥儿回去时，她们也必定要到。

她们到是什么来历呢？有一个名字叫露沙，她在她们五人里，

《海滨故人》书影。

是最活泼的一个。她总喜欢穿白纱的裙子，用云母石作枕头，仰面睡在草地上默默凝思。她在城里念书，现在正是暑假期中，约了她的好朋友——玲玉、莲裳、云青、宗莹住在海边避暑，每天两次来赏鉴海景。她们五个人的相貌和脾气都有极显著的区别。露沙是个很清瘦的面庞和体格，但却十分刚强，她们给她的赞语是"短小精悍"。她的脾气很爽快，但心思极深，对于世界的谜仿佛已经识破，对人们交接，总是诙谐的。玲玉是富于情感，而体格极瘦弱，她常常喜欢人们的赞美和温存。她认定世界的伟大和神秘，只是爱的作用；她喜欢笑，更喜欢哭，她和云青最要好。云青是个智理比感情更强的人。有时她不耐烦了，不能十分温慰玲玉，玲玉一定要背人偷拭泪，有时竟至放声痛哭了。莲裳为人最周到，无论和什么人都交际得来，而且到处都被人欢迎，她和云青很好。宗莹在她们里头，是最娇艳的一个，她极喜欢艳妆，也喜欢向人夸耀她的美和她的学识，她常常说过分的话。露沙和她很好，但露沙也极反对她思想的近俗，不过觉得她人很温和，待人很好，时时的牺牲了自己的偏见，来附和她。她们样样不同的朋友，而能比一切同学亲热，就在她们都是很有抱负的人，和那醉生梦死的不同。所以她们就在一切同学的中间，筑起高垒来隔绝了。

有一天朝霞罩在白云上的时候，她们五个人又来了。露沙睡在海崖上，宗莹蹲在她的身旁，莲裳、玲玉、云青站在海边听怒涛狂歌，看碧波闪映，宗莹和露沙低低地谈笑，远远忽见一缕白烟从海里腾起。玲玉说："船来了！"大家因都站起来观看，渐渐看见烟筒了。看见船身了，不到五分钟整个的船都可以看得清楚。船上许多水手都对她们望着，直到走到极远才止。她们因又团团坐下,说海上的故事。

开始露沙述她幼年时,随她的父母到外省作官去,也是坐的这样的海船。有一天因为心里烦闷极了,不住声的啼哭,哥哥拿许多糖果哄她,也止不住哭声,妈妈用责罚来禁止她的哭声,也是无效。这时她父亲正在作公文,被她搅得急起来,因把她抱起来要往海里抛。她这时惧怕那油碧碧的海心,才止住哭声。

宗莹插言道:"露沙小时的历史,多着呢,我都知道。因我妈妈和她家认识,露沙生的那天,我妈妈也在那里。"玲玉说:"你既知道,讲给我们听听好不好?"宗莹看着露沙微笑,意思是探她许可与否,露沙说:"小时的事情我一概不记得,你说说也好,叫我也知道知道。"

于是宗莹开始说了:"露沙出世的时候,亲友们都庆贺她的命运,因为露沙的母亲已经生过四个哥儿了。当孕着露沙的时候,只盼望是个女儿。这时露沙正好出世。她母亲对这嫩弱的花蕊,十分爱护,但同时意外的事情发生了,不免妨碍露沙的幸运,就是生露沙的那一天,她的外祖母死了。并且曾经派人来接她的母亲,为了露沙的出世,终没去成,事后每每思量,当露沙闭目恬适睡在她臂膀上时,她便想到母亲的死,晶莹的泪点往往滴在露沙的颊上。后来她忽感到露沙的出世有些不祥,把思量母亲的热情,变成憎厌露沙的心了!

"还有不幸的,是她母亲因悲抑的结果,使露沙没有乳汁吃,稚嫩的哀哭声,便从此不断了。有一天夜里,露沙哭得最凶,连她的小哥哥都吵醒了。她母亲又急又痛,止不住倚着床沿垂泪,她父亲也叹息道:'这孩子真讨厌!明天雇个奶妈,把她打发远点，免得你这么受罪！'她母亲点点头，但没说什么。

"过了几天，露沙已不在她母亲怀抱里了，那个新奶妈，是乡下来的，她梳着奇异像蝉翼般的头，两道细缝的小眼，上唇撅起来，露着牙龈。露沙初次见她，似乎很惊怕，只躲在娘怀里不肯仰起头来。后来那奶妈拿了许多糖果和玩物，才勉强把她哄去。但到了夜里，她依旧要找娘去，奶妈只把她搂在怀里，轻轻拍着，唱催眠歌儿，才把她哄睡了。

"露沙因为小时吃了母亲忧抑的乳汁，身体十分孱弱，况且那奶妈又非常的粗心，她有时哭了，奶妈竟不理她，这时她的小灵魂，感到世界的孤寂和冷刻了。她身体健康更一天不如一天。到三岁了她还不能走路和说话，并且头上还生了许多疮疥。这可怜的小生命，更没有人注意她了。

"在那一年的春天，鸟儿全都轻唱着，花儿全都含笑着，露沙的小哥哥都在绿草地上玩耍，那时露沙得极重的热病，关闭在一间厢房里。当她病势沉重的时候，她母亲绝望了，又恐怕传染，她走到露沙的小床前，看着她瘦弱的面庞说：'唉！怎变成这样了！……奶妈！我这里孩子多，不如把她抱到你家里去治吧！能好再抱回来，不好就算了！'奶妈也正想回去看看她的小黑，当时就收拾起来，到第二天早晨，奶妈抱着露沙走了。她母亲不免伤心流泪。露沙搬到奶妈家里的第二天，她母亲又生了个小妹妹，从此露沙不但不在她母亲的怀里，并且也不在她母亲的心里了。

"奶妈的家，离城有二十里路，是个环山绕水的村落，她的屋子，是用茅草和黄泥筑成的，一共四间，屋子前面有一座竹篱笆，篱笆外有一道小溪，溪的隔岸，是一片田地，碧绿的麦秀，被风吹着如波纹般涌漾。奶妈的丈夫是个农夫,天天都在田地里作工;家里有一个纺车,奶妈的大女儿银姊,天天用它纺线;奶妈的小女儿小黑和露沙同岁。露沙到了奶妈家里,病渐渐减轻,不到半个月已经完全好了,便是头上的疮也结了痂,从前那黄瘦的面孔,现在变成红黑了。

"露沙住在奶妈家里,整整过了半年,她忘了她的父母,以为奶妈便是她的亲娘,银姊和小黑是她的亲姊姊。朝霞幻成的画景,成了她灵魂的安慰者,斜阳影里唱歌的牧童,是她的良友,她这时精神身体都十分焕发。

"露沙回家的时候,已经四岁了。到六岁的时候,就随着她的父母作官去,以后的事情我就不知道了。"

宗莹说到这里止住了。露沙只是怔怔地回想,云青忽喊道:"你看那海水都放金光了,太阳已经到了正午,我们回去吃饭吧!"她们随着松荫走了一程已经到家了。

在这一个暑假里,寂寞的松林,和无言的海流,被这五个女孩子点染得十分热闹,她们对着白浪低吟,对着激潮高歌,对着朝霞微笑,有时竟对着海月垂泪。不久暑假将尽,那天夜里正是月望的时候,她们黄昏时拿着箫笛等来了。露沙说:"明天我们就要进城去,这海上的风景,只有这一次的赏受了。今晚我们一定要看日落和月出……这海边上虽有几家人家,但和我们也混熟了,纵晚点回去也不要紧,今天总要尽兴才是。"大家都极同意。

西方红灼灼的光闪烁着,海水染成紫色,太阳足有一个脸盆大,起初盖着黄红色的云,有时露出两道红来,仿佛火神怒睁两眼,向人间狠视般,但没有几分钟那两道红线化成一道,那彩霞如彗星般散在西北角上,那火盆般的太阳已到了水平线上,一霎眼那太阳已如狮子滚绣球般,打个转身沉向海底去了。天上立刻露出淡灰色来,只在西方还有些五彩余辉闪烁着。

海风吹拂在宗莹的散发上,如柳丝轻舞,她倚着松柯低声唱道:

> 我欲登芙蓉之高峰兮,
> 白云阻其去路。
> 我欲攀绿萝之俊藤兮;
> 惧颓岩而踟蹰。
> 伤烟波之荡荡兮;
> 伊人何处?
> 叩海神久不应兮;
> 唯漫歌以代哭!

接着歌声,又是一阵箫韵,其声嘤嘤似蜂鸣群芳丛里,其韵溶溶似落花轻逐流水,渐提渐高激起有如孤鸿哀唳碧空,但一折之后又渐转和缓恰似水渗滩底呜咽不绝,最后音响渐杳,歌声又起道:

> 临碧海对寒素兮,
> 何烦纡之萦心!
> 浪滔滔波荡荡兮,
> 伤孤舟之无依!
> 伤孤舟之无依兮,
> 愁绵绵而永系!

大家都被了歌声的催眠，沉思无言，便是那作歌的宗莹，也只有微叹的余音，还在空中荡漾罢了。

二

她们搬进学校了。暑假里浪漫的生活，只能在梦里梦见，在回想中想见。这几天她们都是无精打采的。露沙每天只在图书馆，一张长方桌前坐着，拿着一枝笔，痴痴地出神，看见同学走过来时，她便将人家慢慢分析起来。同学中有一个叫松文的从她面前走过，手里正拿着信，含笑的看着，露沙等她走后，便把她从印象中提出，层层地分析。过了半点钟，便抽去笔套，在一册小本子上写道：——

"一个很体面的女郎，她时时向人微笑，多美丽呵！只有含露的荼蘼能比拟她。但是最真诚和甜美的笑容，必定当她读到情人来信时才可以看见！这时不止像含露的荼蘼了，并且像斜阳熏醉的玫瑰，又柔媚又艳丽呢！"她写到这里又有一个同学从她面前走过。她放下她的小本子，换了宗旨不写那美丽含笑的松文了！她将那个后来的同学照样分析起来。这个同学姓郦，在她一级中年纪最大——大约将近四十岁了——她拿着一堆书，皱着眉走过去。露沙望着她的背影出神。不禁长叹一声，又拿起笔来写道：——"她是四十岁的母亲了，——她的儿已经十岁——当她拿着先生发的讲义——二百余页的讲义，细细的理解时，她不由得想起她的儿来了。她那时皱紧眉头，合上两眼，任那眼泪把讲义湿透，也仍不能止住她的伤心。

"先生们常说：'她是最可佩服的学生。'我也只得这么想，不然她那紧皱的眉峰，便不时惹起我的悲哀：我必定要想到：'人多么傻呵！因为不相干的什么知识——甚至于一张破纸文凭，把精神的快活完全牺牲了……'当当一阵吃饭钟响，她才放下笔，从图书馆出来，她一天的生活大约如此，同学们都说她有神经病，有几个刻薄的同学给她起个绰号，叫"著作家"，她每逢听见人们嘲笑她的时候，只是微笑说："算了吧！著作家谈何容易？"说完这话，便头也不回的跑到图书馆去了。

宗莹最喜欢和同学谈情。她每天除上课之外，便坐在讲堂里，和同学们说："人生的乐趣，就是情。"她们同级里有两个人，一个叫作兰香，一个叫作孤云，她们两人最要好，然而也最爱打架。她们好的时候，手挽着手，头偎着头，低低地谈笑。或商量两个人作一样衣服，用什么样花边，或者作一样的鞋，打一样的别针，使无论什么人一见她们，就知道她们是顶要好的朋友。有时预算星期六回家，谁到谁家去，她们说到快意的时候，竟手舞足蹈，合唱起来。这时宗莹必定要拉着玲玉说："你看她们多快乐呵！真是人若没有感情，就不能生活了。情是滋润草木的甘露，要想开美丽的花，必定要用情汁来灌溉。"玲玉也悄悄地谈论着，我们级里谁最有情，谁有真情，宗莹笑着答她道："我看你最多情，——最没情就是露沙了。她永远不相信人，我们对她说情，她便要笑我们。其实她的见地实在不对。"玲玉便怀疑着笑说道："真的吗？……我不相信露沙无情，你看她多喜欢笑，多喜欢哭呀。没情的人，感情就不应当这么易动。"宗莹听了这话，沉思一回，又道："露沙这人真奇怪呀！……有时候她闹起来，比谁都活泼，及至静起来，便谁也不理的躲起来了。"

她们一天到晚，只要有闲的时候，便如此的谈论，同学们给她们起了绰号，叫"情迷"。她们也笑纳不拒。

云青整天理讲义，记日记。云青的姊妹最多，她们家庭里因组织了一个娱乐会。云青全份的精神都集中在这里，下课的时候，除理讲义，抄笔录，和记日记外，就是作简章，和写信。她性情极圆和，无论对于什么事，都不肯吃亏，而且是出名的拘谨。同级里每回开级友会，或是爱国运动，她虽热心帮忙，但叫她出头露面，她一定不答应。她唯一的推辞只说："家里不肯。"同学们能原谅她的，就说她家庭太顽固，她太可怜；不能原谅她，就冷笑着说："真正是个薛宝钗。"她有时听见这种的嘲笑，便呆呆坐在那里。露沙若问她出什么神？她便悲抑着说："我只想求人了解真不容易！"露沙早听惯看惯她这种语调态度，也只冷冷地答道："何必求人了解？老实说便是自己有时也不了解自己呢！"云青听了露沙的话，就立刻安适了，仍旧埋头作她的工作。

莲裳和她们四人不同级，她学的是音乐。她每日除了练琴室里弹琴，便是操场上唱歌。她无忧无虑，好像不解人间有烦恼事，她每逢听见云青露沙谈人无味一类的话，她必插嘴截住她们的话说："哎呀！你们真讨厌。竟说这些没意思的话，有什么用处呢？来吧！来吧！操场玩去吧！"她跑到操场里，跳上秋千架，随风上下翻舞，必弄得一身汗她才下来，她的目的，只是快乐。她最憎厌学哲理的人，所以她和露沙她们不能常常在一处，只有假期中，她们偶然聚会几次罢了。

她们在学校里的生活很平淡，差不多没有什么意外的事情发生。到了第三个年头，学校里因为爱国运动，常常罢课。露沙打算到上海读书。开学的时候，同学们都来了，只短一个露沙，云青、玲玉、宗莹都感十分怅惘，云青更抑抑不能耐，当日就写了一封信给露沙道：

露沙：

赐书及宗莹书，读悉，一是离愁别恨，思之痛，言之更痛，露沙！千丝万缕，从何诉说？知惜别之不免，悔欢聚之多事矣！悠悠不决之学潮，至兹告一结束，今日已始行补课，同堂相见，问及露沙，上海去也。局外人已不胜为吾四人憾，况身受者乎？吾不欲听其问，更不忍笔之于此以增露沙愁也！所幸吾侪之以志行相契，他日共事社会，不难旧雨重逢，再作昔日之游，话别情，倾积愫，且喜所期不负，则理想中乐趣，正今日离愁别恨有以成之；又何惜今日之一别，以致永久之乐乎？云素欲作积极语，以是自慰，亦勉以是为露沙慰，知露沙离群之痛，总难忽然于心。姑以是作无聊之极想，当耐味之榆柑可也。

今日校中之开学式，一种萧条气象，令人难受，露沙！所谓"别时容易见时难"。吾终不能如太上之忘情，奈何！得暇多来信，余言续详，顺颂

康健

云青

云青写完信，意绪兀自懒散，在这学潮后，杂乱无章的生活

里,只有沉闷烦纡,那守时刻司打钟的仆人,一天照样打十二回钟,但课堂里零零落落,只有三四个人上堂。教员走上来,四面找人,但窗外一个人影都没有。院子里只有垂杨对那孤寂的学生教员,微微点头。玲玉、宗莹和云青三个人,只是在操场里闲谈。这时正是秋凉时候,天空如洗,黄花满地,西风爽竦。一群群雁子都往南飞,更觉生趣索然。她们起初不过谈些解决学潮的方法,已觉前途的可怕,后来她们又谈到露沙了,玲玉说:"露沙走了,与她的前途未始不好。只是想到人生聚散,如此易易,太没意思了,现在我们都是作学生的时代,肩上没有重大的责任,尚且要受种种环境支配,将来投身社会,岂不更成了机械吗?……"云青说:"人生有限的精力,消磨完了就结束了,看透了倒不值得愁前虑后呢?"宗莹这时正在葡萄架下,看累累酸子,忽接言道:"人生都是苦恼,但能不想就可以不苦了!"云青说:"也只有作如此想。"她们说着都觉倦了,因一齐回到讲堂去。宗莹的桌上忽放着一封信,是露沙寄来的,她忙忙撕开念道:——

  人寿究竟有几何?穷愁潦倒过一生;未免不值得!我已决定日内北上,以后的事情还讲不到,且把眼前的快乐享受了再说。
  宗莹!云青!玲玉!从此不必求那永不开口的月姊——传我们心弦之音了!呵!再见!

  宗莹喜欢得跳起来,玲玉云青也尽展愁眉,她们并且忙跑去通知莲裳,预备欢迎露沙。

露沙到的那天,她们都到火车站接她。把她的东西交给底下人拿回去。她们五个人一齐走到公园里。在公园里吃过晚饭,便在社稷坛散步,她们谈到暑假分别时曾叮嘱到月望时,两地看月传心曲,谁想不到三个月,依旧同地赏月了!在这种极乐的环境里,她们依旧恢复她们天真活泼的本性了。

她们谈到人生聚散的无定。露沙感触极深,因述说她小时的朋友的一段故事:

"我从九岁开始念书,启蒙的先生是我姑母,我的书房,就在她寝室的套间里。我的书桌是红漆的,上面只有一个墨盒,一管笔,一本书,桌子面前一张木头椅子。姑母每天早晨教我一课书,教完之后,她便把书房的门倒锁起来,在门后头放着一把水壶,念渴了就喝白开水,她走了以后,我把我的书打开。忽听见院子里妹妹唱歌,哥哥学猫叫,我就慢慢爬到桌上站在那里,从窗眼往外看。妹妹笑,我也由不得要笑;哥哥追猫,我心里也像帮忙追一块似的。我这样站着两点钟也不觉倦,但只听见姑母的脚步声,就赶紧爬下来,很规矩的坐在那里,姑母一进门,正颜厉色的向我道:'过来背书。'我哪里背得出,便认也不曾认得。姑母怒极,喝道:'过来!'我不禁哀哀地哭了。她拿着皮鞭抽了几鞭,然后狠狠的说:'十二点再背不出,不用想吃饭呵!'我这时恨极这本破书了。但为要吃午饭,也不能不拼命的念,侥幸背出来了,混了一顿午饭吃。但是念了一年,一本《三字经》还不曾念完。姑母恨极了,告诉了母亲,把我狠狠责罚了一顿,从此不教我念书了。我好像被赦的死囚,高兴极了。

"有一天我正在同妹妹作小衣服玩,忽听见母亲叫我说:'露沙!你一天在家里不念书,竟顽皮,把妹妹都引坏了。我现在送你上学校去,你若不改,被人赶出来,我就不要你了。'我听了这话,又怕又伤心,不禁放声大哭。后来哥哥把我抱上车,送我到东城一个教会学堂里。我才迈进校长室,心里便狂跳起来。在我的小生命里,是第一次看见蓝眼睛、高鼻子的外国人,况且这校长满脸威严。我哥哥和她说:'这小孩是我的妹妹,她很顽皮,请你不用客气的管束她。那是我们全家所感激的。'那校长对我看了半天说:'哦!小孩子!你应当听话,在我的学校里,要守规矩,不然我这里有皮鞭,它能责罚你。'她说着话,把手向墙上一捺。就听见'琅琅!'一阵铃响,不久就走进一个中国女人来,年纪二十八九,这个人比校长温和得多,她走进来和校长鞠了个躬,并不说话,只听见校长叫她道:'魏教习!这个女孩是到这里读书的,你把她带去安置了吧!'那个魏教习就拉着我的手说:'小孩子!跟我来!'我站着不动。两眼望着我的哥哥,好似求救似的。我哥哥也似了解我的意思,因安慰我说:'你好好在这里念书,我过几天来看你。'我知道无望了,只得勉勉强强跟着魏教习到里边去。

"这学校的学生,都是些乡下孩子,她们有的穿着打补钉的蓝布裙子,有的头上扎着红头绳,见了我都不住眼的打量,我心里又彷徨,又凄楚。在这满眼生疏的新环境里,觉得好似不系之舟,前途命运真不可定呵。迷糊中不知走了多少路,只见魏教习领我走到楼下东边一所房子前站住了。用手轻轻敲了几下门,那门便'呀'的一声开了。一个女郎戴着蔚蓝眼镜,两颊娇红,眉长入鬓,身上穿着一件月白色的长衫,微笑着对魏教习鞠了躬说:'这就是那新来的小学生吗?'魏教习点点头说:'我把她交给你,一切的事情都要你留心照应。'说完又回头对我说:'这里的规矩,小学生初到学校,应受大学生的保护和管束。她的名字叫秦美玉,你应当叫她姐姐,好好听她的话,不知道的事情都可以请教她。'说完站起身走了。那秦美玉拉着我的手说:'你多大了?你姓什么?叫什么?……这学校的规矩很利害,外国人是不容情的,你应当事事小心。'她正说着,已有人将我的铺盖和衣物拿进来了。我这时忽觉得诧异,怎么这屋子里面没有床铺呵?后来又看她把墙壁上的木门推开了,里头放着许多被褥,另外还有一个墙橱,便是放衣服的地方。她告诉我这屋里住五个人,都在这木板上睡觉,此外,有一张长方桌子,也是五个人公用的地方。我从来没看见过这种简陋的生活,仿佛到了一个特别的所在,事事都觉得不惯。并且那些大学生,又都正颜厉色的指挥我打水扫地,我在家从来没作过,况且年龄又太幼弱,怎么能作得来。不过又不敢不作,到烦难的时候,只有痛哭,那些同学又都来看我,有的说:'这孩子真没出息!'有的说:'管管她就好了。'那些没有同情的刺心话,真使我又羞又急,后来还是秦美玉有些不过意,抚着我的头说:'好孩子!别想家,跟我玩去。'我擦干了眼泪,跟她走出来。院子里有秋千架,有荡木,许多学生在那里玩耍,其中有一个学生,和我差不多大,穿着藕荷色的洋纱长衫,对我含笑的望,我也觉得她和别的同学不同,很和气可近的,我不知不觉和她熟识了,我就别过秦美玉和她牵着手,走到后院来。那里有一棵白杨树,底下放着一块捣衣石,我们并肩坐在那里。这时正是黄昏的时候,柔媚的晚霞,缀成幞天红罩,金光闪射,正映在我们两人的头上,她忽然问我道:'你会唱圣诗吗?'我摇头说'不会。'她低头沉思半晌说:'我会唱好几首,我教你一首好不好?'我点头道:'好!'她便轻轻柔柔地唱了一首,歌词我已记不得了。只是那爽脆的声韵,恰似娇莺低吟,春燕轻歌,到如今还深刻脑海。我们正在玩得有味,忽听一阵铃响,她告诉我吃晚饭了。我们依着次序,走进膳堂,那膳堂在地窖里,很大的一间房子,两旁都开着窗户,从窗户外望,平地上所种的杜鹃花正开得灿烂娇艳,迎着残阳,真觉爽心动目。屋子中间排着十几张长方桌,桌的两旁放着木头板凳,桌上当中放着一个绿盆,盛着白木头筷子和黑色粗碗,此外排着八碗茄子煮白水,每两人共吃一碗。在桌子东头,放着一筐箩棒子面的窝窝头,黄澄澄好似金子的颜色,这又是我从来没吃过的,秦美玉替我拿了两块放在面前。我拿起来咬了一口,有点甜味,但是嚼在嘴里,粗糙非常,至于那碗茄子,更不知道是什么味道,又涩又苦。想来既没有油,盐又放多了,我肚子其实很饿,但我拿起筷子勉强吃了两口,实在咽不下,心里一急,那眼泪点点滴滴都流在窝窝头上了。那些同学见我这种情形,有的诽笑我,有的谈论我,我仿佛听见她们说:'小姐的派头倒十足,但为什么不吃小厨房的饭呢?'我那时不知道这学校的饭是分等第的,有钱的吃小厨房饭,没钱就吃大厨房的饭,我只疑疑惑惑不知道她们说什么,只怔怔地看着饭菜垂泪。直等大家都吃完,才一齐散了出来。我自从这一顿饭后,心里更觉得难受了,这一夜翻来覆去,无论如何睡不着,看那清碧的月光,从树梢上移到我屋子的窗棂上,又移到我的枕上,直至月光充满了全屋,我还不曾入梦,只听见那四个同学呼声雷动,更感焦燥,那眼泪又不由自主的流下来了。直到天快亮,我才迷迷忽忽睡了一觉。

"第二天的饭菜,依旧是不能下箸。那个小朋友知道这消息,到吃饭的时候,特把她家里送来的菜,拨了一半给我,我才吃了一顿饱饭,这种苦楚直挨了两个星期,才略觉习惯些。我因为这个小朋友待我极好,因此更加亲热。直到光复那一年,我家里搬到天津去,我才离开这学校,我的小朋友也回通州去了。到光复以后我已经十三岁了,我的小朋友十二岁,我们一齐都进公立某小学校,后来她因为想学医到别处去。我们五六年不见,想不到前年她又到北京来,我们因又得欢聚,不过现在她又走了——听说她已和人结婚——很不得志,得了肺病,将来能否再见,就说不定了。"

"你们说人生聚散有一定吗?"露沙说完,兀自不住声的叹息。这时公园游人已渐渐散尽,大家都有倦意。因趁着光慢慢散步出园来,一同雇车回学校去。

露沙自从上海回来后,宗莹和云青、玲玉,都觉格外高兴。这时候她们下课后,工作的时候很少,总是四个人拉着手,在芳草地上,轻歌快谈。说到快意时,便哈天扑地的狂笑,说到凄楚时便长吁短叹,其实都脱不了孩子气,什么是人生!什么是究竟!不过嘴里说说,真的苦趣还一点没尝到呢!

三

光阴快极了,不觉又过了半年,不解事的露沙、玲玉、云青、宗莹、莲裳,不幸接二连三都卷入愁海了。

第一个不幸的便是露沙,当她幼年时饱受冷刻环境的熏染,养成孤僻倔强的脾气,而她天性又极富于感情,所以她竟是个智情不调和的人。当她认识那青年梓青时,正在学潮激烈的当儿。天上飘着鹅毛片般的白雪,空中风声凛冽,她奔波道途，一心只顾怎么开会，怎么发宣言，和那些青年聚在一起，讨论这一项，解决那一层，她初不曾预料到这一点的，因而生出绝大的果来。

梓青是个沉默孤高的青年，他的议论最彻底，在会议的席上，他不大喜欢说话，但他的论文极多，露沙最喜欢读他的作品，在心流的沟里，她和他不知不觉已打通了，因此不断的通信，从泛泛的交谊，变为同道的深契。这时露沙的生趣勃勃，把从前的冷淡态度，融化许多，她每天除上课外，便是到图书馆看书，看到有心得，她或者作短文，和梓青讨论；或者写信去探梓青的见解，在这个时期里，她的思想最有进步，并且她又开始研究哲学，把从前懵懵懂懂的态度都改了。

有一天正上哲学课，她拿着一枝铅笔记先生口述的话。那时先生正讲人生观的问题，中间有一句说："人生到底作什么？"她听了这话，忽然思潮激涌，停了手里的笔，更听不见先生继续讲些什么，只怔怔的盘算，"人生到底作什么？……牵来牵去，忽想到恋爱的问题上去，——青年男女，好像是一朵含苞未放的玫瑰花，美丽的颜色足以安慰自己，诱惑别人，芬芳的气息，足以满足自己，迷恋别人。但是等到花残了，叶枯了，人家弃置，自己憎厌，花木不能躲时间空间的支配，人类也是如此，那末人生到底作什么？……其实又有什么可作？恋爱不也是一样吗？青春时互相爱恋，爱恋以后怎么样？……不是和演剧般，到结局无论悲喜，总是空的呵！并且爱恋的花，常常衬着苦恼的叶子，如何跳出这可怕的圈套，清净一辈子呢？……"她越想越玄，后来弄得不得主意，吃饭也不正经吃，有时只端着饭碗拿着筷子出神，睡觉也不正经睡，半夜三更坐了起来发怔，甚至于痛哭了。

　　这一天下午，露沙又正犯着这哲学病，忽然梓青来了一封信，里头有几句话说："枯寂的人生真未免太单调了！……唉！什么时候才得甘露的润泽，在我空漠的心田，开朵灿烂的花呢？……恐怕只有膜拜'爱神'，求她的怜悯了！"这话和她的思想，正犯了冲突。交战了一天，仍无结果。到了这一天夜里，她勉勉强强写了梓青的回信，那话处处露着彷徨矛盾的痕迹。到第二天早起重新看看，自己觉得不妥。因又撕了，结果只写几个字道："来信收到了，人生不过尔尔，苦也罢，乐也罢，几十年全都完了，管他呢！且随遇而安罢！"

　　活泼泼的露沙，从此憔悴了！消沉了！对于人间时而信，时而疑，神经越加敏锐，闲步到中央公园，看见鸭子在铁栏里游泳，她便想到，人生和鸭子一样的不自由，一样的愚钝；人生到底作什么？听见鹦鹉叫，她便想到人们和鹦鹉一样，刻板的说那几句话，一样的不能跳出那笼子的束缚；看见花落叶残便想到人的末路——死——仿佛天地间只有愁云满布，悲雾迷漫，无一不足引起她对世界的悲观，弄得精神衰颓。

　　露沙的命运是如此。云青的悲剧同时开演了，云青向来对于世界是极乐观的，她目的想作一个完美的教育家，她愿意到乡村的地方——绿山碧水——的所在，招集些乡村的孩子，好好的培植她们，完成甜美的果树，对于露沙那种自寻苦恼的态度，每每表示反对。

　　这天下午她们都在校园葡萄架下闲谈，同级张君，拿了一封信来，递给露沙，她们都围拢来问："这是谁的信，我们看得吗？"露沙说："这是蔚然的信，有什么看不得的。"她说着因把信撕开,抽出来念道:——

露沙君:

不见数月了!我近来很忙。没有写信给你,抱歉得很!你近状如何?念书有得吗?我最近心绪十分恶劣,事事都感到无聊的痛苦,一身一心都觉无所着落,好像黑夜中,独驾扁舟,漂泊于四无涯际,深不见底的大海汪洋里,彷徨到底点了呵!日前所云事,曾否进行,有效否,极盼望早得结果,慰我不定的心。别的再谈。

蔚然

宗莹说:"这个人不就是我们上次在公园遇见的吗?……他真有趣,抱着一大捆讲义,睡在椅子上看,……他托你什么事?……露沙!"

露沙沉吟不语,宗莹又追问了一句,露沙说:"不相干的事,我们说我们的吧!时候不早,我们也得看点书才对。"这时玲玉和云青正在那唧唧哝哝商量星期六照像的事,宗莹招呼了她们,一齐来到讲堂。玲玉到图书室找书预备作论文,她本要云青陪她去,被露沙拦住说:"宗莹也要找书,你们俩何不同去。"玲玉才舍了云青,和宗莹去了。

露沙叫云青道:"你来!我有话和你讲。"云青答应着一同出来,她们就在柳荫下,一张凳子上坐下了。露沙说:"蔚然的信你看了觉得怎样?"云青怀疑着道:"什么怎么样?我不懂你的意思!"露沙说:"其实也没有什么!……我说了想你也不至于恼我吧?"云青说:"什么事?你快说就是了。"露沙说:"他信里说他十分苦闷，你猜为什么？……就是精神无处寄托，打算找个志同道合的女朋友，安慰他灵魂的枯寂！他对于你十分信任，从前和我说过好几次，要我先容，我怕碰钉子，直到如今不曾说过，今天他又来信，苦苦追问，我才说了，我想他的人格，你总信得过，作个朋友，当然不是大问题是不是？"云青听了这话，一时没说什么，沉思了半天说："朋友原来不成问题，……但是不知道我父亲的意思怎样？等我回去问问再说吧！"……露沙想了想答道："也好吧！但希望快点！"她们谈到这里，听见玲玉在讲堂叫她们，便不再往下说，就回到讲堂去。

露沙帮着玲玉找出《汉书·艺文志》来，混了些时，玲玉和宗莹都伏案作文章，云青拿着一本《唐诗》，怔怔凝思，露沙叉着手站在玻璃窗口，听柳树上的夏蝉不住声的嘶叫，心里只觉闷闷地，无精打采的坐在书案前，书也懒看，字也懒写。孤云正从外头进来，抚着露沙的肩说："怎么又犯了毛病啦，眼泪汪汪是什么意思呵！"露沙满腔烦闷悲凉，经她一语道破，更禁不住，爽性伏在桌上呜咽起来，玲玉、宗莹和云青都急忙围拢来，安慰她，玲玉再三问她为什么难受，她只是摇头，她实在说不出具体的事情来。这一下午她们四个人都沉闷无言，各人叹息各人的，这种的情形，绝不是头一次了。

冬天到了，操场里和校园中没有她们四人的影子了，这时她们的生活只在图书馆或讲堂里，但是图书馆是看书的地方，她们不能谈心，讲堂人又太多，到不得已时，她们就躲在栉沐室里，那里有顶大的洋炉子，她们围炉而谈，毫无妨碍。

最近两个星期，露沙对于宗莹的态度，很觉怀疑。宗莹向来是笑容满面，喜欢谈说的；现在却不然了，整日坐在讲堂，手里拿着笔在一张破纸上,画来画去,有时忽向玲玉说:"作人真苦呵!"露沙觉得她这种形态,绝对不是无因。这一天的第二课正好教员请假,露沙因约了宗莹到栉沐室谈心,露沙说:"你有什么为难的事吗?"她沉吟了半天说:"你怎么知道?"露沙说:"自然知道,……你自己不觉得,其实诚于中形于外,无论谁都瞒不了呢!"宗莹低头无言,过了些时,她才对露沙说:"我告诉你,但请你守秘密。"露沙说:"那自然啦,你说吧!"

"我前几个星期回家,我母亲对我说有个青年,要向我求婚,据父亲和母亲的意思,都很喜欢他,他的相貌很漂亮,学问也很好,但只一件他是个官僚。我的志趣你是知道的,和官僚结婚多讨厌呵!而且他的交际极广,难保没有不规则的行动,所以我始终不能决定。我父亲似乎很生气,他说:'现在的女孩子,眼里哪有父母呵,好吧!我也不能强迫你,不过我觉得这是个好机会,我作父亲的有对你留意的责任,你若自己错过了,那就不能怨人,……据我看那个青年,实在是不可多得的人才,将来至少也有科长的希望……'我被他这一番话说得真觉难堪,我当时一夜不曾合眼,我心里只恨为什么这么倒霉。若果始终要为父母牺牲,我何必念书晋学校。只过我六七年前小姐式的生活,早晨睡到十一二点起来,看看不相干的闲书,作两首澜调的诗,满肚皮佳人才子的思想,三从四德的观念,那末父母之命,媒妁之言,我自然遵守,也没有什么苦恼了!现在既然晋了学校,有了智识,叫我屈伏在这种顽固不化的威势下,怎么办得到!我牺牲一个人不要紧,其奈良心上过不去,你说难不难?……"宗莹说到伤心时,泪珠儿便不断的滴下来。露沙倒弄得没有主意了,只得想法安慰她说:"你不用着急,天下没有不爱子女的父母,她绝不忍十分难为你……"

宗莹垂泪说:"为难的事还多呢!岂止这一件。你知道师旭常常写信给我吗?"露沙诧异道:"师旭!是不是那个很胖的青年?"宗莹道:"是的。"……"他头一封信怎么写的?"露沙如此的问。宗莹道:"他提出一个问题和我讨论,叫我一定须答复,而且还寄来一篇论文叫我看完交回,这是使我不能不回信的原因。"露沙听完,点头叹道:"现在的社交,第一步就是以讨论学问为名,那招牌实在是堂皇得很,等你真真和他讨论学问时,他便再进一层,和你讨论人生问题,从人生问题里便渲染上许多愤慨悲抑的感情话,打动了你,然后恋爱问题就可以应运而生了。……简直是作戏,所幸当局的人总是一往情深,不然岂不味同嚼蜡!"宗莹说:"什么事不是如此?……作人只得模糊些罢了。"

她们正谈着,玲玉来了,她对她们作出娇痴的样子来,似笑似恼的说:"啊哟!两个人像煞有介事,……也不理人家。"说着歪着头看她们笑。宗莹说:"来!来!……我顶爱你!"一边说,一边走,过来拉着她的手。她就坐在宗莹的旁边,将头靠在她的胸前说:"你真爱我吗?……真的吗?"……"怎么不真!"宗莹应着便轻轻在她手上吻了一吻。露沙冷冷地笑道:"果然名不虚传,情迷碰到一起就有这么些做作!"玲玉插嘴道:"咦!世界上你顶没有爱,一点都不爱人家。"露沙现出很悲凉的形状道:"自爱还来不及,说得爱人家吗?"玲玉有些恼了,两颊绯红说:"露沙顶忍心,我要哭了!我要哭了!"说着当真眼圈红了,露沙说:"得啦!得啦!和你闹着玩呵!……我纵无情,但对于你总是爱的,好不好?"玲玉虽是哈哈地笑,眼泪却随着笑声滚了下来。正好云青找到她们处来,玲玉不容她开口,拉着她就走,说:"走吧!去吧!露沙一点不爱人家,还是你好,你永永爱我!"云青只迟疑的说:"走吗?……真是的!"又回头对她们笑道:"这是怎么回事?……你们不走吗……"宗莹说:"你先走好了,我们等等就来。"玲玉走后,宗莹说:"玲玉真多情,……我那亲戚若果能娶她,真是福气!"露沙道:"真的!你那亲戚现在怎么样?你这话已对玲玉说过吗?"宗莹说:"我那亲戚不久就从美国回来了,玲玉方面我约略说过,大约很有希望吧!""哦!听说你那亲戚从前曾和另外一个女子订婚,有这事吗?"露沙又接着问。宗莹叹道:"可不是吗?现在正在离婚,那边执意不肯,将来麻烦的日子有呢!"露沙说:"这恐怕还不成大问题,……只是玲玉和你的亲戚有否发生感情的可能,倒是个大问题呢?……听说现在玲玉家里正介绍一个姓胡的,到底也不知什么结果?"宗莹道:"慢慢地再说吧!现在已经下堂了。底下一课文学史,我们去听听吧!"她们就走向讲堂去。

她们四个人先后走到成人的世界去了。从前的无忧无愁的环境,一天一天消失。感情的花,已如荼如火的开着,灿烂温馨的色香,使她们迷恋,使她们尝到甜蜜的爱的滋味,同时使她们了解苦恼的意义。

这一年暑假,露沙回到上海去,玲玉回到苏州去,云青和宗莹仍留在北京。她们临别的末一天晚上,约齐了住在学校里,把两张木床合并起来,预备四个人联床谈心。在傍晚的时候,她们在残阳的余辉下,唱着离别的歌儿道:

潭水桃花，故人千里，
离歧默默情深悬，
两地思量共此心！
何时重与联襟？
愿化春波送君来去，
天涯海角相寻。

歌调苍凉，她们的声音越来越低，直至无声，露沙叹道："十年读书，得来只是烦恼与悲愁，究竟知识误我？我误知识？"云青道："真是无聊！记得我小的时候，看见别人读书，十分羡慕，心想我若能有了知识，不知怎样的快乐，若果知道越有知识，越与世界不相容，我就不当读书自苦了。"宗莹说："谁说不是呢？就拿我个人的生活说吧，我幼年的时候，没有兄弟姊妹，父母十分溺爱，也不许进学校，只请了一位老学究，教我读《毛诗》《左传》，闲时学作几首诗。一天也不出门，什么是世界我也不知道，觉得除依赖父母过我无忧无虑的生活外，没有一点别的思想，那时在别人或者看我很可惜，甚至于觉得我很可怜，其实我自己倒一点不觉得。后来我有一个亲戚，时常讲些学校的生活，及各种常识给我听，不知不觉中把我引到烦恼的路上去，从此觉得自己的生活，样样不对不舒服，千方百计和父母要求晋学校。晋了学校，人生观完全变了。不容于亲戚，不容于父母，一天一天觉得自己孤独，什么悲愁，什么无聊，逐件发明了。……岂不是知识误我吗？"她们三人的谈话，使玲玉受了极深的刺激，呆呆地站在秋千架旁，一语不发。云青无意中望见，因撇了露沙、宗莹走过来,拊在她的肩上说:"你怎样了?……有什么不舒服吗?"玲玉仍是默默无言,摇摇头回过脸去,那眼泪便扑朔朔滚了下来。她们三人打断了话头,拉着她到栉沐室里,替她拭干了泪痕,谈些诙谐的话,才渐渐恢复了原状。

到了晚上,她们四人睡在床上,不住的讲这样说那样,弄到四点多钟才睡着了。第二天下午露沙和玲玉乘京浦的晚车离开北京,宗莹和云青送到车站。当火车头转动时,玲玉已忍不住呜咽起来。露沙生性古怪,她遇到伤心的时候,总是先笑,笑够了,事情过了,她又慢慢回想着独自垂泪。宗莹虽喜言情,但她却不好哭。云青对于什么事,好像都不足动心的样子,这时对着渐去渐远的露沙、玲玉,只是怔怔呆望,直到火车出了正阳门,连影子都不见了,她才微微叹着气回去了。

在这分别的期中,云青有一天接到露沙的一封信说:

云青:

人间譬如一个荷花缸,人类譬如缸里的小虫,无论怎样聪明,也逃不出人间的束缚。回想临别的那天晚上,我们所说的理想生活——海边修一座精致的房子,我和宗莹开了对海的窗户,写伟大的作品;你和玲玉到临海的村里,教那天真的孩子念书,晚上回来,便在海边的草地上吃饭,谈故事,多少快乐——但是我恐怕这话,永久是理想的呵!你知道宗莹已深陷于爱情的漩涡里,玲玉也有爱剑卿的趋势。虽然这都是她们俩的事,至于我们呢?蔚然对于你陷溺极深,我到上海后,见过他几次,觉得他比从前沉闷多了。每每仰天长叹,好像有无限隐忧似的。我屡次问他,虽不曾明说什么,但对于你的渴慕仍不时流露出来。云青!你究竟怎么对付他呢?你向来是理智胜于感情的,其实这也是她们不到的观察,对于蔚然的诚挚,能始终不为所动吗?况且你对于蔚然的人格曾表示相信,那末你所以拒绝他的,岂另有苦衷吗?……

按说我的为人,在学校里,同学都批评我极冷淡寡情,其实人间的虫子,要想作太上的忘情,只是矫情罢了!不过有的人喜欢用情——即世上所谓的多情——有的不喜欢用情,一旦若是用了,更要比多情的深挚得多呢!我相信你不是无情,只是深情,你说是不是?

你前封信曾问我梓青的事,在事实上我没有和他发生爱情的可能,但爱情是没有条件的。外来的桎梏,正未必能防范得住呢?以后的结果,实不可预料,只看上帝的意旨如何罢了。

露沙

云青接到这封信,受了极大的刺激,用了两天两夜的思维,仍不能决定,她只得打电话叫宗莹来商量。宗莹问她对于蔚然本身有无问题,云青答道:"我向来没有和男子们交接,我觉得男子可以相信的很少,至于蔚然的人格,我始终信仰,不过我向来理智强于感情,这事的结果,若是很顺当的,那末倒也没什么,若果我父母以为不应当……或者亲戚们有闲话,那我宁可自苦一辈子,报答他的情义,叫我勉强屈就是作不到的。"

宗莹听完这话,沉想些时说:"我想你本身若是没有问题,那末就可以示意蔚然，叫他托人对你父母提出，岂不妥当吗？"云青懒懒道："大约也只有这么办了，……唉！真无聊……"她们商量妥当，宗莹也就回去了。

傍晚的时候，兰馨来找云青，谈话之间，便提到露沙。兰馨说："我前几天听见人说，露沙和梓青已发生恋爱了，但梓青已经结婚了，这事将来怎么办呢？"

云青怔怔地看着墙上的风景画出神，歇了半天说："这或者是人们的谣传吧！……我看露沙不至于这么糊涂！"

"咦！你也不要说这话，……固然露沙是极明白，不至于上当，但梓青的婚姻是父母强迫的，本没有爱情可言，他纵对于露沙要求情爱，按真理说并不算大不道，不过社会上一般人，未免要说闲话罢了。……露沙最近有信吗？"

"有信，对于这事，她也曾说过，但她的主张，怕不至于就会随随便便和梓青结婚吧？她向来主张精神生活的，就是将来发生结婚的事情，也总得有相当的机会。"

"其实她近年来，在社会上已很有发展的机会，还是不结婚好，不然埋没了未免可惜……你写信还是劝她努力吧！"

她们正谈着，一阵电话铃响，原来是孤云找兰馨说话，因打断了她们的话头，兰馨接了电话。孤云要约她公园玩去，她于是辞了云青到公园去。

云青等她走后，便独自坐在廊子底下，默默沉思，觉得："人生真是有限，像露沙那种看得破的人，也不能自拔！宗莹更不用说了……便是自己也不免宛转因物！"云青正在遐想的时候，只见听差走进来说有客来找老爷，云青因急急回避了，到屋里看了几页书，倦上来就收拾睡下。

第二天早晨，云青才起来，她的父亲就叫她去说话，她走进父亲的书房，只见她父亲皱着眉道："你认得赵蔚然吗？"云青听了这话，顿时心跳血涨，嗫嚅半天说："听见过这人的名字。"她父亲点头道："昨天伊秋先生来，还提起他，我觉得这个人太懦弱了，而且相貌也不魁武。"一边说着，一边看着云青，云青只是低头无言。后来她父亲又道："我对于你的希望很大，你应当努力预备些英文，将来有机会，到外国走走才是。"说到这里，才慢慢站起来走了。

云青怔怔望着窗外柳丝出神，觉有无限怅惘的情绪，萦绕心田，因到书案前，伸纸染毫写信给露沙道：

露沙：

前信甫发，接书一慰，因连日心绪无聊，未能即复，抱歉之至！未书以处世多磨，苦海无涯为言，知露沙感喟之深，子固生性豪爽者，读到"雄心壮志早随流水去"之句，令人不忍为设地深思也。"不享物质之幸福，亦不愿受物质之支配。"诚然！但求精神之愉快，闭门读书，固亦云唯一之希望，然岂易言乎？

宗莹与师旭定婚有期矣，闻宗莹因此事，与家庭冲突，曾陪却不少眼泪。究竟何苦来？所谓"有情人都成眷属"亦不过霎时之幻影耳。百年容易，眼见白杨萧萧，荒冢累累，谁能逃此大限？此诚"天下本无事庸人自扰之也"。渠结婚佳期闻在中秋，未知确否，果确，则一时之兴尚望露沙能北来，共与其盛，未知如愿否？

玲玉事仍未能解决，而两方爱情则与日俱增，可怜！

有限之精神，怎经如许消磨，玲玉为此事殊苦，不知冥冥之运命将何以处之也！嗟！嗟！造化弄人！

最后一段，欲不言而不得不言，此即蔚然之事，云自幼即受礼教之熏染。及长已成习惯，纵新文化之狂浪，洇没吾顶，亦难洗前此之遗毒，况父母对云又非恶意，云又安忍与抗乎？乃近闻外来传言，又多误会，以为家庭强制，实则云之自身愿为家庭牺牲，何能委责家庭。愿露沙有以正之！至于蔚然处，亦望露沙随时开导，云诚不愿陷人滋深，且愿终始以友谊相重，其他问题都非所愿闻，否则只得从此休矣！

思绪不宁，言失其序，不幸！不幸！不知无常之天道，伊于胡底也，此祝

健康！

云青

云青写完信后，就到姑妈家找表姊妹们谈话去了。

四

露沙由京回到上海以后，和玲玉虽隔得不远，仍是相见苦稀，每天除陪了母亲兄嫂姊妹谈话，就是独坐书斋，看书念诗。这一天十时左右，邮差送信来，一共有五六封，有一封是梓青的信，内中道：——

露沙吾友：

又一星期不接你的信了！我到家以来，只觉无聊。回想前些日子在京时，我到学校去找你，虽没有一次不是相对无言，但精神上已觉有无限的安慰，现在并此而不能，怅惘何极！

上次你的信说，有时想到将来离开了学校生活，而踏进恶浊的社会生活，不禁万事灰心，我现虽未出校，已无事不灰心了！平时有说有笑，只是把灰心的事搁起，什么读书，什么事业，只是于无可奈何中聊以自遣，何尝有真乐趣！——我心的苦，知者无人——然亦未始并不幸中之幸，免得他们更和我格格不入了。

我于无意中得交着你，又无意于短时间中交情深刻这步田地！这是我最满意的事，唉！露沙！这的确是我们一线的生机！有无上的价值！

说到"人生不幸"，我是以为然而不敢深思的，我们所想望的生活，并不是乌托邦，不可能的生活，都是人生应得的生活；若使我们能够得到应得的生活，虽不能使我们完全满意，聊且满意，于不幸的人生中，我们也就勉强自足了！露沙！我连这一层都不敢想到，更何敢提及根本的"人生不幸"！

你近来身体怎样，务望自重，有工夫多来信吧！此祝快乐！

梓青书

露沙接到信后，只感到万种凄伤，把那信翻来覆去，看了无数遍，直到能背诵了，她还是不忍收起——这实在是她的常态，她生平喜思量，每逢接到朋友们的来信，总是这种情形——她闷闷不语，最后竟滴下泪来。本想即刻写回信，恰巧蔚然来找，露沙才勉强拭干眼泪，出来相见。

　　这时已是黄昏了，西方的艳阳余辉，正射在玻璃窗上，由玻璃窗反折过来，正照在蔚然的脸上，微红而黑的两颊边，似有泪痕。露沙很奇异的问道："现在怎么样？"蔚然凄然说："不知道为什么？这几天心绪恶劣，要想到西湖，或苏州跑一趟，又苦于走不开，人生真是干燥极了！"露沙只叹了一声，彼此缄默约有五分钟，蔚然才问露沙道："云青有信吗？……我写了三封信去，她都没有回我，不知道怎样，你若写信时，替我问问吧！"露沙说："云青前几天有信来，她曾叫我劝你另外打主意，她恐怕终究叫你失望……她那个人作事十分慎重，很可佩服，不过太把自己牺牲了！……你对她到底怎样呢？"蔚然道："我对于她当然是始终如一，不过这事也并不是勉强得来的，她若不肯，当然作罢，但请她不要以此介介，始终保持从前的友谊好了。"露沙说："是呀！这话我也和她谈过，但是她说为避嫌疑起见，她只得暂时和你疏远，便是书信也拟暂时隔绝，等到你婚事已定后，再和你继续前此友谊……我想云青的心也算苦了。她对于你绝非无情，不过她为了父母的意见，宁可牺牲她的一生幸福……说到这里，我又想起今年春假，云青、玲玉、宗莹、莲裳，我们五个人，在天津住着。有一天夜里，正是月色花影互相厮并，红浪碧波，掩映斗媚。那时候我们坐在日本的神坛的草地上，密谈衷心，也曾提起这话，云青曾说对于你无论如何，终觉抱歉，因为她固执的缘故，不知使你精神上受多少创痕，……但是她也绝非木石，所以如此的原因，不愿受人訾议罢了。后来玲玉就说：这也没有什么訾议,现在比不得从前,婚姻自由本是正理,有什么忌讳呢?云青当时似乎很受了感动,就道:'好吧!我现在也不多管了。叫他去进行,能成也罢,不成也罢!我只能顺事之自然,至于最后的奋斗,我没有如此大魄力——而且闹起来,与家庭及个人都觉得说来不好听……'当日我们的谈话虽仅此而止,但她的态度可算得很明了。我想你如果有决心非她不可,你便可稍缓以待时机。"蔚然点头道:"暂且不提好了。"

蔚然走后,玲玉恰好从苏州来,邀露沙明天陪她到吴淞去接剑卿去。露沙就留她住在家里,晚饭后闲谈些时,便睡下了。第二天早晨才五点多钟玲玉就从睡中惊醒,悄悄下了床梳好了头。这时露沙也起来了,她们都收拾好了,已经到六点半。因乘车到火车站,距开车才有十分钟忙忙买了车票,幸喜车上还有座位。玲玉脸向车窗坐着,早晨艳阳射在她那淡紫色的衣裙上,娇美无比,衬着她那似笑非笑的双靥好像浓绿丛中的紫罗兰。露沙对她怔怔望着,好像在那里猜谜似的。玲玉回头问道:"你想什么?你这种神情,衬着一身雪般的罗衣,直像那宝塔上的女石像呢!"露沙笑道:"算了吧!知道你今天兴头十足,何必打趣我呢?"玲玉被露沙说得不好意思了,仍回过头去,佯为不理。

半点钟过去了,火车已停在吴淞车站。她们下了车,到泊船码头打听,那只美国来的船,还有两三个钟头才进口。她们便在海边的长堤上坐下,那堤上长满了碧绿的青草。海涛怒啸,绿浪澎湃,但四面寂寥。除了草底的鸣蛩,抑抑悲歌外,再没有其他的音响和怒浪骇涛相应和了。

两点多钟以后,她们又回到码头上。只见许多接客的人,已挤满了,再往海面一看,远远的一只海船,开着慢车冉冉而来。玲玉叫道:"船到了!船到了!"她们往前挤了半天,才站了一个地位,又等半天,那船才拢了岸。鼓掌的欢声和呼唤的笑声,立刻充溢空际。玲玉只怔怔向船上望着,望来望去终不见剑卿的影子,十分彷徨。只等到许多人都下了船,才见剑卿提着小皮包,急急下船来。玲玉走向前去,轻轻叫道:"陈先生!"剑卿忙放下提包,握着玲玉的手道:"哦!玲玉!我真快活极了!你几时来的?那一位是你的朋友吗?……"玲玉说:"是的!让我给你介绍介绍,"因回过头对露沙道,"这位是陈剑卿先生。"又向陈先生道:"这位是露沙女士。"彼此相见过,便到火车站上等车。玲玉问道:"陈先生的行李都安置了吗?"剑卿道:"已都托付一个朋友了,我们便可一直到上海畅谈竟日呢!"玲玉默默无言,低头含笑,把一块绢帕叠来叠去。露沙只听剑卿缕述欧美的风俗人情。不久到了上海,露沙托故走了,玲玉和剑卿到半淞园去。到了晚上,玲玉仍回到露沙家里,住了一夜,第二天早上就回苏州。

  过了几天,玲玉寄来一封信,邀露沙北上。这时候已经是八月的天气,风凉露冷,黄花遍地,她们乘八月初三早车北上。在路上玲玉告诉露沙,这次剑卿向她求婚,已经不能再坚执了。现在已双方求家庭的通过,露沙因问她剑卿离婚的手续已办没有?玲玉说:"据剑卿说,已不成问题,因为那个女子已经有信应允他。不过她的家人故意为难,但婚姻本是两方同意的结合,岂容第三者出来勉强,并且那个女子已经到英国留学去了。……不过我总觉得有些对不住那个女子罢了!"露沙沉吟道:"你倒没什么对不住她。不过剑卿据什么条件一定要和这女子离婚呢?"玲玉道:"因为他们定婚的时候,并不是直接的,期间曾经第三者的介绍,而那个介绍人又不忠实,后来被剑卿知道了,当时气得要死,立刻写信回家,要求家里替他离婚,而他的家庭很顽固,去信责备了他一顿,他想来想去没有办法,只有自己出马,当时写了一封信给那个女子,陈说利害。那个女子倒也明白,很爽快就答应了他,并且写了一封信给她的家人,意思是说,婚姻大事,本应由两个男女,自己作主,父母所不能强逼,现在剑卿既觉得和她不对,当然由他离异等语。不过她的家人,十分不快,一定不肯把订婚的凭证退还,所以前此剑卿向我求婚,我都不肯答应。……但是这次他再三的哀求,我真无法了,只得答应了他。好在我们都有事业的安慰,对于这些事都可随便。"露沙点头道:"人世的祸福正不可定,能游嬉人间也未尝不是上策呢?"

玲玉同露沙到北京之后,就在中学里担任些钟点,这时她们已经都毕业了。云青、宗莹、露沙、玲玉都在北京,只有莲裳到天津女学校教书去了。莲裳在天津认识了一个姓张的青年,不久他们便发生了恋爱,在今年十月十号结婚,他们因约齐一同到天津去参与盛典。

莲裳随遇而安的天性,所以无论处什么环境,她都觉得很快活。结婚这一天,她穿着天边彩霞织就的裙衫,披着秋天白云网成的软绡,手里捧着满蓄着爱情的玫瑰花,低眉凝容,站在礼堂的中间。男女来宾有的啧啧赞好,有的批评她的衣饰。只有玲玉、宗莹、云青、露沙四个人,站在莲裳的身旁,默默无言。仿佛莲裳是胜利者的所有品,现在已被胜利者从她们手里夺去一般,从此以后,往事便都不堪回忆!海滨的联袂倩影,现在已少了一个。月夜的花魂不能再听见她们五个人一齐的歌声。她们越思量越伤心,露沙更觉不能支持,不到婚礼完她便悄悄地走了。

回到旅馆里伤感了半天,直至玲玉她们回来了,她兀自泪痕不干,到第二天清早便都回到北京了。

从天津回来以后,露沙的态度,更见消沉了。终日闷闷不语,玲玉和云青常常劝她到公园散心去,露沙只是摇头拒绝。人们每提到宗莹,她便泪盈眼帘,凄楚万状!有一天晚上,月色如水,幽景绝胜,云青打电话邀她家里谈话,她勉强打起精神,坐了车子,不到一刻钟就到了。这时云青正在她家土山上一块云母石上坐着,露沙因也上了山,并肩坐在那块长方石上。云青说:"今夜月色真好,本打算约玲玉、宗莹我们四个人,清谈竟夜,可恨剑卿和师旭把她们俩伴住了不能来——想想朋友真没交头,起初情感浓挚,真是相依为命,到了结果,一个一个都风流云散了,回想往事,只恨多余!怪不得我妹妹常笑我傻。我真是太相信人了!"露沙说:"世界上的事情,本来不过尔尔,相信人,结果固然不免孤零之苦,就是不相信人,何尝不是依然感到世界的孤寂呢?总而言之,求安慰于善变化的人类,终是不可靠的,我们还是早些觉悟,求慰于自己吧!"露沙说完不禁心酸,对月怔望,云青也觉得十分凄楚,歇了半天,才叹道:"从前玲玉老对我说:同性的爱和异性的爱是没有分别的,那时我曾驳她这话不对,她还气得哭了,现在怎么样呢?"露沙说:"何止玲玉如此?便是宗莹最近还有信对我说:'十年以后同退隐于西子湖畔'呢!那一句是可能的话,若果都相信她们的话,我们的后路只有失望而自杀罢了!"

她们直谈到夜深更静,仍不想睡。后来云青的母亲出来招呼她们去睡,她们才勉强进去睡了。

露沙从失望的经验里,得到更孤僻的念头,便是对于最信仰的梓青,也觉淡漠多了。这一天正是星期六,七点多钟的时候,梓青打电话来邀她看电影,她竟拒绝不去,梓青觉得她的态度变得很奇怪。当时没说什么,第二天来了一封信道:

露沙!

我在世界上永远是孤零的呵!人类真正太惨刻了!任我流涸了泪泉,任我粉碎了心肝,也没有一个人肯为我叫一声可怜!更没有人为我洒一滴半滴的同情之泪!便是我向日视为一线的光明,眼见得也是暗淡无光了!唉!露沙!若果你肯明明白白告诉我说:"前头没有路了!"那末我决不再向前多走一步,任这一钱不值的躯壳,随万丈飞瀑而去也好;并颓岩而同堕于千仞之深渊也好;到那时我一切顾不得了。就是残苛的人类,打着得胜鼓宣布凯旋,我也只得任他了……唉!心乱不能更续,顺祝

康健!

梓青

露沙看完这封信,心里就像万弩齐发,痛不可忍,伏在枕上呜咽悲哭,一面自恨自己太怯弱了!人世的谜始终打不破,一面又觉得对不住梓青,使他伤感到这步田地,智情交战,苦苦不休,但她天性本富于感情,至于平日故为旷达的主张,只不过一种无可奈何的呻吟。到了这种关头,自然仍要为情所胜了,况她生平主张精神的生活。她有一次给莲裳一封信,里头有一段说:

"许多聪明人,都劝我说:'以你的地位和能力,在社会上很有发展的机会,为什么作茧自束呢?'这话出于好意者的口里,

·象牙戒指·

我当然是感激他,但是一方我却不能不怪他,太不谅人了!……若果人类生活在世界上,只有吃饭穿衣服两件事,那末我早就葬身狂浪怒涛里了,岂有今日?……我觉得宛转因物,为世所称倒不如行我所适,永垂骂名呢?干枯的世界,除了精神上,不可制止情的慰安外,还有别的可滋生趣吗?……"

露沙的志趣,既然是如此,那末对于梓青十二分恳挚的态度,能不动心吗?当时拭干泪痕,忙写了一封信,安慰梓青道:——

梓青!

你的信来,使我不忍卒读!我自己已是世界上最不幸的人了!何忍再拉你同入漩涡?所以我几次三番,想使你觉悟,舍了这九死一生的前途,另找生路,谁知你竟误会我的意思,说出那些痛心话来!唉!我真无以对你呵!

我也知道世界最可宝贵,就是能彼此谅解的知己,我在世上混了二十余年,不遇见你,固然是遗憾千古,既遇见你,也未尝不是凤孽呢?……其实我生平是讲精神生活的,形迹的关系有无,都不成问题,不过世人太苛毒了!对于我们这种的行径,排斥不遗余力,以为这便是大逆不道,含沙射影,使人难堪,而我们又都是好强的人,谁能忍此?因而我的态度常常若离若即,并非对你信不过,谁知竟使你增无限苦楚。唉!我除向你诚恳的求恕外,还有什么话可说!愿你自己保重吧!何苦自戕过甚呢?祝你精神愉快!

露沙

梓青接到信后，又到学校去会露沙，见面时，露沙忽触起前情，不禁心酸，泪水儿滴了下来，但怕梓青看见，故意转过脸去，忍了半天，才慢慢抬起头来。梓青见了这种神情，也觉十分凄楚，因此相对默默，一刻钟里一句话也没有。后来还是露沙问道："你才从家里来吗？这几天蔚然有信没有？"梓青答道："我今天一早就出门找人去了，此刻从于农那里来，蔚然有信给于农，我这里有两三个礼拜没接到他的信了。"露沙又问道："蔚然的信说些什么？"梓青道："听于农说，蔚然前两个星期，接到云青的信，拒绝他的要求后，苦闷到极点了，每天只是拚命的喝酒。醉后必痛哭，事情更是不能做，而他的家里，因为只有他一个独子，很希望早些结婚，因催促他向这方面进行，究竟怎么样还说不定呢！不过他精神的创伤也就够了。……云青那方面，你不能再想法疏通吗？"

"这事真有些难办，云青又何尝不苦痛？但她宁愿眼泪向里流，也绝不肯和父母说一句硬话。至于她的父母又不会十分了解她，以为她既不提起，自然并不是非蔚然不嫁。那末拿一般的眼光，来衡量蔚然这种没有权术的人，自难入他们的眼，又怎么知道云青对他的人格十分信仰呢？我见这事，蔚然能放下，仍是放下吧！人寿几何？容得多少磨折？"

梓青听见露沙的一席话，点头道："其实云青也太懦弱了！她若肯稍微奋斗一点，这事自可成功……若果她是坚持不肯，我想还是劝蔚然另外想法子吧！不然怎么了呢？"说到这里，便停顿住了，后来梓青又向露沙说："……你的信我还没复你，……都是我对不住你，请你不要再想吧！"说到这里眼圈又红了。露沙说:"不必再提了,总之不是冤家不对头!……你明天若有工夫,打电话给我,我们或者出去玩,免得闷着难受。"梓青道:"好!我明天打电话给你,现在不早了,我就走吧。"说着站起来走了。露沙送他到门口,又回学校看书去了。

宗莹本来打算在中秋节结婚,因为预备来不及,现在改在年底了。而师旭仿佛是急不可待,每日下午都在宗莹家里直谈到晚上十点,才肯回去。有时和宗莹携手于公园的苍松荫下,有时联舞于北京饭店跳舞场里,早把露沙和云青诸人丢在脑后了。有时遇到,宗莹必缕缕述说某某夫人请宴会,某某先生请看电影,简直忙极了,把昔日所谈的求学著书的话,一概收起。露沙见她这种情形,更觉格格不入。有时觉得实在忍不住了,因苦笑对宗莹说:"我希望你在快乐的时候,不要忘了你的前途吧!"宗莹听了这话,似乎很能感动她。但她确不肯认她自己的行动是改了前态,她必定说:"我每天下午还要念两点钟英文呢!"露沙不愿多说,不过对于宗莹的情感,一天淡似一天,从前一刻不离的态度,现在竟弄到两三个星期不见面,纵见了面也是相对默默,甚至于更引起露沙的伤感。

宗莹结婚的上一天晚上,露沙在她家里住下,宗莹自己绣了一对枕头,还差一点不曾完工,露沙本不喜欢作这种琐碎的事,但因为宗莹的缘故,努力替她绣了两个玫瑰花瓣。这一夜她们家里的人忙极了,并且还来了许多亲戚,来看她试妆的。露沙嫌烦,一个人坐在她父亲的书房,替她作枕头,后来她父亲走了进来,和她谈话之间,曾叹道:"宗莹真没福气呵!我替她找一个很好的丈夫她不要,唉!若果你们学校的人,有和那个姓祝的结婚,真是幸福!不但学问好,而且手腕极灵敏,将来一定可以大阔的。……他待宗莹也不算薄了,谁知宗莹竟看不上他!"露沙不好回答什么,只是含笑唯诺而已。等了些时她父亲出去了,宗莹打发老妈子来请露沙吃饭。露沙放下针线,随老妈子到了堂屋,许多艳装丽服的女客,早都坐在那里,露沙对大家微微点头招呼了,便和宗莹坐在一处。这时宗莹收拾得额覆卷发,凸凹如水上波纹。耳垂明珰,灿烂与灯光争耀,身上穿着玫瑰紫的缎袍,手上戴着订婚的钻石戒指,锐光四射。露沙对她不住的端详,觉得宗莹变了一个人。从前在学校时,仿佛是水上沙鸥,活泼清爽。今天却像笼里鹦鹉,毫无生气,板板地坐在那里,任人凝视,任人取笑,她只低眉默默,陪着那些钗光鬓影的女客们吃完饭。她母亲来替她把结婚时要穿的礼服,一齐换上。祖宗神位前面点起香烛,铺上一块大红毡子,叫人扶着宗莹向上叩了三个头。后来她的姑母们,又把她父母请出来,宗莹也照样叩了三个头。其余别的亲戚们也都依次拜过,又把她扶到屋里坐着。露沙看了这种情形,好像宗莹明天就是另外一个人了,从前的宗莹已经告一结束,又见她的父母都凄凄悲伤,更禁不住心酸,但人前不好落泪,仍旧独自跑到书房去,痛痛快快流了半天眼泪。后来客人都散了,宗莹来找她去睡觉。她走进屋子,一言不发,忙忙脱了外头衣服,上床脸向里睡下。宗莹此时也觉得有些凄惶,也是一言不发的睡下,其实各有各的心事,这一夜何曾睡得着。第二天天才朦胧,露沙回过脸来,看见宗莹已醒。她似醉非醉,似哭非哭的道:"宗莹!从此大事定了!"说着涕泪交流。宗莹也觉得从此大事定了的一句话,十分伤心,不免伏枕呜咽。后来还是露沙怕宗莹的母亲忌讳,忙忙劝住宗莹。到七点钟大家全都起来了,忙忙地收拾这个,寻找那个,乱个不休。到十二点钟,迎亲的军乐已经来了,那种悲壮的声调,更觉得人肝肠裂碎。露沙等宗莹都装饰好了,握着她的手说:"宗莹!愿你前途如意!我现在回去了,礼堂上没什么意思,我打算不去,等过两天我再来看你吧!"宗莹只低低应了一声,眼圈已经红润了,露沙不敢回头,一直走了。

　　露沙回到家里,恹恹似病,饮食不进,闷闷睡了两天。有一天早起家里忽来一纸电报,说她母亲病重,叫她即刻回去。露沙拿着电报,又急又怕,全身的血脉,差不多都凝住了,只觉寒战难禁。打算立刻就走,但火车已开过了,只得等第二天的早车。但这一下半天的光阴,真比一年还难挨。盼来盼去,太阳总不离树梢头,再一想这两天一夜的旅程,不独凄寂难当,更怕赶不上与慈母一面,疑怕到这里,心头阵阵酸楚,早知如此,今年就不当北来?

　　好容易到了黄昏。宗莹和云青都闻信来安慰她,不过人到真正忧伤的时候,安慰决不生效果,并且相形之下,更触起自己的伤心来。

　　夜深了,她们都回去,露沙独自睡在床上,思前想后,记得她这次离家时,母亲十分不愿意,临走的那天早起,还亲自替她收拾东西,叮嘱早些回来,——如果有意外之变,将怎样?她越思量越凄楚!整整哭了一夜,第二天早起,匆匆上了火车。莲裳这时也在北京,她到车站送她,莲裳惝然的神情,使露沙陡怀起,距此两年前,那天正是夜月如水的时候,她到莲裳家里,问候她母亲的病,谁知那时她母亲正断了气。莲裳投在她怀里,哀哀地哭道:"我从今以后没有母亲了!"呵!那时的凄苦,已足使她泪落声咽。今若不幸,也遭此境遇,将怎么办?觉得自己的身世真是可怜,七岁时死了父亲,全靠阿母保育教养。有缺憾的生命树,才能长成到如今,现在不幸的消息,又临到头上。……若果再没有母亲,伶仃的身世,还有什么勇气和生命的阻碍争斗呢?她越想越可怕,禁不住握着莲裳的手,呜咽痛哭。莲裳见景伤情,也不免怀母陪泪,但她还极诚挚的安慰她说:"你不要伤心,伯母的病或者等你到家已经好了,也说不定……并且这一路上,你独自一个,更须自己保重,倘若急出病来,岂不更使伯母悬心吗?"露沙这时却不过莲裳的情,遂极力忍住悲声。

后来云青和永诚表妹都来了。露沙见了她们,更由不得伤心,想每回南旋的时候,虽说和她们总不免有惜别的意思,但因抱着极大的希望——依依于阿母肘下,同兄嫂妹妹等围绕了阿母膝前如何的快活?自然便把离愁淡忘了,旅程也不觉凄苦了。但这一次回去,她总觉得前途极可怕,恨不得立时飞到阿母面前。而那可恨的火车,偏偏迟迟不开,等了好久,才听铃响,送客的人纷纷下车,宗莹莲裳她们也都和她握手言别,她更觉自己伶仃得可怜,不免又流下泪来。

在车上只是昏昏恹恹,好容易盼到天黑,又盼天亮,念到阿母病重,就如堕身深渊,浑身起栗,泪落不止。

不久车子到了江边,她独自下了车,只觉浑身疲软,飘飘忽忽上了渡船。在江里时,江风尖利,她的神志略觉清爽,但望着那奔腾的江浪,只觉到自己前途的孤零和惊怕,唉!上帝!若果这时明白指示她母亲已经不在人间了,她一定要藉着这海浪缀成的天梯,去寻她母亲去……

过了江,上了沪宁车,再有六七个钟头到家了,心里似乎有些希望,但是惊惧的程度,更加甚了,她想她到家时,或者阿母已经不能说话了,她心里要怎样的难受?……但她又想上帝或不至如此绝人——病是很平常的事,何至于一病不起呢?

那天的车偏偏又误点了,到上海已经十二点半钟,她急急坐上车奔回家去。离家门不远了,而急迫和忧疑的程度,也逐层加增,只有极力嘘气,使她的呼吸不至壅塞。车子将转弯了,家门可以遥遥望见,母亲所住的屋子,楼窗紧闭,灯火全熄,再一看那两扇黑门上,糊着雪白的丧纸。她这时一惊,只见眼前一黑,便昏晕在车上了,过了五分钟才清醒过来。等不得开门,她已失声痛哭了。等到哥哥出来开门时,麻衣如雪,涕泪交下,她无力的扑在灵前,哀哀唤母,但是桐棺三寸,已隔人天。露沙在灵前哭了一夜,第二天更不支,竟寒热交作卧病一星期,才渐渐好了。

露沙在母亲的灵前守了一个月,每天对着阿母的遗照痛哭,朋友们来函劝慰,更提起她的伤心。她想她自己现在更没牵挂了,把从前朋友们写的信,都从书箱里拿出来,一封封看过,然后点起一把火烧了。觉得眼前空明,心底干净,并且决心任造物的播弄,对于身体毫不保重,生死的关头,已经打破,有一天夜里她梦见她的母亲来了,仿佛记起她母亲已死,痛哭起来,自己从梦中惊醒。掀开帐子一看,星月依稀,四境凄寂,悄悄下了床,把电灯燃着,对着母亲的照像又痛哭了一场,然后含泪写了一封信给梓青道:——

梓青!

可怜无父之儿复抱丧母之恨,苍天何极,绝人至此——清夜挑灯,血泪沾襟矣!

人生朝露,而忧患偏多,自念身世,怆怀无限!阿母死后，益少生趣。沙非敢与造物者抗，特雨后梨花，不禁摧残，后此作何结局，殊不可知耳！

目下丧事已楚，友辈频速北上，沙亦不愿久居此地，盖触景伤情，悲愁益不胜也！梓青来函，责以大义，高谊可感。唯沙经此折磨，灰冷之心，有无复燃之望，实不敢必。此后惟飘泊天涯，消沉以终身，谁复有心与利禄征逐，随世俗浮沉哉，望梓青勿复念我，好自努力可也。

沙已决明旦行矣。申江云树，不堪回首，嗟乎？冥冥天道，安可论哉？……

露沙写完信后，天已发亮。因把行李略略检楚，她的哥哥妹妹都到车站送她。临行凄凉，较昔更甚，大家洒泪而别。露沙到京时，云青曾到车站接她，并且告诉她，宗莹结婚后不到一个月，便患重病，现在住在医院里。露沙觉得人生真太无聊了！黄金时代已过，现在好像秋后草木，只有飘零罢了！

玲玉这时在上海，来信说半年以内就要结婚，露沙接信后，不像前此对于宗莹、莲裳那种动心了，只是淡淡写了一封贺她成功的信。这时露沙昔日的朋友，一个个都星散了。北京只剩了一个云青和久病的宗莹，至于孤云和兰馨，虽也在北京，但露沙轻易不和她们见面，所以她最近的生活，除了每天到学校里上课外，回来只有昏睡。她这时住在舅舅家里，表妹们看见她这样，都觉得很可忧的。想尽种种方法，来安慰她，不但不能止她的愁，而且每一提起，她更要痛哭。她的表妹知道她和梓青极好，恐怕能安慰她的只是他了，因给梓青写了一封信道：

梓青先生：

我很冒昧给你写信，你一定很奇怪吧？你知道我表姊近来的状况怎样吗？她自从我姑母死后，更比从前沉默了！每天的枕头上的泪痕，总是不干的，我们再三的劝慰，终无益于事，而她的身体本来不好，哪经得起此种的殷忧呢？你是她很好的朋友，能不能想个法子安慰她？我盼望你早些北来，或者可稍煞她的悲怀！

我们一家人，都为她担忧，因为她向来对于人世，多抱悲观，今更经此大故，难保没有意外的事情发生。……要说起她，也实在可怜，她自幼所遇见的事，已经很使她感觉世界的冷苛，现在母亲又弃她而去，一个人四海飘泊，再有勇气的人，也不禁要志馁心灰呵！你有方法转移她的人生观吗？盼望得很，再谈吧！此祝

康乐！

露沙的表妹上

露沙这一天早起，觉得头脑十分沉闷，因走到院子里站了半晌，才要到屋里去梳头，听差的忽进来告诉她说，有一个姓朱的来访。她想了半天，不知道是谁，走到客厅，看见一个女子，面上微麻，但神情眼熟得很，她像见过似的，凝视了半天，才骇然问道："你是心悟吗？我们三年多不见了！……你从哪里来？前些日子竹荪有信来，说你去年出天花，很危险，现在都康全了？"心悟悄然道："人事真不可料，我想不到活到二十几岁，还免不了出这场天灾，我早想写信给你，但我自病后心情灰冷，每逢提笔写信，就要触动我的伤感。人们都以为我病好了，来称贺我！其实能在

那里死了,比这样活着强得多呢!"露沙说:"灾病是人生难免的,好了自然值得称贺,你为什么说出这种短气的话来?"心悟被露沙这么一问,仿佛受了极大的刺激般,低头哽咽,歇了半天,她才说:"我这病已经断送了我梦想的前途,还有什么生趣?"露沙不明白她的意思,只为不过她一时的感触,不愿多说,因用别的话叉开,谈了些江浙的风俗,心悟也就走了。

过了几天,兰馨来谈,忽问露沙说:"你知道你那朋友朱心悟已经解除婚约了吗?"露沙惊道:"这是怎么一回事,怪道那天她那样情形呢!"兰馨因问什么情形,露沙把当日的谈话告诉她。兰馨叹道:"作人真是苦多乐少,像心悟那样好的人,竟落到这步田地?真算可怜!心悟前年和一个青年叫王文义的订婚,两个人感情极好,已经结婚有期,不幸心悟忽然出起天花来,病势十分沉重,直病了四个多月才好。好了之后脸上便落了许多麻点,其实这也算不得什么,偏偏心悟古怪心肠,她说:男子娶妻,没一个不讲究容貌的,王文义当日再三向她求婚,也不过因爱她的貌,现在貌既残缺,还有什么可说,王文义纵不好意思,提出退婚的话,而他的家人已经有闲话了。与其结婚后使王文义不满意,倒不如先自己退婚呢!心悟这种的主张发表后,她的哥哥曾劝止她,无奈她执意不肯,无法只得照她的话办了。王文义起初也不肯答应,后来经不起家人的劝告,也就答应了。离婚之后心悟虽然达到目的,但从此她便存心逃世,现在她哥哥姊妹们都极力劝她。将来怎么样,还说不定呢!"兰馨说完了,露沙道:"怎么年来竟是这些使人伤心的消息呵!心悟从前和我在中学同校时,是个极活泼勇进的人,现在只落得这种结果,唉!前途茫茫,怎能不使人望而生畏!"不久兰馨走了。露沙正要去看心悟,邮差忽送来一封信,是梓青寄的。她拆开看道:

露沙！露沙！

你真忍决心自戕吗？固然世界上的人都是残忍的，但是你要想到被造物所播弄的，不止你一个人呵，你纵不爱惜自己，也当为那同病的人，稍留余地！你若绝决而去，那同病者岂不更感孤零吗？

露沙！我惟有自恨自伤，没有能力使你减少悲怀，但是你曾应许我作你唯一的知己，那末你到极悲痛的时候，也当为我设想，若果你竟自绝其生路，我的良心当受何种酷责？唉！露沙！在形式上，我固没有资格来把你孤寂的生活，变热闹了。而在精神上，我极诚恳的求你容纳我，把我火热的心魂，伴着你萧条空漠的心田，使她开出灿烂生趣的花，我纵因此而受任何苦楚，都不觉悔的。露沙！你应允我吧！

我到京已两日，但事忙不能立时来会你，明天下午我一定到你家里来，请你不要出去。别的面谈，祝你快活！

梓青

露沙看过信后，不免又伤感了一番，但觉得梓青待她十分诚恳，心里安慰许多。第二天梓青来看她，又劝她好些话，并拉她到公园散步，露沙十分感激他，因对梓青道："我此后的几月，只是为你而生！"梓青极受感动，一方面觉得露沙引自己为知己，是极荣幸的，但一方面想到那不如意的婚姻，又万感丛集，明知若无这层阻碍，向露沙求婚，一定可操胜券，现在竟不能。有一次他曾向露沙微露要和他妻子离婚的意思，露沙凄然劝道："身为女子,已经不幸!若再被人离弃,还有生路吗?况且因为我的缘故,我更何心?所谓我虽不杀伯仁,伯仁由我而死,不但我自己的良心无以自容,就是你也有些过不去,……不过我们相知相谅,到这步田地,申言绝交,自然是矫情。好在我生平主张精神生活,我们虽无形式的结合,而两心相印,已可得到不少安慰。况且我是劫后余灰,绝无心情,因结婚而委身他人,若果天不绝我们,我们能因相爱之故,在人类海里,翻起一堆巨浪,也就足以自豪了!"梓青听了这话,虽极相信露沙是出于真诚,但总觉得是美中不足,仍不免时时怅惘。

过了几个月,蔚然从上海寄来一张红帖,说他已与某女士订婚了,这帖子一共是两张,一张是请她转寄给云青的,云青接到帖子以后,曾作了一首诗贺蔚然道:——

燕语莺歌,
不是赞美春光娇好,
是贺你们好事成功了!
祝你们前途如花之灿烂!
谢你们释了我的重担!

云青自得到蔚然订婚消息后,转比从前觉得安适了,每天努力读书,闲的时候,就陪着母亲谈话,或教弟妹识字,一切的交游都谢绝了,便是露沙也不常见。有时到医院看看宗莹的病,宗莹病后,不但身体羸弱,精神更加萎靡,她曾对露沙说:"我病若好了,一定极力行乐,人寿几何?并且像我这场大病,不死也是侥幸!还有什么心和世奋斗呢?"露沙见她这种消沉,只有凄楚,也没什么话可说。

过了半年宗莹病虽好了,但已生了一个小孩子,更不能出来服务了。这时云青全家要回南。云青在北京教书,本可不回去,但因她的弟妹都在外国求学,母亲在家无人侍奉,所以她决计回去。当临走的前一天,露沙约她在公园话别。她们到公园时才七点钟,露沙拣了海棠荫下的一个茶座,邀云青坐下。这时园里游人稀少,晨气清新,一个小女娃,披着满肩柔发,穿着一件洋式水红色的衣服,露出两个雪白的膝盖,沿着荷池,跑来跑去,后来蹲在草地上,采了一大堆狗尾巴草,随身坐在碧绿的草上,低头凝神编玩意。露沙对着她怔怔出神,云青也仰头向天上之行云望着,如此静默了好久,云青才说:"今天兰馨原也说来的,怎么还不见?"露沙说:"时候还早,再等些时大概就来了。……我们先谈我们的吧!"云青道:"我这次回去以后,不知我们什么时候再见呢?"露沙说:"我总希望你暑假后再来!不然你一个人回到孤僻的家乡,固然可以远世虑,但生气未免太消沉了!"云青凄然道:"反正作人是消磨岁月,北京的政局如此,学校的生活也是不安定,而且世途多难,我们又不惯与人征逐,倒不如回到乡下,还可以享一点清闲之福。闭门读书也未尝不是人生乐事!"她说到这里,忽然顿住,想了一想又问露沙道:"你此后的计划怎样?"露沙道:"我想这一年以内,大约还是不离北京,一方面仍理我教员的生涯,一方面还想念点书,一年以后若有机会,打算到瑞士走走;总而言之,我现在是赤条条无牵挂了。作得好呢,无妨继续下去,不好呢,到无路可走的时候,碧玉宫中,就是我的归局了。"云青听了这话,露出很悲凉的神气叹道:"真想不到人事变幻到如此地步,两年前我们都是活泼极的小孩子,现在嫁的嫁,走的走,再想一同在海边上游乐,真是作梦。现在莲裳、玲玉、宗莹都已有结果,我们前途茫茫,还不知如何呢?……我大约总是为家庭牺牲了。"露沙插言道:"还不至如是吧!你纵有这心,你家人也未必容你如此。"云青道:"那倒不成问题,只要我不点头,他们也不能把我怎样。"露沙道:"人生行乐罢了,也何必过于自苦!"云青道:"我并不是自苦……不过我既已经过一番磨折,对于情爱的路途,已觉可怕,还有什么兴趣再另外作起?……昨天我到叔叔家里,他曾劝我研究佛经,我觉得很好,将来回家乡后,一切交游都把它谢绝,只一心一意读书自娱,至于外面的事,一概不愿闻问。若果你们到南方的时候,有兴来找我,我们便可以堤边垂钓,月下吹箫,享受清雅的乐趣,若有兴致,作些诗歌,不求人知,只图自娱。至于对社会的贡献,也只看机会许我否,一时尚且不能决定。"

她们正谈到这里,兰馨来了,大家又重新入座,兰馨说:"我今天早起有些头昏,所以来迟!你们谈些什么?"云青说:"反正不过说些牢骚悲抑的话。"兰馨道:"本来世界上就没有不牢骚的人,何怪人们爱说牢骚话!……但是我比你们更牢骚呢!你知道吗?我昨天又和孤云生了一大场气。孤云的脾气真可算古怪透了。幸亏是我的性子,能处处迁就她,才能维持这三年半的交谊,若是遇见露沙,恐怕早就和她绝交了!"云青道:"你们昨天到底为什么事生气呢?"兰馨叹道:"提起来又可笑又可气,昨天我有一个亲戚,从南边来,我请他到馆子吃饭。我就打电话邀孤云来,因为我这亲戚,和孤云家里也有来往,并且孤云上次回南时也曾会过他,所以我就邀她来。谁知她在电话里冷冷地道:'我一个人不高兴跑那么远去。'其实她家住在东城,到西城来也并不远,不过半点钟就到了!——我就说:'那末我来找你一同去吧!'她也就答应了。后来我巴巴从西城跑到东城,陪她一齐来,我待她也就没什么对不住她了。谁知我到了她家,她仍是作出十分不耐烦的样子说:'这怪热的天我真懒出去。'我说:'今天还不大热,好在路并不十分远,一刻就到了。'她听了这话才和我一同走了。到了饭馆,她只低头看她的小说,问她吃什么菜?她皱着眉头道:'随便你们挑吧。'那末我就挑了。吃完饭后,我们约好一齐到公园去。到了公园我们正在谈笑,她忽然板起脸来说:'我不耐烦在这里老坐着,我要回去,你们在这里畅谈吧!'说完就立刻嚷着'洋车!洋车!'我那亲戚看见她这副神气,很不好过,就说:'时候也不早了,我们一齐回去吧。'孤云说:'不必!你们谈得这么高兴,何必也回去呢?'我当时心里十分难过,觉得很对不住我那亲戚,使人家如此的难堪!……一面又觉得我真不值!我自和她交往以来,不知陪却多少小心!在我不过觉得朋友要好,就当全始全终……并且我的脾气,和人好了,就不愿和人坏,她一点不肯原谅我,我想想真是痛心!当时我不好发作,只得忍气吞声,把她招呼上车,别了我那亲戚,回学校去。这一夜我简直不曾睡觉,想起来就觉伤心。"她说到这里,又对露沙说:"我真信你说的话,求人谅解是不容易的事!我为她不知精神受多少痛楚呢!"

云青道:"想不到孤云竟怪僻到这步田地?"露沙道:"其实这种朋友绝交了也罢!……一个人最难堪的是强不合而为合,你们这种的勉强维持,两方都感苦痛,究竟何苦来?"

兰馨沉思半天道:"我从此也要学露沙了!……不管人们怎么样,我只求我心之所适,再不轻易交朋友了。云青走后可谈的人,除了你(向露沙说)也没有别人,我倒要关起门来,求慰安于文字中。与人们交接,真是苦多乐少呢!"云青说:"世事本来是如此,无论什么事,想到究竟都是没意思的。"

她们说到这里,看看时候已不早,因一齐到来今雨轩吃饭。饭后云青回家,收拾行装,露沙、兰馨和她约好了,第二天下午三点钟车站见面,也就回去了。

云青走后,露沙更觉得无聊,幸喜这时梓青尚在北京。到苦闷时,或者打电话约他来谈,或者一同出去看电影。这时学校已放了暑假,露沙更闲了,和梓青见面的机会很多,外面好些造谣言的人,就说她和梓青不久要结婚,并且说露沙的前途很危险,这话传到露沙耳里,十分不快,因写一封信给梓青说:——

梓青!

吾辈夙以坦白自勉,结果竟为人所疑,黑白倒置,能无怅怅!其实此未始非我辈自苦,何必过尊重不负责任之人言,使彼喜含毒喷人者,得逞其伎俩,弄其狡狯哉?

沙履世未久,而怀惧已深!觉人心险恶,甚于蛇蝎!地球虽大,竟无我辈容身之地,欲求自全,只有去此浊世,同归于极乐世界耳!唉!伤哉!

沙连日心绪恶劣,盖人言啧啧,受之难堪!不知梓青亦有所闻否?世途多艰,吾辈将奈何?沙怯懦胜人,何况刺激频仍,脆弱之心房,有不堪更受惊震之忧矣!梓青其何以慰我?临楮凄惶,不尽欲言,顺祝

康健!

露沙上

梓青接到信后,除了极力安慰露沙外,亦无法制止人言。过了几个月梓青因友人之约,将要离开北京,但是他不愿抛下露沙一个人,所以当未曾应招之前,和露沙商量了好几次。露沙最初听见他要走,不免觉得怅怅,当时和梓青默对至半点钟之久,也不曾说出一句话来。后来回到家里,独自沉沉想了一夜,觉得若不叫梓青去,与他将来发展的机会,未免有碍,而且也对不起社会,想到这里,一种激壮之情潮涌于心。第二天梓青来,露沙对他说:"你到南边去的事情,你就决定了吧!我觉得这个机会,很可以施展你生平的抱负,……至于我们暂时的分别,很算不了什么,况我们的爱情也当有所寄托,若徒徒相守,不但日久生厌,而且也不是我们的夙心。"梓青听了这话,仍是犹疑不决道:"再说吧!能不去我还是不去。"露沙道:"你若不去,你就未免太不谅解我了!"说着凄然欲泣,梓青这才说:"我去就是了!你不要难受吧!"露沙这才转悲为喜,和他谈些别后怎样消遣,并约年假时梓青到北京来。他们直谈到日暮才别。

云青回家以后曾来信告诉露沙,她近来生活十分清静,并且已开始研究佛经了,出世之想较前更甚,将来当买田造庐于山清水秀的地方,侍奉老母,教导弟妹,十分快乐。露沙听见这个消息,也很觉得喜慰,不过想到云青所以能达到这种的目的,因为她有母亲,得把全副的心情,都寄托在母亲的爱里,若果也像自己这样飘零的身世,……便怎样?她想到这里不禁又伤感起来。

有一天露沙正在书房,看《茶花女遗事》,忽接到云青的来信,里头附着一篇小说。露沙打开一看,见题目是《消沉的夜》其内容是:——

"只见惨绿色的光华,充满着寂寞的小园,西北角的榕树上,宿着啼血的杜鹃,凄凄哀鸣,树荫下坐着个年约二十三四的女郎,凝神仰首。那时正是暮春时节,落花乱瓣,在清光下飞舞,微风吹皱了一池的碧水。那女郎沉默了半晌,忽轻轻叹了一口气,把身上的花瓣轻轻拂拭了,走到池旁,照见自己削瘦的容颜,不觉吃了一惊,暗暗叹道:'原来已憔悴到这步田地!'她如悲如怨,倚着池旁的树干出神,迷忽间,仿佛看见一个似曾相识的青年,对她苦笑,似乎说:'我赤裸裸的心,已经被你拿去了,现在你竟弄了我!唉!'那女郎这时心里一痛,睁眼一看,原来不是什么青年,只是那两竿翠竹,临风摇摆罢了。

"这时月色已到中天,春寒兀自威凌逼人,她便慢慢踱进屋里去了,屋里的月光,一样的清凉如水,她便拥衣睡下。朦胧之间,只见一个女子,身披白绢,含笑对她招手,她便跟了去。走到一所楼房前,楼下屋窗内,灯光亮极,她细看屋里,有一个青年的女子,背灯而坐,手里正拿着一本书,侧首凝神,好像听她旁边坐着的男子讲什么似的,她看那男子面容极熟,就是那个瘦削身材的青年,她不免将耳头靠在窗上细听。只听那男子说:'……我早应当告诉你,我和那个女子交情的始末。她行止很端庄,性情很温和,若果不是因为她家庭的固执,我们一定可以结婚了。……不过现在已是过去的事,我述说爱她的事实,你当不至怒我吧!'那青年说到这里,回头望着那女子,只见那女子含笑无言……歇了半晌那女子才说:'我倒不怒你向我述说爱她的事实,我只怒你为什么不始终爱她呢?'那青年似露着悲凉的神情说:'事实上我固然不能永远爱她,但在我的心象里,却始终没有忘了她呢!……'她听到这里,忽然想起那人,便是从前向她求婚的人，他所说女子，就是自己，不觉想起往事，心里不免凄楚，因掩面悲泣。忽见刚才引她来的白衣女郎，又来叫她道："已往的事，悲伤无益，但你要知道许多青年男女的幸福，都被这戴紫金冠的魔鬼剥夺了！你看那不是他又来了！'她忙忙向那白衣女郎手指的地方看去，果见有一个青面獠牙的恶鬼，戴着金碧辉煌的紫金冠，那金冠上有四个大字是'礼教胜利'。她看到这里，心里一惊就醒了，原来是个梦，而自己正睡在床上，那消沉的夜已经将要完结了，东方已经发出清白色了。"

露沙看完云青这篇小说，知道她对蔚然仍未能忘情，不禁为她伤感，闷闷枯坐无心读书。后来兰馨来了，才把这事忘怀。兰馨告诉她年假要回南，问露沙去不去，露沙本和梓青约好，叫梓青年假北来，最近梓青有一封信说他事情太忙，一时放不下，希望露沙南来，因此露沙就答应兰馨，和她一同南去。

到南方后，露沙回家，到父母的坟上祭扫一番，和兄妹盘桓几天，就到苏州看玲玉。玲玉的小家庭收拾得很好，露沙在她家里住了一星期。后来梓青来找她，因又回到上海。

有一天下午，露沙和梓青在静安寺路一带散步，梓青对露沙说："我有一件事要和你商量，不知肯答应我不？"露沙说："你先说来再商量好了。"梓青说："我们的事业，正在发轫之始，必要每个同志集全力去作，才有成熟的希望，而我这半年试验的结果，觉得能实心踏地作事的时候很少，这最大的原因，就是因为悬怀于你……所以我想，我们总得想一个解决我们根本问题的方法，然后才能谈到前途的事业。"露沙听了这话，呻吟无言，……最后只说了一句："我们从长计议罢！"梓青也不往下说去,不久他们回去了。

过了几个月,云青忽接到露沙一封信道:——

云青!

别后音书苦稀,只缘心绪无聊,握管益增怅惘耳。前接来函,藉悉云青乡居清适,欣慰无状!沙自客腊南旋,依旧愁怨日多,欢乐时少,盖飘萍无根,正未知来日作何结局也!时晤梓青,亦郁悒不胜;唯沙生性爽宕,明知世路险峻,前途多难,而不甘踯躅歧路,抑郁瘦死。前与梓青计划竟日,幸已得解决之策,今为云青陈之。

曩在京华沙不曾与云青言乎?梓青与沙之情爱,成熟已久,若环境顺适,早赋于飞矣,乃终因世俗之梗,夙愿莫遂!沙与梓青非不能铲除礼教之束缚,树神圣情爱之旗帜,特人类残苛已极,其毒焰足逼人至死!是可惧耳!

日前曾与梓青,同至吾辈昔游之地,碧浪滔滔,风响凄凄,景色犹是,而人事已非,怅望旧游,都作雨后梨花之飘零,不禁酸泪沾襟矣!

吾辈于海滨徘徊竟日,终相得一佳地,左绕白玉之洞,右临清溪之流,中构小屋数间,足为吾辈退休之所,目下已备价购妥,只待鸠工造庐,建成之日,即吾辈努力事业之始。以年来国事蜩塘,固为有心人所同悲。但吾辈则志不在斯,唯欲于此中留一爱情之纪念品,以慰此干枯之人生,如果克成,当携手言旋,同逍遥于海滨精庐;如终失败,则于月光临照之夜,同赴碧流,随三闾大夫游耳。今行有期矣,悠悠之命远,诚难预期,设吾辈卒不归,则当留此庐以饷故人中之失意者。

  宗莹、玲玉、莲裳诸友,不另作书,幸云青为我达之。此牍或即沙之绝笔,盖事若不成,沙亦无心更劳楮墨以伤子之心也!临书凄楚,不知所云,诸维珍重不宣!

露沙书

  云青接到信后,不知是悲是愁,但觉世界上事情的结局,都极惨淡,那眼泪便不禁夺眶而出。当时就把露沙的信,抄了三份,寄给玲玉、宗莹、莲裳。过了一年,玲玉邀云青到西湖避暑。秋天的时候,她们便绕道到从前旧游的海滨,果然看见有一所很精致的房子,门额上写着"海滨故人"四个字,不禁触景伤情,想起露沙已一年不通音信了,到底也不知道是成是败,屋迩人远,徒深驰想,若果竟不归来,留下这所房子,任人凭吊,也就太觉多事了!

  她们在屋前屋后徘徊了半天,直到海上云雾罩满,天空星光闪烁,才洒泪而归。临去的一霎,云青兀自叹道:"海滨故人!也不知何时才赋归来呵!"

(选自1923年《小说月报》第14卷第10、12号)

屋迩人远,徒深驰想,若果竟不归来,留下这所房子,任人凭吊,也就太觉多事了!

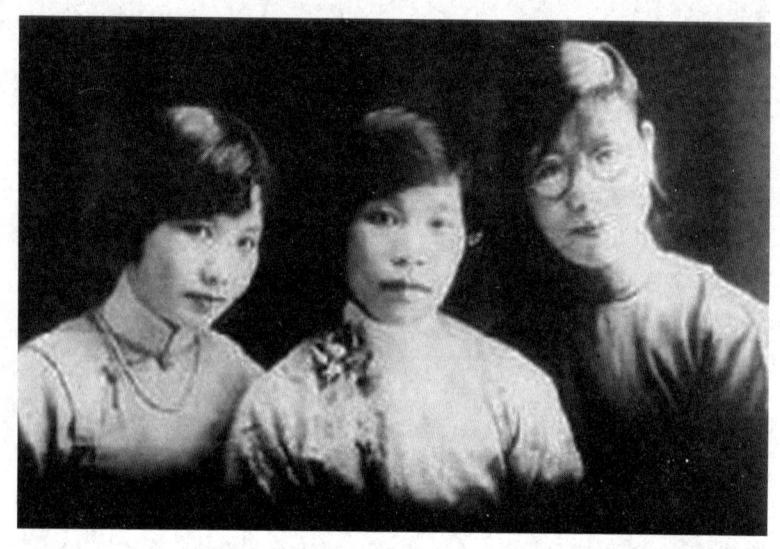

庐隐和好友程俊英、罗静轩合影。

父 亲

　　这几天正是秋雨连绵的时候，虽然院子里的绿苔，蓦然增了不少秀韵，但我们隔着窗子向外看时，只觉那深愁凝结的天空，低得仿佛将压住我们的眉梢了。逸哥两手交叉胸前，闭目坐在靠窗子的皮椅上。他的朋友绍雅手里拿着一本小说，默然地看着。四境都十分沉寂，只间杂一两声风吹翠竹，飒飒地发响。我虽然是站在窗前，看那挟着无限神秘的雨点，滋润那干枯的人间和人间的一切，便是我所最爱的红玫瑰——已经憔悴的叶儿，这时也似含着绿色，向我嫣然展笑；但是我的禁不起挑拨的心，已被无言的悲哀的四境，牵起无限的怅惘。

　　逸哥忽然睁开似睡非睡的倦眼，用含糊的声调说道："我们作什么消遣呵？……"绍雅这时放下手里的小说，伸了伸懒腰，带着滑稽的声调道："谁都不许睡觉，好好的天，都让你睡昏暗了！"说着拿一根纸作的捻子，往逸哥的鼻孔里戳。逸哥触痒打了两个喷嚏，我们由不得大笑。这时我们觉得热闹些，精神也就振作不少。

绍雅把棋盘搬了出来,打算下一盘围棋,逸哥反对说:"不好!不好!下棋太静了,而且两个人下须有一个人闲着,那末我又要睡着了!"绍雅听了,沉思道:"那末怎么办呢?……对了!你们愿意听故事,我把这本小说念给你们听,很有意思的。"我们都赞同他的提议,于是都聚拢在一张小圆桌的四围椅上坐下。桌上那壶喷芬吐雾的玫瑰茶,已预备好了。我用一只白玉般的瓷杯,倾了一杯,放在绍雅的面前,他端起喝了,于是我们谁都不说话,只凝神听他念。他把书本打开,用洪亮而带滑稽的声调念了。

九月十五日

真的!她是一个很有才情的女子,虽然她到我们家已经十年了,但我今天才真认识她——认识她的魂灵的园地——我今年二十五岁了。我曾三次想作日记,但我总觉得我的生活太单调,没什么可记的;但今天我到底用我那浅红色的小本子,开始记我的日记了。我的许多朋友,他们记日记总要等到每年的元旦,以为那是万事开始的时候。这在他们觉得是很有意义的,而我却等不得,况且今天是我新发现她的一切的纪元!

但是我将怎样写呢?今天的天气算是清朗极了,细微的尘沙,不曾从窗户上玻璃缝里吹进来,也不曾听见院子里的梧桐喳喳私语。门窗上葡萄叶的影子,只静静的卧在那里,仿佛玻璃上固有的花纹般。开残的桂花,那黄花瓣依旧半连半断,满缀枝上。真是好天气呵!

哦!我还忘了,最好看是廊前那个翠羽的鹦鹉,映着玫瑰色的朝旭，放出灿烂的光来。天空是蔚蓝得像透明的蓝宝石般，只近太阳的左右，微微泛些淡红色色彩。

我披着一件日本式的薄绒睡衣，拖着拖鞋，头上的短发，覆着眼眉，有时竟遮住我的视线了。但我很懒，不愿意用梳子梳上去，只借重我的手指，把它往上掠一掠。这时我正看泰戈尔《破舟》的小说，"哈美利林在屋左的平台上，晒她金丝般的柔发。……"我的额发又垂下来了，我将手向上一掠，头不由得也向上一抬。呵！真美呵！她正对着镜子梳妆。她今年只有二十七八岁，但她披散着又长又黑的头发时，那时媚妙的态度，真只像十七八岁的人——这或者有人要讥笑我主观的色彩太重，但我的良心决不责备我，对我自己太不忠实呢！

"我是个世界上最有野心的男子。"在平时我绝对承认这句话，但这一瞬间，我的心实在收不回来了。我手上的书，除非好管闲事的风姨替我掀开一页，或者两页，我是永远不想掀的。但我这时实在忙极了，我两只眼，只够看她图画般的面庞，——这我比得太拙了，她的面庞绝不像图画上那种呆板，她的两颊像早晨的淡霞，她的双睛像七巧星里最亮的那两颗；她的两道眉，有人说像天上的眉月，有的说像窗前的柳叶，这个我都不加品评，总之很细很弯，而且——咳！我拙极了，不要形容吧！只要你们肯闭住眼，想你们最爱的人的眉，是怎样使你看了舒服，你就那么比拟她好了，因为我看着是极舒服，这么一来，谁都可以满意了。

我写了半天，她到底是谁呢？咳！我仿佛有些忸怩了。按理说，我不应当爱她，但这个理是谁定下的？为什么上帝给我这副眼睛，偏看上她呢？其实她是父亲的妻，不就是我的母亲吗？你儿子爱母亲也是很正当的事呵！哼！若果有人这样批评我，我无论如何，不能感激说他是对我有好意，甚至于说他不了解我。我的母亲——生我的母亲——早已回到她的天国去了。我爱她的那一缕热情，早已被她带走了。我怎么能当她是我的母亲呢？她不过比我大两岁，怎么能作我的母亲呢？这真是笑话！

可笑那老头子，已经四十多岁了，头上除了白银丝的头毛外，或者还能找出三根五根纯黑的头毛吧！但是半黄半白的却还不少。可是他不像别的男人，他从不留胡须的，这或者可以使他变年轻许多，但那额上和眼角堆满的皱纹，除非用淡黄色的粉，把那皱纹深沟填满以外，是无法可以遮盖的呵！其实他已经作了人的父亲，再过了一两年，或者将要作祖父了。这种样子，本来是很正当的，只是他站在她的旁边，作她丈夫，那真不免要惹起人们的误会了，或者人们要认错他是她的父亲呢！

真煞风景，他居然搂着她细而柔的腰，接吻了。我真替她可惜。不只如此，我真感到不可忍的悲抑，也许是愤怒吧，不然我的心为什么如狂浪般澎湃起来呢。真奇怪，我的两颊真像被火焚般发起热来了。

我真不愿意再往下看了。我收起我的书来，我决定回到我的书房去，但当我站起身来的时候，仿佛觉得她对我望了一眼，并且眼角立刻涌出两点珍珠般的眼泪来。

奇怪，我也由不得心酸了。别人或者觉得我太女人气，看人家落泪，便不能禁止自己，但我问心，我从来不轻易落没有意思的眼泪。谁知道她的身世，谁能不为她痛哭呢？

这老头子最喜欢说大话。为诚——他是我异母的兄弟——那孩子也太狡猾了，在父亲面前他是百依百顺的，从来不曾回过一句嘴,父亲常夸他比我听话得多。这也不怪父亲的傻,因为人类本喜欢受人奉承呵!

昨天父亲告诉我们,他和田总长很要好,约他一同吃饭。这些话,我们早已听惯了;有也罢,没有也罢,我向来是听过去就完了。为诚他偏喜欢抓他的短处,当父亲才一回头,他就对我们作怪脸,表示不相信的意思。后来父亲出去了,他把屋门关上,悄悄地对我们说:"父亲说的全是瞎话,专拿来骗人的;真像一只纸老虎,戳破了,便什么都完了。"

平心而论,为诚那孩子,固然不应当背后说人坏话,但父亲所作的事,也有许多值得被议论的。

不用说别的,只是对于她——我现在的庶母的手段,也太利害了。人家本是好人家的孩子,父母只生这一个孩子。父亲骗人家家里没有妻,愿意赘入她家。

老实说,我父亲相貌本不坏,前十年时他实在看不出是三十二岁的人,只像二十六七岁的少年。她那时也只有十七八岁。自然啰,父亲告诉人家,只二十五岁,并且又假装很有才干和身份的样子。一个商人懂得什么,他只希望女儿嫁一个有才有貌,而且是作官人家的子弟,便完了他们的心愿。

那时候我们都在我们的老家住着,——我们的老家在贵州。那时我已经十四五岁了,只跟我继母和弟弟、祖父住在老家。那时家里的日子很艰难,祖父又老了,只靠着几亩田地过日子。我父亲便独自到北京保定一带地方找些事作。

这个机会真巧极了,庶母——咳!我真不愿称她为庶母,我到现在还不曾叫过她一次——虽然我到这里不过一个月,日子是很短的,自然没有机会和她多说话,便是说话也不见得就要很明显的称呼，我只是用一种极巧妙哼哈的语赘，掩饰过去了。

所以在这本日记里，我只称她吧！免得我的心痛。她的父亲由一个朋友的介绍，认识了我的父亲，不久便赏识了我的父亲，把唯一的娇女嫁给他了。

真是幸运轮到人们的时候，真有不可思议的机会和巧遇。我父亲自从娶了她，不但得了一个极美妙的妻，同时还得到十几万的财产，什么房子咧，田地咧，牛马咧，仆婢咧。我父亲这时极乐的住在那里，竟七八年不曾回贵州来。不久她的父母全离开人间的世界，我父亲更见得所了。钱太多了，他种种的欲望，也十分发达，渐渐吸起鸦片烟来——现在这种苍老，一半还是因吸鸦片烟呢，不然，四十二岁的，何至于老得这么利害？

说起鸦片烟，我这两天也闻惯了。记得我初到这里的那一天，坐在堂屋里，闻嗅到这烟味，立刻觉得房子转动，好像醉于醇醪般，昏昏沉沉竟坐立不住，过了许多时候，烟气才退了。这吗啡真利害呵！

我今天写得太多了，手有些发酸，但是我的思绪仍和连环套似的，扯了一个又一个。夜已经很深，我看见窗幔上射出她的影子，仿佛已在预备安眠了，我也只得放下笔明天再写了。

九月十九日

我又三四天不曾作日记了。我只为她发愁，病了这三四天，听阿妈说眼泪直流了三四天。我不禁起了猜想，她也许并不曾病，不过要痛快流她深蓄的伤心泪，故意不起来，但是她到底为什么伤心呢？父亲欺骗她的事情，被她知道了吗？可是我那继母仍旧还住在贵州,谁把这秘密告诉她呢?

我继母那老太婆,实在讨厌。其实我早知道她不是我的生母,这话是我姑母告诉我的。并且她的出身很微贱呢!姑母说我父亲十六七岁的时候,就不成器,专喜欢作不正当的事情,什么嫖呵!赌呵!我祖父因为只生这个儿子,所以不舍得教管,不过想早早替他讨个女人,或者可以免了一切的弊病。所以他十七岁就和我的生母结婚,这时他好嫖的性情,还不曾改。我生母时常劝戒他,他因此很憎恶我的生母,时时吵闹。我生母本是很有志气的女孩子,自己嫁了这种没有真情又不成器的丈夫,便觉得一生的希望都完了,不免暗自伤心。不久就生了我,因产后又着了些气恼,从此就得了肺痨,不到三年功夫就长眠了。——唉!女人们因为不能自立,倚赖丈夫;丈夫又不成器,因此抑郁而死,已经很可怜了;何况我的生母,又是极富于热烈情感的女子,她指望丈夫把心交给她,更指望得美满的家庭乐趣!我父亲一味好嫖,怎能不逼她走那人间的绝路呢!

我母亲死的时候,我还不到三岁呢!才过了我母亲的百日,我父亲就和那暗娼,名叫红玉的结了婚。听我姑母说,那红玉在当时是很有名的美人,但我现在觉得她,只是一个最丑恶的贱女人罢了。她始终强认她是我的生母,诚然,若拿她的年纪论,自然有资格作我的生母;但我当没人在跟前的时候,总悄悄拿着镜子,照了又照,我细心察看,我到底有一点像那老太婆没有?镜子——总使我失望。我的鼻子直而高,鼻孔较大,而老太婆的鼻子很扁,鼻孔且又很小。我的眼角两梢微向上,而她却两梢下垂。我的嘴唇很厚,而她却薄得像铁片般。简直没有丝毫相象的地方。

下午我进去问她的病。她两只秀媚的眼睛,果然带涩,眼皮红肿；当时我真觉得难过，我几乎对着她流下泪来。她见了我叫了一声："元哥儿，坐吧！"我觉得真不舒服，这个名字只是那老太婆和老头叫的，为什么她也这样叫我，莫非她也当我作儿子吗？我没有母亲，固然很希望有人待我和母亲一样，但是她无论如何不能作我的母亲，她只是我心上的爱人……可是我不敢使我这思想逼真了，因为或者要被她觉察，竟怒我不应当起这种念头。但是无效，我明知道她是父亲的，可是父亲真不配，他的鸦片烟气和衰惫的面容，正仿佛一堆稻草，在那上面插一朵娇鲜的玫瑰花，怎么衬呢？

午后父亲回来了，吩咐仆人打扫东院的房子。那所房子本来空着，有许多日子没人住了。院子里的野草，长得密密层层，间杂着一两朵紫色的野花，另有一种新的趣味。我站在门口看阿妈拿着镰刀，刷刷割了一阵，那草儿都东倒西歪的倒下来了。我看着他们收拾，由不得怀疑，这房子，究竟预备给谁住呢？是了，大约是父亲的朋友来了吧！我正自猜想着，已听见父亲隔着窗户喊我呢。因离了这里，忙忙到我父亲面前，只见父亲皱着眉头，气色很可怕，对我看了两眼说："明天贵州有人来，你到车站接去罢！"我由不得问道："是继母来了吧！""不是她还有谁！……出去吧！我要休息了。"

怪不得我父亲这两天的气色，这么难看，原来为了这件事情。他自找的苦恼，谁能替得，只可怜她罢了！那个老太婆人又尖酸刻薄，样子又丑陋，她怎能和她相处得下。为了这件事，我整个下午不曾作事，只是预想将来的结果。

晚上吃饭的时候，她已起来了。我和她一同吃饭，但她只吃两口稀饭，便放下筷子，长叹了一声，走回屋里去了。我父亲这时也觉得很不安似的。我呢，又替她可怜，又替父亲为难，也不曾吃舒服，胡乱吞了一碗，就放下筷子，回到自己的房里，心里觉得乱得很。最奇怪的，心潮里竟起了两个不同的激流交战着，一方面我只期望贵州的继母不要来，使她依旧恢复从前的活泼和恬静的生活；但一方面又希望她们来，似乎在这决裂里，我可以得到万一的希望——可是我也有点害怕，我自己是越陷越深；她呢！仿佛并不觉得似的。如果这局势始终不变，真危险，但我情愿埋在玫瑰的荒冢里，不愿如走肉行尸般的活着。

我一夜几乎不曾合眼，当月光照在我墙上一张油画上，——一株老松树，蟠曲着直伸到小溪的中间，仿佛架着半截桥似的，溪水碧清，照见那横权上一双青年的恋人，互相偎倚的双影——这时我更禁不住我的幻想了。幻想如奔马般，放开四蹄，向前飞驰——绝不回顾的飞驰呵！她也和哈美利林般，散开细柔的青丝发，这细发长极了，一直拖到白玉砌成的地上，仿佛飘带似的，随着微风，一根一根如雪般的飘起。我只藏在合欢树的背后，悄悄领略她的美，这是多么可以渴望的事！

九月二十日

天才朦胧，我仿佛听见父亲说话的声音，但听不真切，不知道他究竟和谁说话。不禁我又想到她了，一定在他们两人之间，又起了什么变故，不然我父亲向例不到十二点他是不起来的，晚上非两三点他是不睡的，听说凡吸大烟的人都是如此。——一定的，准是她责备父亲欺骗她没有妻子，现在又来了一个继母，她怎么不恼呵！但她总是失败的，妇女们往往因被男子玩弄，而受屈终身的,差不多全世界都是呢!

午饭的时候,阿妈来报告那边房子都收拾好了。父亲便对我说:"火车两点左右可到,你吃完饭就带看门的老张到车站去吧!到那里你继母若问我为什么不来,你就说我有些不舒服好了,别的不用多说吧!"我应着就出来了。

当我回到自己屋里,忽见对面屋里,她正对着窗子凝立呢!呵!我真不知道怎样才好,我不看她无告凄楚的表示罢!但是不能,我在窗前站了个不知多少时候,直到老张进来叫我走,我才急急从架上拿下脸布,胡乱把嘴擦了擦,拿了帽子,匆匆走了。

我这几天心里,一切都换了样。我从前在贵州的时候,虽听说父亲又娶了一个庶母,我绝不在意,并不曾在脑子里放过她一分钟。自从上月到了这里,我头一次见她心里就受了奇异的变动;到现在差不多叫她把我的心田全占了。呵!她的魔力真大——唉!罪过!……我或者不应当这么说,这全不是她的错处,只怪我自己被自然支配罢了。

到车站的时候,还差半点钟,车才能到。我同老张买了站台票,叫老张先进去等,我只在候车室里,独自坐着。我的态度很安闲,但思想可忙极了,不知道她现在怎样了。我和她谈话的机会很少,我来了一个半月,只和她对谈过三次;其余都只在吃饭的时候,谈过一两句不相干的话。我们本是家人,而且又是长辈对于晚辈,本来没有避嫌这一层;不过她向来不大喜欢说话,而且我们又是第一次见面,她自己觉得,又站在母亲的地位,觉得说话很难,所以我纵然顶喜欢和她谈,也是没有用处呢!……

火车头"呜!呜!"的汽笛声,打断我的思路,知道火车已经到了,因急急来到站台里面。这时火车已经停了,许多旅客,都露着到了的喜色,匆匆由车上下来。找了半天,才在二等车上,找到我继母和我的兄弟。把行李都交代老张,我们一直出了车站,马车已预备好了。我们跳上车后,继母果然问我父亲为什么不来,我就把父亲所交代的话答复了,继母似乎很不高兴,歇了半晌,忽听她冷笑道:"什么有病呵!必定让谁绊住呢!"

女人们的心里,有时候真深屈得可怕。我听了这话,只低着头,默然不语,但是我免不得又为她发愁了,将来的日子怎么过呢?

车子到家的时候,我父亲已叫阿妈迎了出来,自己随后也跟着出来,但是她呢!……我真是放心不下,忙忙走进来,只见她呆坐在窗下的椅子上,两目凝视自己的衣襟。我正在奇怪,忽见她衣襟上,有一件亮晶晶的东西一闪,咳!我真傻呵!她哪里是注视衣襟,她正在那里落泪呢!

父亲已将继母领到东院去了。过了许久父亲走过来,不知对她说些什么,只见她站了起来。仿佛我父亲求她什么似的,直对她作揖,大概是叫她去见我继母,她走到里间屋里去了,过了一刻又同我父亲出来,直向东院去。我好奇的心,催促我立刻跟过去,但我走到院子不敢进去,因为只听我继母说:"你这不长进的东西,我并不曾对不住你,你一去就是十年;叫我们在家里苦等,你却在外头,什么小老婆娶着开心。你父亲死了叫你回去,你都不回去。呸!像你们这些没心肝的人,……"继母说到这里竟放声大哭。我父亲在屋里跺脚。我正想进去劝一劝,忽见门帘一动,她已哭得和泪人般,幽怨不胜的走了出来。我这时由不得跟她到这边来。她到了屋里,也放声呜咽起来,这时我只得叫她庶母了。我说:"庶母!你不要自己想不开,悲苦只是糟踏自己的身体。庶母是明白人，何苦和她一般见识呢！"只听她凄切的叹道；"我只怨自己命苦，不幸作了女子，受人欺弄到如此田地——你父亲作事，太没有良心了，他不该葬送我……"咳！我禁不住热泪滚滚流下来了，我正想用一两句恳切的话安慰她，父亲忽然走进来了。他见我在这里，立刻露出极难看的面孔，怒狠狠对我说："谁叫你到这里来！"我只得怏怏走了出来。到了自己屋里，心里又是羞愧自己父亲不正当的行为，又是为她伤感，受我继母的抢白，这些紊乱热烈的情绪，缠搅得我一夜不曾睡觉。

九月二十二日

我父亲也就够苦了，这几天我继母给他的冷讽热嘲，真够他受的了！女人们的嘴利害的很多，她们说出话来，有时候足以挖人的心呢！只是她却正和这个反对，头几天她气恼的时候，虽曾给父亲几句不好听的话，但我从不曾听她和继母般的谩骂呢！

近来家庭里，丝毫的乐趣都没有了。便是那架上的鹦鹉，也感觉到这种不和美的骚扰，不耐烦和人学舌了。我这几天仿佛发现我们家庭的命运，已经是走到很可怕的路上来了，倘若不是为了她，我情愿离开这里呢。

她近来真抑郁得成病了，朝霞般的双颊，仿佛经雨的梨花了，又憔悴又惨淡呢！我真忍不住了。昨晚我父亲正在床上过烟瘾的时候，她独自站在廊下。我得了这个机会，就对她说："你不如请求父亲，自己另搬出来住，免得生许多闲气！"她听了这话，很惊异对我望了一眼，又低下头想了一想，似解似不解的说："你也想到这一层吗？"我当时只唯唯应道："是。"她就也转身进屋里去了。

照她的语气,她已经是想到这一层了。她真聪明,大约她也许明白我很爱她吗?……不!这只是我万一的希望罢了。

为诚今天又在她和我的面前,议论父亲了。他说父亲今天去买烟枪,走到一家商行里,骗人家拿出许多烟枪来;他立时放下脸说:"这种禁烟令森严的时候,你们居然敢卖这种货物,咱们到区里走走吧!"他这几句话,就把那商人吓昏了,赶紧把所有的烟枪,恭恭敬敬都送给他了。

这件事不知是真是假,不过我适才的确见父亲抱了一大包的烟枪进来,但不知为诚从什么地方听来。这孩子最爱打听这些事,其实他有些地方,也极下流呢!他喜欢当面奉承人,背后议论人,这多半都是受那老太婆的遗传吧!

我父亲的脾气,真暴戾极了,近来更甚。她自从知道我父亲不正的行为后,她已决心不同他合居了。这几天她另外收拾了一间卧房,总是独自睡着。我这时心里有一种不可思议的安慰,我觉得她已渐渐离开父亲,而向我这方面接近了。

九月二十八日

另外一所房子已经找好了,她搬到那边去。父亲忽然叫我到那边和她作伴,呵!这是多么幸运的事呵!

她的脾气很喜欢洁净,正和外表一样。这时她仿佛比前几天快活了,时时和我商量那间屋子怎样布置,什么地方应当放什么东西——这一次搬家的费用,全是她自己的私囊,所以一切东西都很完备。这所房子,一共有十间,一间是她的卧房,卧房里边还有一小套间,是洗脸梳头的地方。一间是堂屋,吃饭就在这里边。堂屋过来有两大间打成一间的,就布置为客厅。其余还有四间厢房。我住在东厢房。西厢房一半女仆住,一半作厨房。靠门还有一间小门房。每间屋子,窗子都是大玻璃的。她买了许多淡青色的罗纱,缝成窗幔,又买了许多美丽的桌毡,椅罩,一天的功夫已把这所房子收拾得又洁雅又美丽。我的欣悦还不只此呢!我们还买了一架风琴,她顶喜欢弹琴。她小的时候也曾进过学堂,她嫁我父亲的时候,已在中学二年级了。

这一天晚上,因为厨房还不曾布置好,我们从邻近酒馆叫来些菜;吃饭的时候,只有我和她两个人。我不免又起了许多幻想,若果有一个很生的客人,这时来会我们,谁能不暗羡我们的幸福呢?——可恨事实却正和这个相反:她偏偏不是我的妻,而是我的母亲!我免不得要诅咒上帝,为什么这样布置不恰当呢?

晚饭以后,她坐在风琴边,弹了一曲《闺怨》,声调抑怨深幽,仿佛诉说她心里无限的心曲般。我坐在她旁边,看她那不胜清怨的面容,又听她悲切凄凉的声音,我简直醉了,醉于神秘的恋爱,醉于妙婉的歌声。呵!我不晓得是梦是真,我也不晓得她是母亲还是爱的女神。我闭住眼,仿佛……咳!我写不出来,我只觉得不可形容的欣悦和安慰,一齐都尝到了。

九点钟的时候,父亲来到这里,看了看各屋子的布置,对她说:"现在你一切满意了吧!"她只淡淡的答道:"就算满足了吧!"父亲又对我说:"那边没有人照应,你兄弟不懂事,我仍须回去,你好好照应这边吧!"呵!这是多么爽快的事。父亲坐了坐,想是又发烟瘾了,连打了几个呵欠,他就站起来走了。我送他到门口,看他坐上车,我才关了门进来。她正在东边墙角上一张沙发上坐着,见我进来,便叹道:"总算有清净日子过了!但细想作人真一点意思没有呢!"我头一次听她对我说这种失望的话。呵!我真觉得难受!——也许是我神经过敏,我仿佛看出她的心,正凄迷着,似乎自己是没有着落——我想要对她表同情,这并不是我有意欺骗她,其实我也正是同她一样的无着落呵!我有父亲,但是他不能安慰我深幽的孤凄,也正和她有丈夫,不能使她没有身世之感的一样。

我和她默默相对了半晌,我依旧想不出说什么好。我实在踌躇,不知道当否使她知道我真实的爱她,——但没有这种道理,她已经是有夫之妇,并且又是我的长辈,这实是危险的事。我若对她说"我很爱你",谁知道她眼里将要发出一种的光——愤怒,或是羞媚,甚而至于发出泪光。恋爱的戏是不能轻易演试的,若果第一次失败了,以后的希望更难期了。

不久她似乎倦了,我也就告别,回到我自己的房里去。我睡在被窝里,种种的幻想又追了来。我奇怪极了,当我正想着,她是怎么样可爱的时候,我忽想到死;我仿佛已走近死地了,但是那里绝不是人们想象的那种可怕,有什么小鬼,又是什么阎王,甚至于青面獠牙的判官。

我觉死是最和美而神圣的东西。在生的时候,有躯壳的限制,不止这个,还有许多限制心的桎梏,有什么父亲母亲,贫人富人的区别。到了死的国里,我们已都脱了一切的假面具,投在大自然母亲的怀里,什么都是平等的。便是她也可以和我一同卧在紫罗兰的花丛里,说我所愿意说的话。简直说吧!我可以真真切切告诉她,我是怎样的爱她,怎么热烈的爱她,她这时候一定可以把她无着落的心,从人间的荆棘堆里找回来,微笑的放在我空虚的灵府里,……便是搂住她——搂得紧紧地,使她的灵和我的灵,交融成一件奇异的真实,腾在最高的云朵,向黑暗的人间,放出醉人的清光。……

十月五日

虽然忧伤可以使人死,但是爱恋更可使人死,仿佛醉人死在酒坛旁边,赌鬼死在牌桌座底下。虽然都是死,可是爱恋的死,醉人的死,赌鬼的死,已经比忧伤的死,要伟大得多了。忧伤的心是紧结的,便是死也要留下不可解的痕迹。至于爱恋的死,他并不觉得他要死,他的心轻松得像天空的云雾般,终于同大气融化了。这是多么自然呵!

我知道我越陷越深,但我绝不因此生一些恐惧,因为我已直觉到爱恋的死的美妙了。今天她替我作了一个淡绿色的电灯罩,她也许是无意,但我坐在这清和的灯光底下读我的小说,或者写我的日记,都感到一种不可言说的愉快。

午后我同她一起到花厂里,买了许多盆淡绿的,浅紫,水红的各色的菊花。她最欢喜那两盆绿牡丹,回来她亲自把它们种在盆里。我也帮着她浇水,费了两点钟的工夫,才算停当。她叫阿妈把两盆绿的放在客厅里,两盆淡紫的放在我的屋里。她自己屋里是摆着两盆水红的,其余六盆摆在回廊下。

我们觉得很高兴,虽然因为种花,蹲在地下腿有些酸,但这不足减少我们的兴味。

吃饭的时候,她用剪刀剪下两朵白色的菊花来,用鸡蛋和面粉调在一起,然后用菜油炸了,一瓣一瓣很松脆的,而且发出一阵清香来,又放上许多白糖。我初次吃这碗新鲜的菜,觉得甜美极了，差不多一盆都让我一个人吃完。

饭后又吃了一杯玫瑰茶，精神真是爽快极了！我因要求她唱一曲《闺怨》，她含笑答应了，那声音真柔媚得像流水般，可惜歌词我听不清；我本想请她写出来给我，但怕她太劳了——因为今天她作的事实在不少了。

这几天我父亲差不多天天都来一次，但是没有多大工夫就走了。父亲曾叫我白天到继母那边看看，我实在不愿意去，留下她一个人多么寂寞呵！而且我继母那讨厌的面孔，我实在也不愿意见她呢，可是又不得不稍稍敷衍敷衍她们，明天或者走一趟吧！

十月六日

可笑！我今天十二点钟到那边，父亲还在作梦，继母的头还不曾梳好，院子弄得乱七八糟，为诚早不知道跑到什么地方玩去了。这种家庭连我都处不来，何况她呢？近来我父亲似乎很恨她，因为有一次父亲要在她那里住下，她生气，独自搬到客厅的沙发上，睡了一夜。我父亲气得天还不曾亮，就回那边去了。其实像我父亲那样的人，本应当拒绝他，可是他是最多疑，不要以为是我捣的鬼呢，这倒不能不小心点，不要叫她吃亏吧！她已经是可怜无告的小羊了，再折磨她怎禁受得起呵！

我好多次想鼓起勇气，对她说"我真实的爱你"，但是总是失败。我有时恨我自己怯弱，用尽方法自己责骂着自己，但是这话才到嘴边，我的心便发起抖来，真是没用。虽然，男子们对于一个女人求爱，本不是太容易的事呵！忍着吧！总有一天达到我的目的。

今天下午有一个朋友来看我,他尖锐的眼光,只在我身上绕来绕去。这真奇怪,莫非他已有所发见吗?不!大概不至于,谁不知道她是我父亲的妻呢。许是贼人胆虚吧?我自己这么想着,由不得好笑起来!人们真愚呵!

她这几天似乎有些不舒服,她沉默得使我起疑,但是我问她有病吗?她竭力辩白说:"没有的事!"那么是为什么呢?

晚上她更忧抑了,晚饭都不曾吃,只懒懒的睡在沙发上。我不知道怎样安慰她才好。唉!我的脑子真笨。桌上三炮台的烟卷,我已经吸完两枝了,但是脑子依旧发滞,或者是屋里空气不好吧?我走到廊下,天空鱼鳞般的云现着淡蓝的颜色,如弦的新月,正照在庭院里,那几盆菊花,冷清清地站在廊下。一种寂寞的怅惘,更扰乱了我的心田。呵!天空地阔,我仿佛是一团飞絮飘零着,到处寻不到着落;直上太空,可怜我本是怯弱的,哪有这种能力;偃卧在美丽的溪流旁边吧,但又离水太近了。我记得儿时曾学过一只曲子:"飞絮徜徉东风里,漫夸自由无边际!须向高,莫向低,飞到水面飞不起。"呵!我将怎么办?

她又弹琴了,今天弹的不是《闺怨》了,这调子很新奇,仿佛是《古行军》的调子,比《闺怨》更激昂,更悲凉。我悄悄走到她背后,她仿佛还不觉得,那因她正低声唱着,仿佛是哽着泪的歌喉。最后她竟合上琴长叹了。当她回头看见我站在那里的时候,她仿佛很吃惊,脸上立刻变了颜色,变成极娇艳的淡红色。我由不得心浪狂激,我几乎说出"我真实的爱你"的话了。但我才预备张开我不灵动的唇的时候,她的颜色又惨白了。到这时候,谁还敢说什么。她怏怏的对我说:"我今天有些不舒服,要早些睡了。"我只得应道:"好!早点睡好。"她离了客厅,回她的卧房去,我也回来了。

奇异呵!我近来竟简直忘记她是我的庶母了。还不只此,我觉得她还是十七八岁青春的处女呢。——她真是一朵美丽的玫瑰,我纵然因为找她,被刺刺伤了手,便是刺出了血,刺出了心窝里的血,我也绝不皱眉的。我只感谢上帝,助我成功,并且要热诚的祈祷了。

十月十二日

今天我都在客厅看报,——她最喜欢看报上的文艺。今天看了一篇翻译的小说,是《玫瑰与夜莺》。她似解似不解,要我替她说明这里面的意思。后来她又问我,"西洋人为什么都喜欢红玫瑰?"我就将红玫瑰是象征爱情的话告诉她,并且又说:"西洋的青年,若爱一个少女,便要将顶艳丽的玫瑰送给那少女。"她听完,十分高兴道:"这倒有意思!到底她们外国人知道快活,中国人谁享过这种的幸福,只知道女儿大了,嫁了就完了,真是一点意思都没有!"

我得到这种好机会,我绝不能再轻易错过了,我鼓起勇气对她说:"你也喜欢红玫瑰吗?"她怔了一怔,含泪道:"我现在一切都完了!"

唉!我又没有勇气了!我真是不敢再说下去,倘若她怒了,我怎么办呢!当时我只默默不语,幸亏她似乎已经不想了,依旧拿起报纸来看。

午饭后父亲来了,坐在她的屋子里。我心里真不高兴,这固然是没理由，但我的确觉得她不是父亲的，她的心从来没给过父亲，这是我敢断定的。至于别的什么名义咧！……那本不是她的，父亲纵把得紧紧的也是没用。她是谁的呢？别人或者要说我狂了，诚然我是狂了，狂于爱恋，狂于自我呵！

睡觉前，我忽然想到我如果送她一束红玫瑰，不知道她怒我，还是感激我……，或者也肯爱我？……我想象她抱着我赠她的那束红玫瑰，含笑用她红润的唇吻着，那我将要发狂了，我的心花将要尽量的开了。这种幸福便是用我的生命来换，我也一点不可惜呢！简直说，只要她说她爱我，我便立刻死在她的脚下，我也将含着欢欣的笑靥归去呢！

说起来，我真有些惭愧！我竟悄悄学写恋歌。我本没有文学的天才，我从来也不曾试写过。今夜从十点钟写起，直写到十二点，可笑只写两行，一共不到十个字。我有点妒嫉那些诗人，他们要怎么写便怎么写，他们写得真巧妙，女人们读了，真会喜欢得流泪呢！——他们往往因此得到许多胜利。

我恨自己写不出，又妒诗人们写得出，他们不要悄悄地把恋歌送给她吧，倘若他们有了这机会，我一定失败了！……红玫瑰也没用处了！

她的心门似乎已开了一个缝，但只是一个缝，若果再开得大一点，我便可以扁着身体走进去。但是用什么法子，才能使她更开得大一点呢！——我真想入非非了。不过无论如何，到现在还只是幻想呵，谁能证实她也正在爱恋我呢。

在这世界上，我不晓得更有什么东西，能把我心的地盘占据了，像她占据一样充实和坚固。我觉得我和她正是一对，——但是父亲呢，他真是赘疣呵！——我忽然想起，我不能爱她,正是因为父亲的缘故,倘若没有父亲在里头作梗,她一定是我的了。

这个念头的势力真大,我直到睡觉了,我梦里还牢牢记着,她不能爱我,正是因为父亲的缘故。

十月十五日

我一直沉醉着,醉得至于发狂,若果再不容我对她说"我真实的爱你",或者她竟拒绝我的爱,我只有……只有问她是不是因为父亲的缘故;若果我的猜想不错,那么我只得恳求父亲,把她让给我了。父亲未必爱她,但也未必肯把她让给我,而且在人们听来,是很不好听的呵!世界上哪有作儿子的,爱上父亲的妻呢?呵!我究竟是要绝望的呵!……但是她若肯接受我的爱,那到不是绝对想不出法子的呵。……

我早已找到一个顶美的所在,——那所在四面都环着清碧的江水,浪起的时候,激着那孤岛四面的崖石,起一阵白色的飞沫,在金黄色的日光底下,更可以看见钻石般缥碧的光辉。在那孤岛里,只要努力盖两间的小房子,种上些稻子和青菜,我们便可以生存了,——并且很美满的生存。若再买一只小船,系在孤岛的边上,我们相偎倚着,用极温和的声调,唱出我心里的曲子,便一切都满足了。……

我幻想使我渐渐疲倦了,我不知不觉已到梦境里了。在梦里我看见一个形似月球的东西,起先不停的在我面前滚,后来渐渐腾起在半空中。忽见她,披着雪白云织的大衣,含笑坐在那个奇异的球上,手里抱着一束红玫瑰轻轻的吻着,仿佛那就是我送她的。我不禁喜欢得跪下去,我跪在沙土的地上,合着掌恳切的感谢她说:"我的生命呵!……这才证实了我的生命的现实呵!"我正在高声的祈祷着,那奇异的球忽然被一阵风,连她一齐卷去了。我吓得失心般叫起来,不觉便醒了。

自从梦里惊醒以后,我再睡不着了。我起来,燃着灯,又读几页《破舟》,天渐渐亮了。

十月十六日

因为昨晚上梦里的欣悦,今天还觉余味尚在,并且顿时决心一定要那么办了。我不等她起来,便悄悄出去了,那时候不过七点钟。秋末的天气,早上的凉风很犀利,但我并没有感到一点不舒服,我觉在我的四周都充满了喜气,我极相信,梦里的情景,是可以实现的,只要我找红玫瑰。……

我走到街尽头,已看见那玻璃窗里的秋海棠向我招手,龙须草向我鞠躬;我真觉得可骄傲,——但同时我有些心怯,怎么我的红玫瑰,却深深藏起,不以她的笑靥,对她忠实的仆人呢!

花房渐近了。我轻轻推那玻璃门时,有一个二十多岁的男人,含笑招呼我道:"先生早呵!要买什么花?这两天秋海棠开得最茂盛,龙须草也不错。"他指这种,说那种固然殷勤极了,但我只恨他不知道我需要是什么?我问他:"红玫瑰在哪里?"他说:"这几天正缺乏这个,先生买几枝秋海棠吧,那颜色多鲜艳呵!也比红玫瑰不差什么……不然,先生就买几朵黄月季吧!"其实那秋海棠实在也不坏,花瓣水亮极了,平常我也许要买他两盆摆在屋里,现在我却不需要这个了。我懒懒辞别那卖花的人,又折出这条街,向南走了。又经过两三个花铺,但都缺少红玫瑰。我真懊丧极了,但我今天买不到,绝不就回去。

还算幸运,最后买到了。只有一束,用白色的绸带束着,下面有一个小小竹子编的花盆很精巧,再加上那飘带,和蝴蝶般翩舞着,真不错,我真感谢这家花铺的主人,他竟预备我所需要的东西了。

我珍重着,把这花捧到家里,已经过了午饭的时候,但是她还是支颐坐着等我呢!我不敢把这花很冒昧就递给她,我悄悄地把它放在我的屋里,若无其事般的出来,和她一同吃完午饭。

她今天似乎很高兴,午饭后我们坐在堂屋里闲谈。她问我今天一早到什么地方去,我真想趁这机会告诉她我是为她买红玫瑰去了,但是我始终不是这样回答的,我只说:"我买东西去了。"她以后便不再往下问了。我回到屋里,想了半天,我便把这红玫瑰捧着,来到她的面前。她初看这美艳的花,不禁叫道:"真好看,你哪里买来的?"她似乎已忘了我上次对她说的话。我忙答道:"好看吗?我打算送给你!"我这时又欣悦,又畏怯。她接了花,忽然像是想起什么来了。她迟迟的说:"你不是说红玫瑰……我想你是预备送别人的吧!我不应当接收这个。"我赶忙说:"真的,我除了你没有一个人可以送的,因为在这世界上,我是最孤零的,也正和你一样。"她眼里忽然露出惊人的奇光,抖颤着,将玫瑰花放在桌上,仿佛得了急病,不能支持了。她睡在沙发上,眼泪不住的流。咳!这使我懊悔,我为什么使她这样难堪,我恨我自己,我由不得也伤心的哭了。

在这种极剧烈的刺激里,在她更是想不到的震恐。就是我呢,也不曾预想到有这种的现象。真的,我情愿她痛责我。唉!

我真孟浪呵！为什么一定要爱她！……我心里觉得空虚了，我还不如飞絮呵！我不但没有着落，并且连飞翔的动力也都没有了。

阿妈进来了，我勉强掩饰我的泪痕，我告诉阿妈，把她扶进屋里，将她安放在床上，然后我回我自己的屋子。伏在枕上，痛切的流我忏悔的眼泪，但我总不平，我不应该受这种责罚呵？

十月二十日

她一直病了！直到现在不曾减轻。父亲虽天天请医生来，但是有什么用处呢？唉！父亲真聪明！他今天忽然问我，她起病的情形，这话怎能对父亲说呢？我欺骗父亲说："我不清楚！"父亲虽然怒骂我"糊涂！"我真感激他，我只望他骂得更狠一点，我对于她的负疚，似乎可以减轻一点。

医生——那李老头子真讨厌，他哪里会治病呵！什么急气攻心咧，又是什么外感内热咧，用手理着他那三根半的鼠须，仰着头瞪着眼，简直是张滑稽画。真怪，世界上的人类，竟有相信这些糊涂东西的话……我站在窗户下面，听他捣鬼，真恨不得叫他快出去呢！

父亲也似乎有些发愁，他预备晚上住在这边。她仿佛极不高兴，她对父亲说："我这病只是心烦，你在这里，我更不好过，你还是到那边去吧！"父亲果然仍回那边去了。

八点多钟的时候，我正在屋里伤心，阿妈来找我，她在叫我。其实我很畏怯，我实在对不起她呵！在平常一个妇女的心里，自然想着这是不可能的事情，并且也告诉别人不得的，总算是不冠冕的事呵！唉！……

她拥着一床淡湖色的皱被,含泪坐在床上。她那憔悴的面容,无告而幽怨的眼神,使我要怎样的难过呵!我不敢仰起头来,我只悄悄站在床沿旁边。她长叹了一声,这声音只仿佛一口利剑,我为着这个,由不得发抖,由不得落泪。她喘息着说:"你来!你坐下!"我抖战着,怯怯地傍着她坐下了。她伸出枯瘦的手来,握着我的手说:"我的一生就要完了,我和你父亲本没有爱情,我虽然嫁了十年,我总不曾了解过什么是爱情。你父亲的行为,你们也都明白,我也明白,但是我是女子,嫁给他了,什么都定了,还有我活动的余地吗?有人也劝我和他离婚,——这个也说不定是与我有益的。但是世界上男人有几个靠得住的,再嫁也难保不一样的痛苦,我一直忍到现在——我觉得自己是个不幸的人。你不应当自己害自己,照我冷眼看来,你们一家也只有你一个是人,我希望你自己努力你的前途!"

　　唉!她诚实的劝戒我,真使我惭愧,真使我懊悔!我良心的咎责,使我深切的痛苦。我对她说什么?我只有痛哭,和孩子般赤裸裸无隐瞒的痛哭了!她抚着我的头和慈母般的爱怜,她说:"你不用自己难过,这不是你的错,只是你父亲……"她禁不住了,她伏在被上呜咽了。

　　父亲来了,我仍回我自己的屋里去,除了痛切的哭,我实在不知道怎样处置我自己呵!如果这万一的希望,是不能存在了,我还有什么生趣。

十一月一日

　　她的病越来越重,父亲似乎知道没指望了。他昨天曾对我说:"你不要整天坐在家里,看看就有事情要出来了,你也应当替我帮帮忙。"我听了他吩咐,不敢不出去,预备接头一切,况且又是她的事情。但不知怎么,我这几天仿佛失了魂似的,走到街上竟没了主意,心里本想向南去,脚却向北走。唉!

晚上回来的时候,父亲恰好出去了。我走到她的床前,只见她红光满面,神采奕奕比平时更娇艳。她含着泪,对我微笑道:"你的心我很知道,就是我也未尝不爱你,但他是你的父亲呵!"我听了这话,立刻觉得所有环境都变了。我不敢再踌躇了,我跪在她的面前,诚挚的说:"我真实的爱你!"她微笑着,用手环住我的脖颈,她火热的唇,已向我的唇吻合了。这时我不知是欣悦是战兢,也许这只是幻梦,但她柔软的额发,正覆在我的颊上,她微弱的气息,一丝丝都打透我的心田,她松了手,很安稳的睡下了。她忽对我说:"红玫瑰呢?"

我陡然想起,自从她病后,我早把红玫瑰忘了,——忙忙跑到屋里一看,红玫瑰一半残了,只剩四五朵,上面还缀着一两瓣半焦的花瓣。我觉得这真不是吉兆——明知花草没有不凋谢的,但不该在她真实爱我时凋谢了呵!且不管她这几片残瓣,也足以使我骄傲,若不是这一束红玫瑰,哪有今天的结果——呵!好愚钝的我!不因这一束红玫瑰她怎么就会病,或者不幸而至于死呵……我真伤心,我真惭愧,我的眼泪,都滴在这残瓣上了。

我将这已残的红玫瑰捧到她的床前,她接过来轻轻吻着,落下泪来。这些滴在残瓣上的,是我的泪痕还是她的泪痕,谁又能分清呢?

从此她不再说话,闭上眼含笑的等着,等那仁慈的上帝来接引她了。今夜父亲和我全不曾睡觉,到五点多钟的时候,她忽睁开眼,向四周看了看,见我和父亲坐在她的旁边,她长叹了一声便断了气。

父亲走过去把手放在她的鼻孔旁,知道是没了呼吸,立时走出来,叫人预备棺木。我只觉一阵昏迷,不知什么时候已躺在自己床上了。

她死得真平静,不像别人有许多号哭的烦扰声。这时天才有一点淡白色的亮光,衣服已经都穿好了。下棺的时候她依旧是含笑,我把那几瓣红玫瑰放在她的胸前,然后把棺盖合上。唉!——多残酷的刑罚呵!我只觉我的心被人剜去了,我的魂立刻出了躯壳,我仿佛看见她在前面。她坐在一个奇异的球上披着白云织就的大衣,含笑吻着一束红玫瑰——便是我给她的那束红玫瑰,真奇异呵!……

唉!我现在清醒了!哪有什么奇异的月球,只是我回溯从前的梦境罢了。

十一月三日

今天是她出殡的日子,埋在城外一块墓地上——这墓地是她自己买的。她最喜欢西洋人的墓,这墓的样子,全仿西洋式作的,四面用浅蓝色的油漆的铁栏,围着一个长方的墓,墓头有一块石牌,刻着她的名字,还有一个爱神的石像,极宁静的仰视天空,这都是她自己生前布置的。

下葬后,父亲只跺了跺脚,长叹了一声,就回去了。等父亲走后,我将一束红玫瑰放在坟前,我心里觉得什么都完了。我决定不再回家去。我本没有家,父亲是我的仇人,我的生命完全被他剥夺净了。我现在所有的只是不值钱的躯壳,朋友们只当我已经死了——其实我实在是死了。没有灵魂的躯壳,谁又能当他是人呢,他不过是个行尸走肉呵!

我的日记也就从此绝笔。我一生不曾作过日记,这是第一次也是末一次。我原是为了她才作日记,自然我也要为了她不再作日记了。

绍雅念完了,他很顽皮的,趁逸哥回头的工夫,那本书已掷到逸哥头上了。逸哥冷不防吓了一跳,我不觉很好笑,同时也觉得心里怅怅的,不知为什么?

这寂寞冷清的一天算是叫我们消遣过了。但是雨呢,还是丝丝的敲着窗子,风还是飕飕摇着檐下的竹子,乌云依旧一阵阵向西飞跑。壁上的钟正指在六时上,黄昏比较更凄寂了。我正怔怔坐着,想消遣的法子,忽听得绍雅问道:"我的小说也念完了,你们也听了,但是我糊涂,你们也糊涂,这篇小说,到底是个什么题目呵?"被他这一问,我们细想想也不觉好笑起来。逸哥从地下拾起那本书来,掀着书皮看了看,只见这书皮是金黄色,上面画着一个美少年,很凄楚的向天空望着;在书面的左角上斜标着"父亲"两个字。

逸哥也够滑稽了,他说:"这谁不知道,谁都有父亲吧!"我们正笑着,又来了一个客人,这笑话便告了结束。

(原载《小说月报》1925年第16卷第1号)

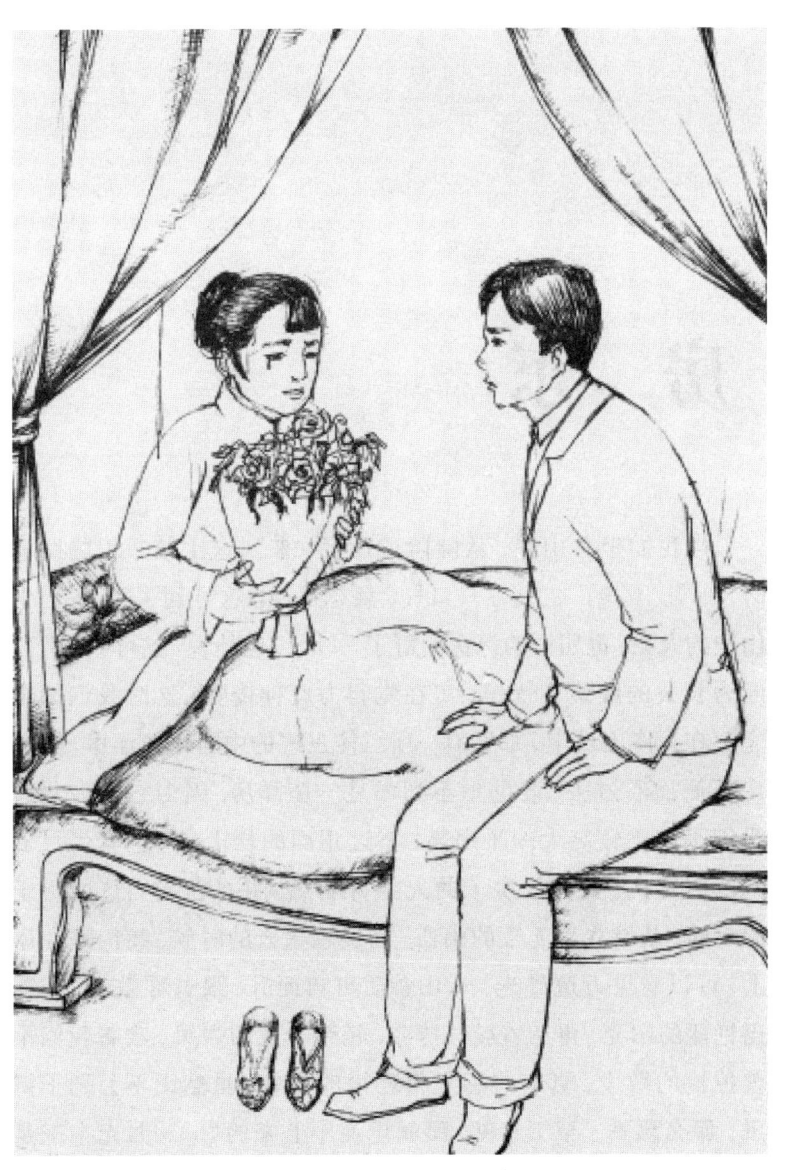

我将这已残的红玫瑰捧到她的床前,她接过来轻轻吻着,落下泪来。

·象牙戒指·

房　东

　　当我们坐着山兜,从陡险的山径,来到这比较平坦的路上时,兜夫"唉哟"的舒了一口气,意思是说"这可到了"。我们坐山兜的人呢,也照样的深深的舒了一口气,也是说"这可到了"!因为长久的颠簸和忧惧,实在觉得力疲神倦呢!这时我们的山兜停在一座山坡上,那里有一所三楼三底的中国化的洋房。若从房子侧面看过去,谁也想不到那是一座洋房,因为它实在只有我们平常比较高大的平房高,不过正面的楼上,却也有二尺多阔的回廊,使我们住房子的人觉得满意。并且在我们这所房子的对面,是峙立着无数的山峦。当晨曦窥云的时候,我们睡在床上,可以看见万道霞光,从山背后冉冉而升,跟着雾散云开,露出艳丽的阳光,再加着晨气清凉,稍带冷意的微风,吹着我们不曾掠梳的散发,真有些感觉得环境的松软,虽然比不上列子御风,那么飘逸。至于月夜,那就更说不上来的好了。月光本来是淡青色,再映上碧绿的山景,另是一种翠润的色彩,使人目怡神飞，我们为了它们的倩丽往往更深不眠。

这种幽丽的地方，我们城市里熏惯了煤烟气的人住着，真是有些自惭形秽，虽然我们的外面是强似他们乡下人，凡从城里来到这里的人，一个个都仿佛自己很明白什么似的，但是他们乡下人至少要比我们离大自然近得多，他们的心要比我们干净得多。就是我那房东，她的样子虽特别的朴质，然而她却比我们好像知道什么似的人，更知道些。也比我们天天讲自然趣味的人，实际上更自然些。

可是她的样子，实在不见得美，她不但有乡下人特别红褐色的皮肤，并且她左边的脖项上长着一个盖碗大的肉瘤。我第一次看见她的时候，对于她那个肉瘤很觉厌恶，然而她那很知足而快乐的老面皮上，却给我很好的印象。倘若她只以右边没长瘤的脖项对着我，那倒是很不讨厌呢！她已经五十八岁了，她的老伴比她小一岁，可是他俩所作的工作，真不像年纪这么大的人。他俩只有一个儿子，倒有三个孙子，一个孙女儿。他们的儿媳妇是个瘦精精的妇人，她那两只脚和腿上的筋肉，一股一股的隆起，又结实又有精神。她一天到晚不在家，早上五点钟就到田地里去作工，到黄昏的时候，她有时肩上挑着几十斤重的柴来家了。那柴上斜挂着一顶草笠，她来到她家的院子里时，把柴担从这一边肩上换到那一边肩上时，必微笑着同我们招呼道："吃晚饭了吗？"当这时候，我必想着这个小妇人真自在，她在田里种着麦子，有时插着白薯秧，轻快的风吹干她劳瘁的汗液；清幽的草香，阵阵袭入她的鼻观。有时可爱的百灵鸟，飞在山岭上的小松柯里唱着极好听的曲子，她心里是怎样的快活！当她向那小鸟儿瞬了一眼，手下的秧子不知不觉已插了很多了。在她们的家里，从不预备什么钟，她们每一个人的手上也永没有带什么手表，然而她们看见日头正照在头顶上便知道午时到了，除非是阴雨的天气，她们有时见了我们，或者要问一声：师姑，现在十二点了罢！据她们的习惯，对于作工时间的长短也总有个准儿。

住在城市里的人每天都能在五点钟左右起来，恐怕是绝无仅有，然而在这岭里的人，确没有一个人能睡到八点钟起来。说也奇怪，我在城里头住的时候，八点钟起来，那是极普通的事情，而现在住在这里也能够不到六点钟便起来，并且顶喜欢早起，因为朝旭未出将出的天容，和阳光未普照的山景，实在别饶一种情趣。更奇异的是山间变幻的云雾，有时雾拥云迷，便对面不见人。举目惟见一片白茫茫，真有人在云深处的意味。然而霎那间风动雾开，青山初隐隐如笼轻绡。有时两峰间忽突起朵云，亭亭如盖，翼蔽天空，阳光黯淡，细雨靡靡，斜风潇潇，一阵阵凉沁骨髓，谁能想到这时是三伏里的天气。我曾记得古人词有"采药名山，读书精舍，此计何时就？"这是我从前一读一怅然，想望而不得的逸兴幽趣，今天居然身受，这是何等的快乐！更有我们可爱的房东，每当夕阳下山后，我们坐在岩上谈说时，她又告诉我们许多有趣的故事，使我们想象到农家的乐趣，实在不下于神仙呢。

女房东的丈夫，是个极勤恳而可爱的人，他也是天天出去作工，然而他可不是去种田，他是替他们村里的人，收拾屋漏。有时没有人来约他去收拾时，他便戴着一顶没有顶的草笠，把他家的老母牛和老公牛，都牵到有水的草地上，拴在老松柯上，他坐在草地上含笑看他的小孙子在水涯旁边捉蛤蟆。

不久炊烟从树林里冒出来，西方一片红润，他两个大的孙子从家塾里一跳一蹭的回来了。我们那女房东就站在斜坡上叫道:"难民仔的公公,回来吃饭。"那老头答应了一声"来了",于是慢慢从草地上站起来,解下那一对老牛,慢慢踱了回来。那女房东在堂屋中间排下一张圆桌,一碗热腾腾的老矮瓜,一碗煮糟大头菜,一碟子海蜇,还有一碟咸鱼,有时也有一碗鱼鲞炖肉。这时他的儿媳妇抱着那个七八个月大的小女儿,喂着奶,一手抚着她第三个儿子的头。吃罢晚饭她给孩子们洗了脚,于是大家同坐在院子里讲家常。我们从楼上的栏杆望下去,老女房东便笑嘻嘻的说:"师姑!晚上如果怕热,就把门开着睡。"我说:"那怪怕的,倘若来个贼呢?……这院子又只是一片石头垒就的短墙,又没个门!""呵哟师姑!真真的不碍事,我们这里从来没有过贼,我们往常洗了衣服,晒在院子里,有时被风吹了掉在院子外头,也从没有人给拾走。倒是那两只狗,保不定跑上去。只要把回廊两头的门关上,便都不碍了!"我听了那女房东的话,由不得称赞道:"到底是你们村庄里的人朴厚,要是在城里头,这么空落落的院子,谁敢安心睡一夜呢?"那老房东很高兴的道:"我们乡户人家,别的能力没有,只讲究个天良,并且我们一村都是一家人,谁提起谁来都是知道的,要是作了贼,这个地方还住得下去吗?"我不觉叹了一声,只恨我不作乡下人,听了这返朴归真的话,由不得不心惊,不用说市井不曾受教育的人,没有天良;便是在我们的学校里还常常不见了东西呢!怎由得我们天天如履薄冰般的,掬着一把汗,时时竭智虑去对付人,哪复有一毫的人生乐趣?

我们的女房东,天天闲了就和我们说闲话儿,她仿佛很羡慕我们能读书识字的人,她往往称赞我们为聪明的人。她提起她的两个孙子也天天去上学，脸上很有傲然的颜色。其实她未曾明白现在认识字的人，实在不见得比他们庄农人家有出息。我们的房东，他们身上穿着深蓝老布的衣裳，用着极朴质的家具，吃的是青菜萝荠白薯搀米的饭，和我们这些穿缎绸，住高楼大厦，吃鱼肉美味的城里人比，自然差得太远了。然而试量量身分看，我们是家之本在身，吃了今日要打算明日的，过了今年要打算明年的，满脸上露着深虑所溃的微微皱痕，不到老已经是发苍苍而颜枯槁了。她们家里有上百亩的田，据说好年成可收七八十石的米，除自己吃外，尚可剩下三四十石，一石值十二三块钱，一年仅粮食就有几百块钱的裕余。以外还有一块大菜园，里面萝荠白菜，茄子豆角，样样俱全。还有白薯地五六亩，猪牛羊鸡和鸭子，又是一样不缺。并且那一所房除了自己住，夏天租给来这里避暑的人，也可租上一百余元，老母鸡一天一个蛋，老母牛一天四五瓶牛奶，倒是纯粹的好子汁，一点不搀水的，我们天天向他买一瓶要一角二分大洋。他们吃用全都是自己家里的出产品，每年只有进款加进款，却不曾消耗一文半个，他们舒舒齐齐的作着工，过着无忧无虑的日子。他们可说是"外干中强"，我们却是"外强中干"。只要学校里两月不发薪水，简直就要上当铺，外面再掩饰得好些，也遮不着隐忧重重呢！

　　我们的老房东真是一个福气人，她快六十岁的人了，却像四十几岁的人。天色朦胧，她便起来，作饭给一家的人吃。吃完早饭，儿子到村集里去作买卖，媳妇和丈夫，也都各自去作工，她于是把她那最小的孙女用极阔的带把她驼在背上，先打发她两个大孙子去上学，回来收拾院子，喂母猪，她一天到晚忙着，可也一天到晚的微笑着。逢着她第三个孙子和她撒娇时，她便把地里掘出来的白薯,递一片给他,那孩子笑嘻嘻的蹲在捣衣石上吃着。她闲时,便把背上的孙女儿放下来,抱着坐在院子里,抚弄着玩。

有一天夜里,月色布满了整个的山,青葱的树和山,更衬上这淡淡银光,使我恍疑置身碧玉世界,我们的房东约我们到房后的山坡上去玩,她告诉我们从那里可以看见福州。我们越过了许多壁立的巉岩,忽见一片细草平铺的草地,有两所很精雅的洋房,悄悄的站在那里。这一带的松树被风吹得松涛澎湃,东望星火点点,水光泻玉,那便是福州了。那福州的城子,非常狭小,民屋垒集,烟迷雾漫,与我们所处的海中的山巅,真有些炎凉异趣。我们看了一会福州,又从这叠岩向北沿山径而前,见远远月光之下竖立着一座高塔,我们的房东指着对我们说:"师姑!你们看见这里一座塔吗?提到这个塔,有一个很有趣的故事,我们这里相传已久了——

"人们都说那塔的底下是一座洞,这洞叫作小姐洞,在那里面住着一个神道,是十七八岁长得极标致的小姐,往往出来看山,遇见青年的公子哥儿,从那洞口走过时,那小姐便把他们的魂灵捉去,于是这个青年便如痴如醉的病倒,吓得人们都不敢再从那地方来。——有一次我们这村子,有一家的哥儿只有十九岁,这一天收租回来。从那洞口走过,只觉得心里一打寒战,回到家里便昏昏沉沉睡了,并且嘴里还在说:小姐把他请到卧房坐着,那卧房收拾得像天宫似的。小姐长得极好。他永不要回来。后来又说某家老二老三等都在那里作工。他们家里一听这话,知道他是招了邪,因找了一位道士来家作法。第一次来了十几个和尚道士,都不曾把那哥儿的魂灵招回来;第二次又来了二十几个道士和尚,全都拿着枪向洞里放,那小姐才把哥儿的魂灵放回来!自从这故事传开来以后,什么人都不再从小姐洞经过,可是前两年来了两个外国人,把小姐洞旁的地买下来,造了一所又高又大的洋房,说也奇怪,从此再不听小姐洞有什么影响,可是中国的神道,也怕外国鬼子——现在那地方很热闹了,再没有什么可怕!"

我们的房东讲完这一件故事,不知想起什么,因问我道:"那些信教的人,不信有鬼神,……师姑!你们读书的人自然知道有没有鬼神了。"

这可问着我了,我沉吟半晌答道:"也许是有,可是我可没看见过,不过我总相信在我们现实世界以外,总别有一个世界,那世界你们说他是鬼神的世界也可以,而我们却认那世界为精神的世界……"

"哦!倒是你们读书的人明白!……可是什么叫作精神的世界呵!是不是和鬼神一样?"

我被那老婆婆这么一问,不觉哑的笑了,笑我自己有点糊涂,把这么抽象的名词和他们天真的农人说。现在我可怎样回答呢,想来想去,要免解释的麻烦,因啅嚅着道:"正是,也和鬼神差不多!"

好了!我不愿更谈这玄之又玄的问题,不但我不愿给她勉强的解释,其实我自己也不大明白,我因指着她那大孙子道:"孩子倒好福相,他几岁了?"我们的房东,听我问她的孩子,十分高兴的答道:"他今年九岁了,已定下亲事,他的老婆今年十岁了。"后又指着她第二个孙子道:"他今年六岁也定下亲,他的老婆也比他大一岁,今年七岁……我们家里的风水,都是女人比丈夫大一岁,我比他公公大一岁,他娘比他爹大一岁……我们乡下娶媳妇,多半都比儿子要大许多,因为大些会作事,我们家嫌大太多不大好,只大着一岁,要算很特别的了。"

"吓!阿姆你好福气,孙子媳妇都定下了,足见得家里有,要不然怎么作得起。"我们中的老林很羡慕似的,对我们的房东说。我不觉得有些好奇,因对那两个小孩子望着,只见他们一双圆而黑的眼珠对他们的祖母望着,……我不免想这么两个无知无识的孩子,倒都有了老婆,这真是有点不可思议的事实。自然在我们受过洗礼的脑筋里,不免为那两对未来的夫妇担忧,不知他们到底能否共同生活,将来有没有不幸的命运临到他和她,可是我们的那老房东确觉得十分的爽意,仿佛又替下辈的人作成了一件功绩。

一群小鸡忽然啾啾的嘈了起来,那老房东说:"又是田鼠作怪!"因忙忙的赶去看。我们怔怔坐了些时就也回来了,走到院子里,正遇见那房东迎了出来,指着那山缝的流水道:"师姑!你看这水映着月光多么有趣……你们如果能等过了中秋节下去,看我们山上过节,那才真有趣,家家都放花,满天光彩,站在这高坡上一看真要比城里的中秋节还要有趣。"我听了这话,忽然想到我来到这地方,不知不觉已经二十天了,再有三十天,我就得离开这个富于自然——山高气清的所在,又要到那充满尘气的福州城市去,不用说街道是只容得一轮汽车走过的那样狭,屋子是一堵连一堵排比着,天空且好比一块四方的豆腐般呆板而沉闷。至于那些人呢,更是俗垢遍身不敢逼视。

日子飞快的悄悄的跑了,眼看着就要离开这地方了。那一天早起,老房东用大碗满满盛了一碗糟菜,送到我的房间,笑容可掬的说:"师姑!你也尝尝我们乡下的东西,这是我自己亲手作的,这几天才全晒干了,师姑你带到城里去,管比市上卖的味道要好,随便炒吃炖肉吃,都极下饭的。"我接着说道:"怎好生受,又让你花钱。"那老房东忙笑道:"师姑!真不要这么说,我们乡下人有的是这种菜根子,哪像你们城市的人样样都须花钱去买呢!"我不觉叹道:"这正是你们乡下人叫人羡慕而又佩服的地方,你们明明满地的粮食,满院的鸡鸭和满圈子的牛羊猪,是要什么有什么,可是你们样子可都诚诚朴朴的,并没有一些自傲的神气,和奢侈的受用,……这怎不叫人佩服!再说你们一年到头,各人作各人爱作的事,舒舒齐齐的过着日子,地方的风景又好,空气又清,为什么人不羡慕?!……"

那老房东听了这话,一手摸着那项上的血瘤,一面点头笑道:"可是的呢!我们在乡下宽敞清静惯了倒不觉得什么……去年福州来了一班耍马戏的,我儿子叫我去见识见识,我一清早起带着我大孙子下了岭,八点钟就到福州,我儿子说离马戏开演的时间还早咧,我们就先到城里各大街去逛,那人真多,房子也密密层层,弄得我手忙脚乱,实觉不如我们岭里的地方走着舒心……师姑!你就多住些日子下去吧!……"

我笑道:"我自然是愿意多住几天,只是我们学校快开学了,我为了职务的关系,不能不早下去……这个就是城市里的人大不如你们乡下人自在呵!"

我们的房东听了这话,只点了一点头道:"那么师姑明年放暑假早些来,再住在我们这里,大家混得怪熟的,热刺刺的说走,真有点怪舍不得的呢!"

可是过了两天,我依然只得热剌剌的走了,不过一个诚恳而温颜的老女房东的印象却深刻在我的心幕上——虽是她长着一个特别的血瘤,使人更不容易忘怀;然而她的家庭,和她的小鸡和才生下来的小猪儿……种种都充满了活泼泼的生机,使我不能忘怀——只要我独坐默想时,我就要为我可爱而可羡的房东祝福!并希望我明年暑假还能和她见面!

(选自《曼丽集》北平古城书社1928年1月版)

这是我自己亲手作的,这几天才全晒干了,师姑你带到城里去,管比市上卖的味道要好。

象牙戒指

一

盛夏里的天气，烈火般的阳光，扫尽清晨晶莹的露珠，统御着宇宙，一直到黄昏后，这是怎样沉重闷人的时光呵！人们在这种的压迫下，懒洋洋的像是失去了活跃的生命力，尤其午后那更是可怕的蒸闷；马路上躺着的小石块，发出孜孜的响声，和炙人脚心的灼热。

在这个时候，那所小园子里垂了头的蝴蝶兰，和带着醺醉的红色的小玫瑰，都为了那吓人的光和热，露出倦怠的姿态来，只有那些深藏叶蔓中的金银藤，却开得十分茂盛。当一阵夏天的闷风，从那里穿过时，便把那些浓厚的药香，吹进对着园子开着的门里来。

那是一间颇幽静的书斋，因为天热，暂时在南窗下摆了一张湘妃竹的凉榻，每天午饭后，我必在那里休息一个时辰。这一天我才从浴室里出来,将凉榻上的竹夫人摆好,正预备要睡。忽见门房的老杨进来说,外面有一位女士要会我。我连忙脱下浴衣,换了一件白色的长衫,外面的人影已渐渐近了,只听那位来客叫道:"露沙在家里吗?"这是很熟悉的口腔,我猜是素文,仰头望窗外一张,果然是她。那非常矮小的身段,正从荼䕷架下穿过来。不错,我想起来了,我因为要详细知道新近死去的朋友沁珠的往事,而她一向都很清楚她,所以我邀她今天来把这段很富有浪漫情趣的故事告诉我。

我们是很不拘泥什么的朋友,她一来就看上了我的凉榻,一倒身便睡在上面,同时还叫道:"这天气够多热呀,快些给我一杯冰镇汽水,——如果有冰结林,那就更好了!"我叫张妈从冰箱里拿出两瓶汽水,冰结林却不曾预备,不过我家离"宾来香"很近,吩咐老杨打了个电话,叫他送来一桶柠檬的。这种安派使得素文格外起劲,她躺在竹榻上微笑着说:"这是一种很好的设备,为了那一段惊人的故事,而且也是很合宜的。"

我们把绿色的窗幔垂了下来,使得屋内的光线,变成非常黯淡,同时喝着冰汽水。在一切都觉得适宜了,素文从衣襟里的小袋子内取出一个小小的白色的象牙戒指,她一面叹了一口气说:"你别看这件不值什么的小玩具,然而它果曾监禁了一个人的灵魂。"

我看了这个戒指,忽然一个记忆冲上我的脑海,我惊疑的问道:"素文,我记得沁珠临死的时候,手上还戴着一只戒指,和这个是一色一样的,当时给她穿衣服的人曾经说:她要把这只戒指带到棺材里去,……但是结果怎么样?我因为有事没等她下棺,就先走了,……难道现在的这只戒指,也就是她手上带的那只吗?"

素文摇头道："不是那一只，不过它们的来处却是相同的。"我觉得这件事真有些浪漫味道，非常想知道前后的因果，便急急迫问素文道："这是哪一位送给沁珠的，怎么你也有一只呢？"

"别焦急，"她说，"我先简单的告诉你，那戒指本来是一对，是她的一个朋友从香港替她寄来的，当时她觉得这只是很有趣的一件玩物，因此便送了我一只，但是以后发生了突然的事变，她那只戒指便立刻改了本来的性质，变成富有意义的一个纪念品了。"

"这真是富有趣味的一段事实，请你把详细的情节仔细告诉我吧！"

"当然，我不是要告诉你，我今天就不必来了；并且我还希望你能把这件事情写下来，不用什么雕饰，她的一生天然是一首悲艳的诗歌。这就是一种完美的文艺，——本来我自己想写，不过你知道，最近我的生活太复杂，一天东跑西颠的，简直就没有拿笔的工夫。再者三四天以后，我还想回南边家里看看……"

"好吧，"我说了，"你就把她的历史从头到尾仔细说给我，当然我要尽我的力量把她写下来。"

于是她开始说了，下面便是她的叙述，我没有加多少删改，——的确，素文很善于辞令，而沁珠的这一段过去，真也称得起是一首怨艳的诗歌。

在那年暑假后，学校刚刚开学的那天下午，我从寝室里走了出来，看见新旧同学来了不少，觉得很新鲜有趣味，我便同两个同学，名叫杨秀贞和张淑芳的，三个人一同坐在屏风门后过道上的椅子上，来来往往的，都是些年轻活泼的同学：有的手里拿着墨水瓶，胁下挟着洋纸本子到课堂去的。有的抱着一大堆音乐谱子，向操场那面音乐教室去的。还有几个捧着足球，拿着球拍子，到运动场去的。正在这个时候，从屏门外来了一个面生的新学生，她穿着一件浅蓝色的麻纱短衫，腰间系了一条元色的绸裙，足上白鞋白袜，态度飘洒，丰神秀丽，但是她似乎有些竭力镇静的不自然的表情。她跟着看门的老头徐升急急的往里走，经过我们面前时，她似乎对我们看了一眼，但是我们是三对眼睛将她瞪视着，她立刻现出非常窘迫的神气，并且非常快的掉转身子，向前去了。

"嘿！你们猜刚走过去的那个新学生，是哪一科的？咱们跟着瞧瞧去吧！"秀贞说着就站了起来。

"好，好，"淑芳也很同意的叫着，当然我也没有反对的理由，于是我们便追着她到了学监办公处，我们如同把守门户的将军，向门两边一站；那位高身材略有几个麻点的学监，抬头看了我们一眼，但是她早已明白这些年青人的好奇心理，所以她并不问我们什么，只向那个新学生一看，然后问道：

"你是来报到的吗，叫什么名字？"

"是的，我叫张沁珠。"

"进哪一科的？"

"体育科。"

"你今天就搬进来吗？……行李放在哪里？"

"是，我想今天就搬进来，行李先放在号房。"

"你到这边来，把这张单子填起来！"

那个张沁珠应了一声，便向办公桌走去，于是那位学监先生便回过身来,对我们含笑道:"你们来,别在那里白站着看热闹,……张淑芳,你是住在二十五号不是?我记得你们房里有一个空位子?"

"不错,是有一个,那是国文科程煌的位子,她送她母亲的灵柩回南去了。"

"那么就叫张沁珠补这个空位子,你们替我带她去,好好的照应她,有什么不清楚的事情,你们告诉她,——我就把这件事交给你们了。"学监说完,又转身对张沁珠道:"你跟她们去吧!"张沁珠答应着退出来,跟着我们上了楼梯。没有走多远,就到了二十五号房的门口,张淑芳把门推开,让沁珠进去。沁珠看见这屋子是长方形的,两旁整整齐齐摆了四张木床,靠窗户右边那一架空着;其余那三架都铺着一色的白被单,上面放着洋式的大枕头,有的上面绣着英文字,有的是十字布挑成的玫瑰花。

"请坐吧,张姊姊!"淑芳向沁珠招呼,同时又向我说道:"素文,请你下去叫老王到门房把张姊姊的行李送到这里来。"

我便邀着秀贞同去,我们两人一同走,一面谈话。秀贞说:"素文,你觉得张沁珠怎样?"

我说:"长的也没有什么特别漂亮,只是她那一对似蹙非蹙的眉毛;和一对好像老含着泪水的眼睛,怪招人喜欢的,是不是?"

"对了!我也是这样说,不过我更爱她的风度,真是有一股俏皮劲。"

我们谈着已来到号房,老王正在那里闭着眼睛打盹呢!我们大声一嚷,把他吓得跳了起来,揉着眼睛问道:"你们找哪一位?"

秀贞和我都不禁笑道:"你还在作梦吧,我们找谁!——就是找你!"

老王这时已经认出我们来,说道:"原来是杨小姐和王小姐呵。"

"对了,你把新来张沁珠小姐的行李,扛到楼上二十五号去,快点!"我们交代完,就先跑回来了。不久老王就扛着行李进来了,他累得发喘,沿着褐黑色的两颊流了两道汗水。他将行李放在地上,并将铺盖卷的绳子打开,站起来道:"小姐们还有什么事吗?"

"没事了,你去吧!"秀贞性急的叫着。淑芳含笑点头道:

"你怎么还是这个脾气,"同时叫道,"老王慢着,你把这蚊帐给挂上。"老王爬上床去挂帐子,只见秀贞把鼻子向上耸了耸,两个深黑而活泼的眼球向四围一扫,憨态十分,惹得我都大笑起来,沁珠走过去握着她的手道:"你真有意思!"淑芳接言道:"张姐姐,你不知道她是我们一级里的有名的小皮猴。"

"别瞎说了!"秀贞叫道:"张姐姐,你不用听淑芳姐的话,她是我们级里出名贤慧的薛宝钗。"

沁珠笑道:"你们竟玩起这一套来,那么谁是林黛玉呢?"

淑芳和秀贞都指着我笑道,"这不是吗?"我自然给她们一个滑稽的鬼脸看。大家笑着,已把沁珠的东西整理好。于是我们就一同下楼去参观全校的布置。我们先绕着走廊走了一周,那一排的屋子,全是学生自修室和寝室,没有什么看头。出了走廊的小门,便是一块广阔的空场,那里设备着浪木,秋千,篮球架子,和种种的运动器具。在广场的对面就是一间雄伟庄严的大礼堂，四面都装着玻璃窗，由窗子外可以看见里面一排排的椅子和庄严的讲台。再看四面的墙上挂着许多名人哲士的肖像，正中那面悬着一块白地金字的大匾额，写的是"忠信笃敬"四个隶字；这是本校的校训。穿过礼堂的廊子，另外有一个月亮门，那是通学校园的路，里面砌着三角形的，梅花式的，半月形的种种花池，种着各式的花草。围着学校园有一道很宽的走廊，漆着碧绿的颜色，非常清雅。我们在学校园玩了很久，才去看讲堂，——那是位置在操场的前面，一座新盖的大楼房，上下共分十二个讲堂。我们先到体育科去，后来又到国文科去。它们的形式大约相同。没有什么意思，我们没有多耽搁，就离开这里。越过一个空院子，看见一个八角形的门，沿着门攀了碧绿的爬墙虎。我们走进去，只见里面另有一种幽雅清静的趣味。不但花草长得格外茂盛，还有几十根珍奇的翠竹，原来这是学校特设的病人疗养院。在竹子后面有五间洁净的病房，还有一位神气很和蔼的女看护，沁珠最喜欢这个地方。离竹屏不远还有一座荼䕷架。这时，花已开残，只有绿森森的叶子，偶尔还缀着一两朵残花。在花架旁边，放着一张椅子，我们就在这里坐了很久。自然，那时我们比现在更天真。我们谈到鬼，谈到神仙，有时也谈到爱情小说。不过我们都太没有经验，无论谈到哪一种问题，都好像云朵走过天空，永远不留什么痕迹，等到我们听见吃饭的钟声响了，才离开这里到饭厅去。那是一间极大的厅堂，在寝室后面。里面摆了五十张八仙桌，每桌上八个人，我们四个人找了靠窗边的桌子坐下，等了一会，又来了四个不很熟识的同学。我们沉默着把饭吃完，便各自分散了。

晚上自修的时间，我去看沁珠，她正在低头默想，桌上放着两封信,一封是寄到她家里去的。还有一封写着:"西安公寓五号伍念秋先生。"

我走进去时,她似乎没有想到,抬头见了我时,她"呵!"了一声,说道:"是你呀!我还以为是学监先生呢!"

我便问她:"为什么不高兴?"她听了这话,眼圈有点发红,简直要哭了,我便拉她出来说:"今晚还没有正式上自修课。我们出去走走,没有什么关系。"

她点点头,把信放在抽屉里,便同我出来了。那夜月色很好,天气又不凉不热,我们便信步走到疗养院的小花园里去。景致更比白天好:清皎的月光,把翠竹的影子照在墙上,那竹影随着夜风轻轻的摆动,使人疑画疑真;至于那些疏疏密密的花草,也依样的被月光映出活泼鲜明的影子,在那园子的地上。

我们坐在白天坐过的那张长椅子上,沁珠像是很不快活,她默默的望着多星点的苍空,叹了一口气。

我也不由得心里起了一阵莫明奇妙的惆怅,后来忽听沁珠低吟道:"东望故园路茫茫!"

"沁珠,你大约是害了思乡病吧!?"我禁不住这样问她。她点点头并不回答什么,但是晶莹的泪点从她眼角滚落到衣襟上了。我连忙握住她的手安慰道:"沁珠,你不要想家,这只不过是暂时的别离,三四个月后就放年假,到那时候你便可以回家快活去了。"

沁珠叹息道:"你不知道我的情形,——我并不是离不开家,不过你知道我的父亲太老了。……在我将要离开他的头一天,我们全聚在我母亲房里谈话,他用悲凉的眼睛望着我叹息道:'我年纪老了,脱下今天的鞋,不知明天还穿得上不?!'的确,我父亲是老了。他已经七十三岁,头发全落净,胸前一部二尺长的胡须,完全白了,白得像银子般。我每逢看见他,心里就不免发紧,我知道这可怕的一天,不会很久就必定要来的。但是素文,你应得知道,他是我们家里唯一的光明,倘使有一天这个光明失掉了,我们的家庭便要被黑暗愁苦所包围。……"她说到这里,稍微停了一停,我便接着问道:"你家里还有些什么人?"

"我还有母亲,哥哥,嫂嫂,侄女儿。"

"哥哥多大年纪了?"

"今年三十二岁。"

"那不是已经可以代替你父亲来担负家庭的责任吗?"

"唉!事实不是那样简单。你猜我母亲今年多大年纪?……我想你一定料不到她今年才四十八岁吧!我父亲比她足足大了二十五岁,这不是相差得太多吗!不过我母亲是续弦,我的嫡母前二十年患肺病死了,她留下了我的哥哥。你知道,世界上难作的就是继母。虽然我母亲待他也和我一样,但是他们之间的一种必然的隔阂,是很难打破的。所以家庭间时常有不可说的暗愁笼罩着。至于嫂嫂呢,关系又更差着一层,所以平常对于我母亲的关切,也只是面子事。有时也有些小冲突,不免使我母亲伤心。不过有父亲周旋期间,同时又有我在身旁,给她些安慰,总算还过得很好。现在呢,我是离她这样远,父亲又是那样大的年纪,真像是将要焚尽的绿蜡……"

沁珠的声音有些哽咽了。她面色惨白,映着那清冷的月光,仿佛一朵经雨的惨白梨花,我由不得将手放在她的肩上,——虽然我个子年龄都还比她小,可是我竟像姊姊般抚慰着她。沉

默了很久,她又接着说道:

"当时我听了我父亲所说的话,同时又想到家里的情形,我便决意打消到北京来求学的念头。我说:'父亲!让我在家伴着你吧;北京我不愿意去了。'父亲听了我这话,虽然他的嘴唇不住的掣动,但他到底镇定了,一时悲感,他含着慈悲的笑容说道:'唉!珠儿你不要灰心!古人说过'先意承志,才是大孝'。我一生辛苦读了些书,虽然没有得到什么大功名,然也就不容易。现在我老了,很盼望后代子孙中有能继我的遗志的,你哥哥呢,他比你大,又是个男孩,当然我应当厚望他。不过他天生对于学问无缘。——而你虽然是个女孩,难得你自小喜欢读书,而且对于文学也很有兴趣,所以我便决心好好的栽培你。去年你中学毕业时,我就想着叫你到北京去升学。而你母亲觉得你太年轻不放心,也就没有提起。现在难得你自己有这个志愿,你想我多么高兴?!……至于我虽然老了,但精神还很健旺,一时不会就有什么变故的,你可以放心前去。只要你努力用功,我就喜欢了。'

"父亲说了这些话,我也没话可答,只有心下感激老人家对我的仁慈。不过我却掩不住我悲酸的眼泪。父亲似乎不忍心看我,他老人家站起来,走到窗前,看看天色,太阳离下山还有些时候,他便转身对我说:'我今天打算到后山看看,珠儿同我去吧!''怎么又要到后山去吗?'我母亲焦急的说:'你的身子这两天才健旺些,我瞧还是歇歇吧!不必去了,免得回头心里又不痛快!并且珠儿就要走,她的事情也多。'唉!'我父亲叹息了一声说:'我正是因为珠儿就要走,所以叫她看看放心,我们去了就来。我决不会不痛快,人生自古谁无死,况且我已经活到七十多岁了,还有什么不足?'我父亲说话的时候,两眼射出奕奕的光芒,仿佛已窥到死的神奇了。

"我母亲见拦不住他,便默默的扶了我侄女蕙儿,回到自己屋里去了,不用说,她自然又是悄悄的去垂泪。我同父亲上了竹轿,这时太阳已从树梢头移开,西方的山上,横亘着五色的霞彩,美丽娇俏的山花,在残阳影里轻轻的点头。我们两顶竹轿在山腰里停下来,我扶着他向那栽有松柏树的坟园里去。晚凉的微风从花丛里带来了馥郁的野花香,拂着老人胸前那部银须。同时听见松涛激壮的响着,如同海上的悲歌。

"没有多少时候,我们已走近坟园的园墙外了。只见那石门的广额,新刻着几个半红色的隶字'张氏佳城'。那正是他老人家的亲笔。我们站在那里,差不多两分钟的光景。我父亲在注视那几个字以后,转身向我说:'这几个字写得软了,可是我不愿意求别人写;我觉得一个人能在他活着的时候,安安详详为自己安排身后事,那种心情是值得珍贵的。——生与死是一个绝大的关头,但能顺从自然,不因生喜,不为死惧,便可算得达人了。……并且珠儿你看这一带的山势,峰峦幽秀,远远望过去一股氤氲的瑞气,真可算全山最奇特的地方,这便是我百年后的归宿地;……听说石圹已经砌好了,我们过去看看。

"他老人家说着站了起来,我们慢慢的走向石圹边去,只见那圹纵横一丈多,里面全用一色水磨砖砌成的,很整齐,圹前一个石龟,驼着一块一丈高的石碑,只是还不曾刻上碑文。石碑前面安放着石头的长方形的祭桌,和几张圆形的石凳。我父亲坐在正中的那张圆椅上,望着对山沉默无言。我独自又绕着石圹看了一周,心里陡然觉得惊怕起来,仿佛那石圹里有一股幽暗的黑烟浮荡着,许多幽灵都在低低的叹息。——它们藏在生与死的界碑后面,在偷窥那位坐在石凳上,志迈颤抖的老人的身体,恰像风中的白色蔓陀罗花,不久就要低垂着头,和世界的一切分别了。'咳!死,是怎样的残苛的名辞呵!'我不禁小声的咒诅着。父亲的眼光射到我这边来。

"这时日色渐渐迈过后山的顶峰,沉到地平线下面去了,剩下些光影的余辉,淡淡的漾在浅蓝色的天空里,成群的蝙蝠开始飞出屋隙的巢窠,向灰黯色的帷幕下盘旋。分投四野觅食的群鸟,也都回林休息了。山林里的坟园,在这灰暗的光色下,更是鬼影憧憧。我胆怯的扶着父亲,找到歇在山腰的轿夫,一同乘轿回来。

"第二天早晨,我便同我父亲的学生伍念秋结伴坐火车走了。可是深镂心头种种的伤痕,至今不能平复。今夜写完家信,我想家的心更切了。唉!素文!人生真太没意思呵!"

我听了沁珠的一段悲凉的述说,当然是同情她,不过!露沙!你知道我也是一个苦命的孩子。我的家乡远在贵州,虽然父母都没有了,可是还有一个比我小的兄弟,现在正不知道怎样?我想到这里,眼泪也不由流了下来。我同沁珠互相倚靠着哭了一场,那时夜色已深,月影已到中天了。同学们早已睡熟,我们两人有些胆怯,才穿过幽深的树影,回到寝室去。——这便是我同沁珠订交的起头。

二

在学校开学一个月以后,我同沁珠的交情也更深切了。她近来似乎已经习惯了学校的生活,想家的情感似乎也淡些。我同她虽不同科，但是我们的教室，是在一层楼上，所以我们很有亲近的机会，每逢下课后，我们便在教室外面的宽大的走廊上散步，或者唱歌。

素文说到这里，恰好"宾来香"的伙计送冰结林来，于是我们便围在圆形的小藤桌旁，尽量的吃起来。素文一连吃了三碗，她才笑着叫道："好，这才舒服啦！咱们坐下慢慢的再谈。"我们在藤椅上坐下，于是她继续着说道：——露沙，的确学校的生活，实在是富有生机的，当然我们在学校的时候，谁都不觉得，现在回想起来，真感到过去的甜蜜。我记得每天早晨，那个老听差的敲着有规律的起身钟时，每个寝室里便发出种种不同的声音来。有的伸懒腿打哈欠，有的叫道："某人，昨晚我梦见我妈妈了，她给我作了一件极漂亮的大衣！"有的说："我昨夜听见某人在梦里说情话。"于是同寝室的人都问她说什么？那个人便高声唱道："哥哥我爱你！"这一来哄然的笑声，冲破了一切，便连窗前柳树上麻雀的叫嚣声也都压下去了。这里的确是女儿的黄金世界。等到下了楼，到栉沐室去，那就更有趣味了。在那么一间非常长，甬道形的房屋里，充满着一层似雾似烟的水蒸汽，把玻璃窗都蒙得模模糊糊看不清楚。走进去只闻到一股喷人鼻子的香粉花露的气息。一个个的女孩，对着一面菱花镜装扮着。那一种少女的娇艳，和温柔的姿态，真是别有风味。沁珠她的梳装台，正和我的连着，我们两人每天都为了这醉人的空气相视而笑。有时沁珠头也不梳，只是站在那里出神。有时她悄悄站在同学的身后，看人家对着镜子梳头，她在后面向人点头微笑。

有一天我们从栉沐室出来，已经过了早饭的时间，我们只得先到讲堂去，预备上完课再吃点心。正走到过道的时候，碰见秀贞从另一面来了，她满面含笑的说：

"沁珠姊！多乐呵，伦理学先生请假了。"

"是真的吗？"沁珠怀疑的问道："上礼拜他不就没来上课吗，怎么又请假？"

"嗳呀！什么伦理学，那些道德论我真听腻了，他今天不来那算造化，沁珠姊怎么倒像有点失望呢？"

沁珠摇头道："我并不是失望，但是他也太爱请假了。拿着我们的光阴任意糟踏！"

"那不算稀罕，那个教手工的小脚王呢？她虽不告假，可是一样的糟踏我们的时光。你瞧她那副尊客，和那喃喃不清的语声，我只要上了她的课，就要头疼。"

沁珠听了秀贞形容王先生，不禁也笑了。她又问我道："你们有她的课吗？"

我说："有一点钟，……我也不想上她的课呢！"

"你们什么时候有她的课？"秀贞说。

"今天下午。"我说。

"不用上吧，我们下午一同到公园去看菊花不好吗？"沁珠很同意，一定邀我同去。我说："好吧，现在我还有功课，下午再见吧！"我们分手以后，沁珠和秀贞也到讲堂看书去了。

午饭后，我们同到学监室去请假，藉词参观图书展览会，这是个很正大的题目，所以学监一点不留难的准了我们的假。我们高高兴兴的出了校门，奔公园去。这时正是初秋的天气，太阳发出金色的光辉，天庭如同明净的玉盘，树梢头微微有秋风穿过，沙沙的响着。我们正走着，忽听秀贞失惊的"呀"了一声，好像遇

到什么意外了。我们都不觉一怔,再看她时,脸上红红的,低着头一直往前走。淑芳禁不住追上去问道:

"小鬼头你又耍什么花枪呢?趁早告诉我们,不然咱们没完!"我同沁珠也紧走了两步,说道:"你们两人办什么交涉呢?"

淑芳道:"你们问秀贞,她看见了什么宝贝?"

"呸!瞎说你的吧!哪里来的什么宝贝?!"秀贞含羞说。

"那么你为什么忽然失惊打怪的叫起来?"淑芳不服气的追问她,秀贞只是低着头不响。沁珠对淑芳笑道:"饶了她吧,淑芳姊!你瞧那小样儿够多么可怜!"

淑芳说:"要不是沁珠姊的面子,我才不饶你呢!你们不知道,别看她平常傻子似的,那都是装着玩。她的心眼可不少呢!上一次也是我们一齐上公园去,走到后面松树林子里,看见一个十八九岁的青年,背着脸坐着,她就批评人家说:'这个人独自坐在这里发痴,不知在想什么心事呢?'我们也不知道她认识这个人,我们正在你一言我一语的谈论人家呢,忽见那个人站了起来,向我们这边含笑的走来。我们正不明白他什么意思,只听秀贞咯咯的笑道:'快点,我们走吧!'正在这个时候,那个青年人已走到我们面前了。他恭恭敬敬的向秀贞鞠了一个很有礼貌的躬,说道:

"'秀贞表妹,好久不见了!这几位是贵同学吧?请到这边坐坐好不好?'秀贞让人家一招呼,她低着头红了脸,一声也不哼,叫人家多么窘呵!还是我可怜她,连忙答道:'我们前面还有朋友等着,不坐了。'……今天大概又是碰见那位表兄了吧!"

秀贞被淑芳说得不好意思,便头里跑了。当我们走到公园门口时,她已经把票买好。我们进了公园,便一直奔社稷坛去。那时来看菊花的人很不少,在马路上,往来不绝的走着。我们来到大殿的石阶时,只见里面已挤满了人。在大殿的中央,堆着一座菊花山。各种各色的菊花,都标着红色纸条,上面写着花名。有的含苞未放;有的半舒眼钩;有的低垂粉头;有的迎风作态,真是无美不备。同时在大殿的两壁上,悬着许多菊花的名画,有几幅画得十分生动,仿佛真的一样。我们正看得出神,只见人丛里挤过一个二十多岁的青年来,他梳着时髦的分头,方正的前额,下面分列着一双翠森森的浓眉,一对深沉多思的俊目,射出锐利的光彩来。——他走到沁珠的面前招呼道:

"密司张,许久不见了,近来好吗?"

沁珠陡然听见有人叫她,不觉惊诧,但是看见是她父亲的学生伍念秋时,便渐渐恢复了原状答道:

"一切托福,密司特伍,都好吧,几时来的?"

"多谢,……我今天一清早就来了,先在松林旁菊花畦那里徘徊了一阵,又看了看黄仲则的诗集,不知不觉天已正午,就在前面吃了些点心,又到这里来看菊花山;不想这么巧,竟遇见密司张了。……这几位是贵同学吗?"

沁珠点点头,同时又替我们介绍了。后来我们要离开大殿时,忽听伍念秋问沁珠道:"密司张,我昨天寄到贵校的一封信,你收到了吗?"

"没有收到,你是什么时候寄的?"沁珠问他,他沉吟了一下说道:"昨天下午寄的,大约今天晚上才可以收到吧!"

伍念秋送我们到了社稷坛的前面,他便告辞仍回到大殿去。我们在公园里吃了点心,太阳已下沉了,沁珠提议回去,秀贞微微一笑道:"我知道沁珠姊干么这么急着回去。"淑芳接口道:"只有你聪明,难道我还不知道吗?"我看她们打趣沁珠,我不知道沁珠对于伍念秋究竟有没有感情,所以我只偷眼望着沁珠,只见她颊上浮着两朵红云,眼睛里放出一种柔媚含情的光彩,鲜红的嘴唇上浮着甜蜜的笑容,这正是少女钟情时的表现。

到学校时,沁珠邀我陪她去拿信,我们走到信箱那里,果见有沁珠的两封信,一封由她家里来的,一封正是伍念秋寄给她的。沁珠拿着信说道:"我们到礼堂去吧,那里有电灯。"我们一同来到礼堂,在头一排的凳子上坐下。沁珠先将家信拆开看过,从她安慰的面容上,可以猜到她家里的平安。她将家信放在衣袋,然后把伍念秋给她的信,小心的拆看。只见里面装着两张淡绿色的花笺,展开花笺,那上面印着几个深绿色的宋体字是"惟有梅花知此恨,相逢月底恰无言"。旁边另印着一行小字是"念秋用笺"。仅仅这张信笺已深深的刺激了少女幽怀的情感。沁珠这时眼睛里射出一种稀有的光彩,两朵红云偷上双颊。她似乎怕我觉察出她的秘密,故意装作冷静的神气,一面自言自语的道:"不知有什么事情?"这明明是很勉强的措辞,我只装作不曾听见,独自跑到后面去看苏格拉底和亚里斯多德的肖像。然而我老实说我的眼波一直在注意着她。没有多少时候,她将信看完了。默然踌躇了一番,不知什么缘故,她竟决心叫我来看她的信。她含笑说:"你看他写的信!……"我连忙走过去,从她手里把信接过来,只见上面写道:

  沁珠女士:
    记得我们分别的那一天,正是夏蝉拖着喑哑的残声,在柳梢头作最后的呻吟。经过御河桥时,河里的水芙蓉也是残妆黯淡。……现在呢？庭前的老桂树，满缀了金黄的星点，东篱的菊花，各着冷艳的秋装，挺立风前露下。宇宙间的一切，都随时序而变更了。人类的心弦，当然也弹出不同的音调。

我独自住在旅馆里，对于这种冷清环境，尤觉异样的寂寞。很想到贵校邀女士一谈，又恐贵校功课繁忙，或不得暇。因此不敢造次！

说到作旧诗，我也是初学，不敢教你，不过我极希望同你共同研究，几时光临，我当煮香茗，扫花径恭迓，怎样？我在这里深深的盼望着呢！

念秋

"这倒是一封很俏皮的情书呢！"我打趣的对沁珠说，她没有响，只用劲捏着我的手腕一笑。但是我准知道：她的心在急速的跳跃，有一朵从来没有开过的花，现在从她天真的童心中含着娇羞开放了。她现在的表情怎样与从前不同呀！似乎永远关闭的空园里，忽然长满了美丽的花朵。皎洁的月光，同时也笼罩着她们，一切都赋有新生命。我将信交还她时，我忽然想起一个朋友写的一首诗，正合乎现在沁珠的心情，我说：

> 沁珠！让我念一首诗你听：
> 我不说爱是怎样神秘，
> 你只看我的双睛，
> 燃有热情火花的美丽；
> 你只看我的香唇，

浮漾着玫瑰般的甜蜜；
这便是一切的惊奇！

她听了含羞的笑道："这是你作的吗？描写得真对！"我说："你现在正在'爱'，当然能了解这首诗的妙处，而照我看来，只是一首诗罢了。"我们沿着礼堂外面的回廊散着步，她的脚步是那样的轻盈，她的心情正像一朵飘荡的云，我知道她正幻想着炫丽的前途。但是我不知道她"爱"到什么程度？很愿知道他和她相识的经过，我便问她。她并不曾拒绝，说道：

"也许我现在是在'爱'，不过这故事却是很平凡。伍——他是我父亲的学生，在家乡时我并没有会过他，不过这一次我到北京来，父亲不放心，就托他照应我，——因为他也正要走这条路，——我们同坐在一辆车子里。当那些同车的旅客们，漠然的让这火车将他们载了前去，什么都不管的打着盹，我是怎样无聊呵！正在这时候，忽听火车汽笛发出困倦的哀嘶，车便停住了。我望窗外一看，见站台上的地名正是娘子关。这是一个大站头，有半点钟的耽搁，所以那些蜷伏在车位里的旅客，都趁机会下车活动去了。那时伍他走来邀我下去散散步。我当然很愿意，因为在车上坐得太久，身体都有些发麻了。我们一同下了车，就在那一带垂柳的下面走着。车站的四围都是稻田，麦子地，这些麦子有的已经结了穗，露出嫩黄的颜色，衬着碧绿的麦叶，非常美丽。较远的地方，便是高低参差的山峰，和陡险的关隘，我们一面看着这些景致，一面谈着话。这些话自然都是很平淡的，不过从这次谈话以后，我们比较熟多了。后来到了北京，我住在一个旅馆里，他天天都来照应我，所以我们的交情便一天一天增加了,不过到现在止,还只是一个很普通的朋友。……"

"事实虽然还是个起头,不过我替你算命,不久你们都要沉入爱河的。"我这样猜度她,她也觉得这话有几分合理,在晚饭的钟声响时,我们便离开这里了。

三

在一个秋天的下午,西安公寓的五号房间的玻璃窗上,正闪动着一道霞光。那霞光正照着书案上一只淡绿色的玉瓶里的三朵红色的玫瑰花。案前的椅子上,坐了一个二十五六岁的青年,在披阅一本唐诗。隔壁房间的钟声,正敲了四下。那个青年有些焦燥的站了起来,自言自语的道:"四点钟了,怎么还不来!?"他走到房门口,掀着布门帘向外张着。但是院子里静悄悄的一个人影都没有。同院住的三个大学生都各自锁了房门出去了。——今天是星期六,又是一个很美丽的秋天,自然他们都要出去追寻快乐。他显得很无聊的放下帘子,仍旧坐在案前的藤椅上,翻了两页书,还是没意思。只得点上一根三炮台吸着,隔壁滴嗒滴嗒的钟摆声,特别响得分明,这更使他焦灼。五点钟打过了,他所渴望的人儿还不曾来。当他打算打电话去问时,忽听见院子里皮鞋响,一个女人的声音叫道:

"伍先生在家吗?"

"哦,在家,密司张请进来坐吧!"

这是沁珠第一次去拜访伍念秋,当然他们的谈话是比较的平淡。不过沁珠回来对我讲,他们今天谈得很对劲,她说当她

他走到房门口,掀着布门帘向外张着。

看见伍念秋在看唐诗,于是她便和他谈论到"诗"的问题,她对伍念秋说:"密司特伍,近来作诗吗?……我很欢喜旧诗,虽然现在提倡新文学的人,都说旧诗太重形式,没有灵魂,是一种死的文学。但我却不尽以为然,古人的作品里,也尽多出自'自然'的。像李太白苏东坡他们的作品,不但有情趣有思想,而遣词造句也都非常美丽活跃,何尝尽是死文学?并且我绝对不承认文学有新旧的畛域,只要含有文学组成要素的便算是文学,没有的便不宜称为文学。至于各式各种用以表现的形式的问题,自然可随时代而变迁的。"

"伍,他很赞同我的意见,自然他回答我的话,有些不免过于褒扬。他说:'女士的议论真透辟极了,可以说已窥到文学的三昧。'

"我们这样说着,混过了两个钟头。那时房里的光线渐渐暗下来,我觉得应当走了,而茶房刚好走进来问道:'伍先生不开饭吗?'我连忙说,我要告辞了,现在已经快七点了。伍他似乎很失望的,他说:'今天是星期六,稍晚些回去,也没什么关系的;就在这里吃了晚饭去,我知道现在已过了贵校开饭的时间……'他这样说着竟不等我的同意,便对茶房道:'你开两份客饭,再添几样可口的菜来。'茶房应声走了。我见他这样诚意,便不好再说什么,只好重新坐下。一阵穿过纱窗的晚风,挟了玫瑰的清香,我不觉注意到他案头所摆的那些花。我走近桌旁将玉瓶举近胸口嗅了嗅,我说:'这花真美!——尤其是插在这个瓶子里。'伍听了连忙笑道:'敬以奉赠,如何?'

"'哦,你自己摆着吧,夺人之爱未免太自私了!'我这样回答。他说:'不,我虽然很爱这几朵花,但是这含义太简单,还是

送给你的好——回头走的时候,你连瓶子一齐带走吧!'

"我不愿意再说什么,只淡淡的答道:'回头再说吧!'可是伍他不时偷眼向我看,我知道他正在揣摸我的心思。不久晚饭开进来了,我在一张铺着报纸的方桌前坐下,伍他从斑竹的书架上取出一瓶法国带来的红酒,和两个刻花的白色的玻璃杯,他斟了一杯放在我的面前,然后自己也斟上,他看着我笑道:

"'这是一杯充满艺术风味的酒,爱好艺术的人当满饮一杯!'

"这酒的确太好看了,鲜红浓醇,装在那样小巧的玻璃杯里,真是红白分明,我不禁喜得跳了起来道:

"'呵,这才是美酒!在一点一滴中,都似乎泛溢着梦幻的美丽,多谢!密司特伍。'我端在唇边尝了一口,'呵!又是这般醉人的甜蜜!'我不禁赞叹着。但是我的酒量有限,平常虽是喜闹酒,实在是喝不了多少。今天因为这酒又甜又好看,我不免多喝了两口。只觉一股热潮由心头冲到脸上来,两颊好像火般烧了起来,四肢觉得软弱无力。我便斜靠藤椅上,伍他也喝了不少,不过他没有醉。他替我剥了一个橘子,站在我的身旁,一瓣瓣的往我口里送,唉!他的眼里充满着异样的光波,他低声的叫我'沁珠',他说:'你觉得怎样?'我说:'有些醉了,但是不要紧!'他后来叫茶房打了一盆滚热的洗脸水,替我绞了手巾把。我洗过脸之后,又喝了一杯浓茶,觉得神志清楚些了。我便站起来道:'现在可不能再耽搁了,我须得立刻回学校去。'

"'好吧,但是我们几时再见呢?'他问。

"'几时呵?'我踌躇着道:'你说吧!'

"他想了想说:'最好就是明天吧!……你看这样美丽的天

气,不是我们年轻人最好的日子吗?……我们明天一早,趁宿露未全干时,我们到郊外的颐和园去,在那种环境里,是富有诗意的,我们可以流连一天,随便看看昆明湖的绿漪清波,或谈谈文艺都好,……'

"我被他这些话打动了游兴,便答应他:'可以去。'我们并约定八点以前,他来学校和我同去。我便回去了。'

"到学校的时候,已经八点半了。我走到自修室里,只有一个姓袁的同学,她在那里写家信,其余的同学多半都去睡了。自然明日是假期,谁也不肯多用功。平常到了这种日子,我心里总觉得怅怅的不好过,因为同学多半都回家省亲去,而我独自一个冷清清留在这里,是多么无聊!倘使你和秀贞都在学校还好,而秀贞她这里有家,她每星期必回去。你呢,又有什么同乡接出去玩,剩我一个人落了单,我只有独自坐在院子里望着天上的行云,想象我久隔的家庭,和年迈的父母。唉!我常常都是流着眼泪度过这对于我毫无好处的假期。——有时候我看见你们那么欢喜的,由栉沐室出来,手里拖着包袱往外走,我真是忌妒得心里冒出火来,仿佛你们故意打趣我!'

"但是,现在你可不用忌妒我们了?"我打断了她的话,她微微的笑道:"有时我想家,还要忌妒你们。不过我现在也有朋友了。倘使在你们得意扬扬的走过我面前时,我也会作出骄傲的面孔来抵制你们的。"

"你们第二天到颐和园去,一定很有意思,是不是?"我向沁珠这样追问。她说,"我从伍那里回来的那夜,我心里是有无限的热望,人生还是有趣味的。并且那夜的月色非常晶莹,我走到楼上去睡时,月儿的光波正照在我床上,我将脸贴着枕头,非常舒适的睡了。第二天我六点钟就起来了,我先到栉沐室洗过头发。院子里的阳光正晒在秋千架的柱子上,我披散着未干的头发坐在秋千板上,轻轻的荡着。微风吹着我的散发,如游丝般在阳光里闪亮。有几只云雀飞过秋千架的顶巅落在垂枝的柳树上,嘹亮的唱着。早晨的空气带了些青草的清香,我的精神是怎样的爽快呵!不久头发已晒干了。我就回到栉沐室,松松的盘了一个S髻。装扮齐整,我举着轻快的脚步走出了栉沐室,迎面正碰见同班的李文澜,她才从温暖的被里出来,头发纷乱的披在头上,两只眼睛似睁非睁的,一副娇嫩的表情,使人明白她是才从惆怅的梦里醒来。她最近和我很谈得来。——你知道她有时是真与众不同,在她青春的脸上,表现着少女的幽默。她见了我便站住说道:'沁珠,你今天显得特别美丽,……我想绝不是秋天的冷风打动了你的心?告诉我,近来你藏着什么惊奇的秘密!'

"'哦,一切还是一样的平凡单调,没有一点变动。——不过秋天的天气太诱惑人了,它使我们动了游兴,今天邀了几个朋友出城去玩,你呢,不打算出去吗?'

"'我吗?一直就没有想到这一层。今天天气倒是不坏,太阳似乎特别灿烂,风也不大;这样的时光,正是青年人追寻快乐的日子,不是吗?……不过我是一个例外,似乎这样太好的天气,只有长日睡着作梦的好。'文澜说着笑了一笑又说道:'祝你今天快乐,再会吧!'她匆匆的到栉沐室去了。我一直瞧着她的背影不禁暗暗点头叹道:'这个家伙真有点特别!'文澜的举动言谈,似乎都含着一种锐利的刺激性,常常为了她的一言半语,引起我许多的幻想,今天她这句话,显然又使我受了暗示。我不到自修室去，信步跑到操场，心头似乎压着一块重铅，怅惘的情调将我整个的包围住。

"'张沁珠小姐，有人找。'似乎徐升的声音。我来到前院的回廊里，果见徐升站在那里张望，我问道：'是叫我吗？'他点头道：'是，伍先生来看你。'我到房里拿了小皮包去会他。在八点钟的时候，我们已来在西直门的马路上了。早晨的郊外，空气特别清冷，麦田里的宿露未干，昨夜似乎还下了霜，一层薄薄的白色结晶铺在有些黄了的绿草上。对面吹来的风，已含了些锋利的味道。至于马路的两旁的垂丝柳，也都大半凋零了。在闪动的光线下，露出寒伧的战抖。那远些地方的坟园里，白杨树发出嗦嗦喳喳的声响，仿佛无数的幽灵在合唱。在这种又冷艳，又辽阔的旅途中，我们的心是各自荡漾着不可名说的热情。

"不久便到了颐和园。我们进门，看见小小的土坡上，开着黄色小朵的野菊。狗尾巴草如同一个简鄙的樵夫，追随着有点野性的牧羊女儿。夹杂在黄花丛里，不住向它们点头致敬。我们上了小土山，爬过一个不很高的山峰，便看见那碧波潋滟的昆明湖了。据说这湖是由天下第一泉的水汇集而成的，比一切的水都莹洁。我们下了山，沿着湖边走去。的确，那水是特别清澄，好像从透明的玻璃中窥物。——那些铺在湖底平滑的青苔，柔软光滑，同电灯光下的丝绒毯一样的美丽可爱。还有各种的水草，在微风扇动湖水时，它们也轻轻的舞了起来。不少的游鱼在水草缝里钻出钻进，这真是非常富有自然美的环境。我们一时不忍离去，便在湖边捡了一块干净的石头坐下，我们的影子逼清的倒映水面。当我瞥见时，脑子里浮起了许多的幻想，我不禁叹息说：'唉！这里是怎样醉人的境地呵！倘使能够长久如此便好

了,……但是怎么能够呢?'

"'事在人为',伍他这样说:'上帝创造了世界,不但给人们苦恼,同时也给人们快乐的。'

"'那么快乐以后就要继之以苦恼了,或者说有了苦恼,然后才有快乐。果然如此,人间将永无美满,对吗?'我这样回答他。伍似乎也有些被我的话所打击,当他低头凝想,在水中的影子里,我看见他眼里怅惘的光波,但是后来他是那样的答复我,他说:

"'快乐和苦恼有时似乎是循环的,即所谓乐极生悲的道理。不过也有例外,只要我们一直的追求快乐,自然就不会苦恼了。'

"'但是人间的事情是概不由人的呵!也许你不信运命,不过我觉得人类的一生,的确被运命所支配呢!比如在无量众生之中,我们竟认识了。这也不能说不是运命,至于我们认识之后怎么样呢?这也由不了我们自己,只有看运命之神的高兴了。你觉得我这话不对吗?'

"伍他真被我的议论所震吓了。他不能再说一句话来反驳我。只是仰面对着如洗的苍空,嘘了一口长气。——我们彼此沉默着,暗暗的卜我们未来的命运。

"这时离我们约三丈外的疏林后面,有几个人影在移动,他们穿过藤花架,渐渐走近了。原来是一个男人两个女人,那个男人大约二十四五岁吧,穿了一套淡咖啡色的洋服,手里提着一只照像匣,从他的举止态度上说,他还是一个时髦的,但缺乏经验的青年。那两个女人,年纪还轻,都不过二十上下吧,也一律是女学生式的装束,在淡素之中,藏着俏皮,并且她们走路谈话的神气，更是表现着学生们独具的大方与活泼。两人手里都拿着箫笛一类的中国乐器。在她们充满血色的皮肤上，泛着微微的笑容，她们低声谈着话，从我们面前走过。但是我们看见他们在注意我们，这使我们莫名其妙的着了忙，只好低了头避开她们探究的目光。那三个人在湖边站了几分钟，就折向右面的回廊去，我们依然坐在这里继续的谈着。

"'沁珠！'伍他用柔和的声音喊着我的名字。

"'什么？'我说。

"'我常想象一种富有诗意的生活，——有这么一天，我能同一个了解我的异性朋友，在一所幽雅的房子里同住着，每天读读诗歌，和其他的文艺作品。有时高兴谁也可以尽量写出来；互相品评研究。——就这样过了一生，你说我的想象终久只是想象吗？'伍说。

"'也许有实现的可能吧！因为这不见得是太困难的企图，是不是？'我说。

"伍微微的笑了笑。

"一阵笛声从山坡后面吹过来，水波似乎都被这声浪所震动了。它们轻轻的拍着湖岸的石头，发出潺潺的声响。这个声音，打断了我们的谈话。大约经过一刻钟笛声才停住了，远远看见适才走过的那三个年轻人的影子，转过后山向石船那边走去。时间已过午了。我们都有些饿，找了一个小馆子吃了一顿简单的饭。我们又沿着昆明湖绕了大半个圈子，雇了一只小划子在湖里荡了很久，太阳已经落在山巅上了，湖里的水被夕阳照成绛红的、浅紫的、橙黄的各种耀眼的颜色。我们将划子开到小码头上，下了船仍沿着湖堤走出园去。我们的车子回到城里时，已经六点半了。伍还要邀我到西长安街去吃晚饭,我觉得倦了,便辞了他回学校来。……"

"这可以说是沁珠浪漫史的开始。"素文述说到这里,加了这么一句话,同时她拿起一个鲜红的苹果,大口的嚼着。

"有了开始当然还有下文了。"我说。

"自然,你等等,我歇歇再说。"素文将苹果核丢在痰盂里,才又继续说下去。

四

四点钟以后,各科的功课都完了。那些用功的同学,都到图书馆和自修室去用功。但有一部分的同学,她们懒洋洋的坐在绿栏杆上,每人身上披了一条绒线的围巾,晒着太阳,款款的谈着。最近,她们得了一个新题目就是研究"恋爱"。在她们之中有一位叫常秀卿的同学,新近和一个某大学的教授来往得非常亲近。每日下课以后,总有电话来邀她出去,常常很晚才回学校。本来学校的规矩,九点钟就关上大门,可是学生会觉得这种办法太腐化,因派代表和学校当局交涉。那位学监先生,虽然天生的古板性子,不过现在的学校,学生是主体,办事人只不过管管老婆子底下人,学生小姐是惹不起的。——所以学监先生虽然满心大不以为然,也只有放在心里罢了,嘴里可不能不答应小姐们的要求!在大门的左边,又开了一个小门,另派看门的守着,非到十二点钟不许关门,因此她们进进出出非常方便。

这一天,绿栏杆上,照例又有三四个人在那里晒太阳闲谈。

远远看见常秀卿从栉沐室里出来,头发烫成水波纹的样式,盖着一个圆圆的脑袋,脸上擦着香粉胭脂,好像才开的桃花,身上披了一件秋天穿的驼绒绛色的呢大氅,嘴里哼着曲子,从她们面前走过。

"喂!老常!几时请我们吃糖呵?"文科的小李笑着问,——原来这是一个典故。因为有一次有一个同学,她和人订婚时,曾带回几盒子巧古利糖,分给大家吃,从此以后"吃糖"便成了订婚的代名词了。

常秀卿听见小李这样问她,向她耸耸肩说道:"快啦,快啦,你们等着吧!"她说完便到外面去了。小李似乎有些牢骚,她叹了一口气道:"哪天我也找个爱人玩玩,你看她那股劲!"

"那是,人家有了爱人,心是充实的,你呢?"小张接着说。

"唉,算了吧,要想找爱人,那还不容易?只要小姐高兴,立刻就围上一大堆,不过我还没那么大工夫应酬他们。"

"得了,别不害羞吧,你们满嘴里胡论些什么?真是年头变了,一个千金小姐,专要说野话!"那位胖子杜大姐接言了。

"大姐,你别恼!你说我们不害羞吗?我瞧并不是那么回事,还是大姐没找到落,所以拿我们出气吧!"小李说。

"小李,那算你没猜透,人家大姐怎么没落,昨天我才看见一个留着小胡子的兵官来找她,……大姐,那是谁呵!"小张含笑向着杜大姐说。

杜大姐啐了一口道:"那是我的侄儿,你们真没得说了,胡扯胡拉的。"

"哦,原来那是大姐的侄儿呵!那么我给你介绍一个侄儿媳妇吧!"小张说。

"那倒好,我这个侄儿今年二十四岁,还没有订婚呢。……你打算介绍哪一个呢?"

"哪一个你猜吧!咱们这一堆里就有人崇拜英雄,非是军官老爷看不上。"小张说着不住用眼看着小李笑。——小李年纪虽只有二十岁,可是个子长得很高,她有一次说,你瞧我这个身量,除了军官,跟别人走在一块真不像样,所以小张今天才和她开玩笑。小李红着脸过来,揪住小张骂道:"烂舌头的丫头,你再乱说!"一面骂着,一面用手搔她的胁下,小张一面挣扎,一面求饶道:"好姐姐,饶了我吧!再也不说你啦。"杜大姐见小张哀求得可怜,便道:"瞧我吧!"一面把小李拉了过来,替她理着乱蓬蓬的短发道:"来,让姐姐给你梳梳头。"小张只是看着小李笑。小李又要跑过来搔她,正好沁珠走过来说道:"你们闹什么呢?"

"你来得不巧,她们的花样多着呢,可惜你没看见!"杜大姐说:

"什么事呢?大姐告诉我吧!"沁珠央求着说。

小张连忙跑过来插嘴道:"大姐先别告诉她,你先问问她那件事,看她怎么说,她要好好的告诉咱们,自然咱们也告诉她,不然咱们也不说。"

沁珠听了这话,有些含羞,微笑着道:"你瞧小张不是疯了吗?我又有什么短处,让你们拿着把柄了吗?"

"那是,有点,你别装正经人吧!你告诉我们那天和你在颐和园的那人是谁?——倒是一个怪漂亮的人物,称得起小白脸,你说吧,那是谁?"小张歪着脑袋看着沁珠问。

"怎么,你也上颐和园去了吗?我为什么没看见你呢?"沁珠怀疑着问。

"那就不用管啦,我没去,我就不许有耳报神了吗?你不用'王顾左右而言它。'你直捷了当的说吧!那个小白脸到底是谁?"小张紧接着追问,沁珠被她逼得没法道:

"谁?不过朋友罢了!这年头谁没有几个朋友呢?"

"朋友吗,还待考,我瞧世界上就没那么特别的朋友。"小张故意挑衅的说。小李接着道:"沁珠姊,你别那么不开通,这个年头有了爱人是体面,你没瞧见常秀卿吗?她每次和她的爱人出去玩,回来总要向我们描述一大篇。而你却偏藏头露尾!"沁珠"咳"了一声道:"你们真是有点神经病吧,怎么越说越不像话,真的,我不骗你们,那个人只是我新交的一个朋友罢了!"

"好吧,就算是朋友,那也没什么关系,因为朋友正是爱人的预备军,沁珠你说是不是?"沁珠听了小李的话,不觉心里一动,她想小李的话,也许是真的。近来她脑子里,满是伍念秋的印象。不论伍念秋的一举一动一言一笑,似乎都能使她的心弦起异样的变化。当时她只笑了笑,说道:"我还有事呢,不同你们瞎说了!"

"你要走吗?那不成,告诉我们,他姓什么?"小张拦住沁珠说,沁珠还不曾答言,杜大姐过来,把小张拉开了,她对沁珠道:"沁珠走吧,不用理这两个小无赖!"沁珠笑着去找我。那时我正在操场里打网球,只听有人喊我,回头一看正是沁珠,她说:"素文!一下午你到什么地方去了?我到你课堂,自修室,都找遍了,也没找到你,难道你一直在操场里吗?"

"不,"我说,"下课后我洗了一个澡,后来碰见小袁,她要打球,我就同她到操场来了!你呢?干些什么事,伍来过没有?"

"没有,他今天出城去看朋友,没有工夫来,……我因为找你不见,正好碰见小张、小李和杜大姐,在绿栏杆上坐着谈天,我也和她们鬼混了一阵。

"她们说些什么呢?"我问。

"那还有什么新鲜题目,总不过'恋爱'问题罢了。"

"听见常秀卿要订婚的消息吗?"

"她们倒没提到这一层,但是一件事我真觉得奇怪。我同伍到颐和园去,小李她们怎么会知道呢?"

"哦,你那天在颐和园碰见什么人没有?"

"那天园里游人很少,我只碰见两个年轻的女学生同着一个男学生。"

"那就是了,你知道那个男学生就是小张的哥哥,他也认得你,一定是他对小张说的。"

"奇怪啦,小张的哥哥怎么认得我呢?"

"怎么不认识你,上次我们在南海大园,不是遇见他们一次吗?"沁珠听了这话,低头思量半天,果然想起来是有这么回事,说道:"我说呢,……原来是他说的,那就是了!……你的game完了吗?"

"快啦!你稍微等一等,两分钟准完。"

"我们上哪儿去呢?"我向沁珠说,当我打完球的时候。

"我今天有许多话要和你谈,我们出去吃饭好不好?"我说:"也好吧,但是上哪儿去呢?"我们商量了半天,最后决定到"西吉庆"去。那里没有什么人,谈话方便。我将球拍子放在自修室里,同沁珠到学监室写了请假条,便奔"西吉庆"去。那时候已经快六点了,我们叫了两份大菜,一面吃一面谈话。

沁珠正吃着一块炸桂鱼,忽然间她将刀叉放下,叹了一口气道:"素文,你瞧我该怎么办?"

"什么事情呢?"我问。

"就是关于伍的问题呵,……他曾经向我表示,但我是没有经验的,你看我多难呵!"

"表示了?到底怎么表示的呢?"

"前天我不是一早就出去了吗?……我们又出城了,但不是到颐和园……"

"那么是到西山去了?"我接着问。

"对了,你怎么一猜就着。"沁珠这样问我。

"自然,西山是很好谈恋爱的环境,地方既美,游人又少,你们坐什么车子去的?"

"早晨是坐公共汽车去的,晚上坐洋车回来的。"

"伍对你说些什么?"

"起初我们谈些不关紧要的问题,后来我们两人上了碧云寺的石阶,那里有一所小园子,非常幽静,我们就在一块石头上坐下。伍陡然握住我的手,他的脸色像彩霞一般红,两眼里似乎含着泪,他颤抖的声音,使我惊诧。我低了头不敢向他看,只听见他低声叫道'珠妹!……'这是他对我第一次这样亲昵的称呼,你想我将怎样的惊吓?我并不答应他,但是他又说了:'唉!亲爱的珠妹,在这个世界上,你是唯一使我受苦的人!'

"我连忙问道:'这话怎么讲?我并没有作什么事情呵!'伍

将我的手握得更紧了,并且他还不住的发抖。唉,素文,当时我简直要哭出来了。我说:'你到底有什么话?直捷了当的说吧!'伍又叹了一口气道:'珠妹——聪明的珠妹,我告诉你,我是世界上第一个恨人,我的命运太坏,我今年整整活了二十五岁,但是我没有得到一天的幸福,你想我多么可怜?'伍这些话我真不明白,是什么意思。我说:'你为什么不自己去追求幸福呢?'伍连忙问我道:'倘使我追求幸福,你能允许我吗?'我说:'这话不对,怎么我会有权力不许你追求幸福呢?'

"'唉!珠妹!不是这个话,你知道世界之上,只有你能赐给我幸福呵!'

"素文,你想他这话不是明明一步紧上一步吗?其实呢,我对于他也不能说没有感情。不过我年纪还太轻,我不敢就同人讲爱情。并且我的父亲年纪老了,将来母亲的责任是要我负的。我不愿意这么早提到婚姻问题,我便对伍说道:'你的意思我现在明白了,不过我觉得只要我们彼此了解,互相勉励,互相安慰,也就可以很幸福的,不是吗?……'

"'是呵,我希望的就是我们终身相勉励相安慰的生活。……'

"我一听这话,知道他是故意不放松人,我就又解释说:'我们永远作个道义的朋友吧!'伍自然有些失望,不过他也没再说什么。后来又有人走上来了,我们就离开碧云寺,逛了罗汉堂就雇洋车进城了。……昨天我又接到他的一封信,他发了满纸的牢骚。我还没回他的信,你说我该怎么办?"我听完沁珠这一段故事,觉得这真是个不大容易对付的题目。沁珠现在虽是不大愿意对伍表示什么,但是我准知道,她已经陷到情网

里去了。在这种情形下,我再不容易出什么主意,我踌躇了很久才答道:

"据我想,你们两人一只脚已经陷入情海了,至于那一只脚,应当抽回呢,还是应当也随着下去,我看就任其自然吧,如果要勉强怎么做,那只都是招徕苦恼的。"

"那么回信怎么写呢?"沁珠说。

"你就含含糊糊的对付他,看他以后的态度怎样再说。总之他倘是真心爱你,当然还有表示。……"

沁珠赞成我的提议,于是这个问题暂时就算告了一个段落,我们也就离开"西吉庆"回学校去了。

五

从这一次谈话以后,正碰到学校里大考,我和沁珠彼此都忙着预备功课,竟有一个星期没在一处谈话,有时在讲堂的甬道上遇见,也只点点头匆匆的各自走开。一个星期的大考过去了,我把讲义书本稍微理了一理,心里似乎宽松了,便想去找沁珠出去玩玩。我先到她的讲堂去找她,没有遇到。只见文澜坐在那里发呆,我跑过去招呼她,她含笑说:"你是来看沁珠不是?她老早就出去了。唉!'感情'两个字真够害人的!沁珠这两天差不多天天出去,昨天回来以后,不知为什么,伏在桌子上大哭起来。晚上也不曾吃饭。我问她,她也不肯说。本来想去找你,碰巧你也不在学校里,后来打了熄灯铃,她才上楼去睡。……"我听文澜的一段报告,心里也是猜疑,但是我想大约总是她和伍之间的纠葛,等她回来时再问她吧!我辞了文澜独自回到自修室,接到我家乡的来信，说我兄弟很想出来念书，但是家里的古董买卖，近来也不赚钱，经费没有着落。而我呢，也在求学时代，更是没有办法，心里只有烦闷的份，书也看不下去。一个人跑到院子里，站在干枯的海棠树下发怔。忽见沁珠满面愁容的从外面进来。我一见了她，不禁冲口喊道："沁珠，你这几天究竟到什么地方去了？找你也找不着！"沁珠点头叫我道："你来，素文！……"我便走到她面前说："什么事？"她说："我们到后面操场上去谈吧！"我们彼此沉默着，经过一道回廊，和讲堂的穿堂门，便到了操场。那时候因为学校正在假期中，所以同学们多半都回家，只有少数的人住在学校里，况且又是冬天，操场上一个人都没有。我同沁珠就在淡弱的太阳光波下面，慢慢散着步，同时沁珠向我叙述她这几天以内的经过。她说：

"那天我和你谈完话以后，我回去便给伍写了一封回信，大意是说：他的痛苦我很愿意帮他解除，我愿意和他作一个很亲近的朋友。这封信寄出去之后过了两天，他自己又到学校来看我，并且说有要紧的话和我谈，叫我即刻到他公寓里去。那天我正考伦理，下午倒没有功课。我叫他先回去，等我考完就去找他。唉！素文，那时我心里是多么不安呵！我猜想了许多可怕的现象，使我自己几乎不能扎挣。胡乱把伦理考完，就跑到公寓去。我进了伍的屋子，只见他面色惨白，两只眼怔怔的看着我，似乎有什么严重的消息，就要从他颤抖着的唇边发出来，而他自己也像吃不住似的。我受了这种暗示，心里更加紧张了，连问的勇气也没有了。沉默了许久之后，伍忽然走近我的身旁，扶着我的膝盖跪下去，将灼热的头放在我的手上，一股泪水打湿了我的手背。我发抖的问道：'呵，怎样？……'我说不下去了，泪液梗住我的咽喉。后来伍抬起他那挂着泪珠而苍白的脸说道:'沁珠!倘使有一天你知道了我的秘密以后,你还爱我吗?……或者你将对我含着鄙视的冷笑走开呢?……不过沁珠,我敢对天发誓,在不曾遇见你之前,我不曾爱过任何人,如同现在爱你一样。……我从前是没有灵魂的行尸走肉,而你是给我灵魂的恩人,我离了你,便立刻要恢复僵尸般的生活。沁珠呵!请你告诉我,——你现在爱我,将来还要爱我,以至于永久你都在爱我吧!……'唉!素文,我不能描出我当时所受的刺激怎样深!我的心又恐惧又辛酸,我用我的牙齿啃着那被震吓失去知觉的唇,以至于出了血。我是什么话都说不出来,我的心更紧张紊乱了。简单的语言达不出我的意思,我们互相哭泣着。——为了莫明其妙的悲哀,我们尽量流出我们心泉中的眼泪,这是怎样一个难解的围困呵!直到同院的大学生从外面回来,他们那橐橐的皮鞋声,才把我们救出了重围。并且门外还有听差的声音说:'伍先生在家吗?有一个姓张的来看你。'我就趁这个机会向伍告别回学校来,伍送我到大门口,并约定明天下午两点钟到中央公园会面。

"第二天我照约定的时间到了中央公园,在松树后面的河畔找到伍。今天他的态度比较镇静多了。我们沿着河畔走了几步,河里的坚冰冒出一股刺人肌肤的冷气来,使我们不敢久留,我们连忙走进'来今雨轩'的大厅里,那地方有火炉,我们就在大厅旁一个小单间里坐下。要了两杯可可茶,和一碟南瓜子。茶房出去以后,我们就把门关上。伍坐近我的身旁,低声问道:

"'昨天回去好吗?'

"我没有回答他,只苦笑着叹了一口气。伍看了我这种样子,像是非常受感动。握紧了我的手道:'珠,好妹妹!我苦了你，对不住你呵！'他眼圈发了红。我那时几乎又要落下泪来，极力忍住，装作喝茶，把那只被伍握着的手挣了出来。一面站起来，隔着玻璃窗看外面的冬景，过了几分钟以后，我被激动的情潮平息了，才又回身坐在那张长沙发椅上。思量了很久，我才决心向伍问道：'念秋，你究竟有什么秘密呢？希望你坦白的告诉我！'

"'当然，我不能永久瞒着你，……不过你要答应我，你永久爱我！'

"'这话我虽不敢说，不过念秋，我老实对你说吧，我洁白的处女的心上，这还是头一次镂上你的印象，我觉得这一个开始，对于我的一生都有着密切的关系，……这样已经很够了，何必更要什么作为对于你的爱情的保障呢？……'我兴奋的说。

"'我万万分相信，这是真话，所以我更觉得对不起你！'他说。

"'究竟什么事呢？'

"'我已经结过婚了，并且还有两个小孩子！'

"'呵，已经结过婚了，……还有两个小孩子！'我不自觉的将他的话重复了一遍，唉！素文，当时我是被人从半天空摔到山涧里去呀！我的痛苦，我的失望，使我仿佛作了一场恶梦。不过我的傲性救了我，最后我的态度是那样淡漠，——这连我自己也觉得吃惊，我若无其事的说道：'这又算什么秘密呢？你结了婚，你有了小孩子，也是很平常的遭遇！……'

"'哦，很平常的遭遇吗？我可不以为很平常！'伍痛苦的说着。他为了猜不透我的心而痛苦，他以为这是我不爱他的表示。所以对于他和我之间的阻碍，才看得那样平淡，这可真出他意料之外。我知道自己得到了胜利,更加矜持了。这一次的谈话,我自始至终,都维持着我冷漠的态度。后来他告诉我,他的妻和孩子一两天以内就到北京来。因此他要搬出公寓,另外找房子住。并且要求我去看他的妻,我也很客气的答应了,最后我们就是这样分手。"

沁珠说到这里,叹了一口气,脸上充满了失望的愁惨。我便问道:"你究竟打算怎么样呢?"

"怎么样?你说我怎么样吧!"

"真也难,……"我也只说了这么一句话,下文接不下去了,只好说了些旁的故事来安慰她。当我们分手的时候,她是蹙着眉峰,悲哀的魔鬼把她掠去了。

从此以后,我见了沁珠不敢提到伍,惟恐她伤心。不过据我的观察,沁珠还是不能忘情于伍。她虽然不肯对我说什么,而在她那种忽而冷淡,忽而热烈的表情里,我看出感情和理智的势力,正在相互消长。

平淡的学校生活,又过了几个月,也没听到沁珠方面的什么消息,只知道她近来学作新诗,在一个副刊上发表。可惜我手边没有这种刊物,而且沁珠似乎不愿叫我知道,她发表新诗的时候,都用的是笔名。不久学校放暑假了。沁珠回家去省亲,我也到西山去歇夏。

在三个月的分离中,沁珠曾给我写了几封信,虽没有说到什么具体的事实,但是在那满纸牢骚中,我也可以窥到她烦闷的心情,将近开学的时候,她忽然给我来了一封快信,她说:

"素文吾友:这一个暑假中,我伴着年老的父亲,慈爱的母亲,过的是很安适的生活。不过我的心,是受了不可救药的创伤,虽然满脸浮着浅笑,但心头是绞着苦痛。最后我病了,一个月我没有起床,现在离开学近了,我恐怕不能如期到校,请你代我向学校请两个星期的病假吧!"

后来开学了,同学们都络续到来,而沁珠独无消息。我便到学监处和注册科替她请了两个星期的病假。同时我写快信去安慰她,并问她的病状,我的信寄去两个星期,还没得到回信,我不免猜疑她的病状更沉重了,心里非常愁烦。在一个星期六的下午,我去看一个同乡,他的夫人是我中学时代的同学。她一定要留我住下,我答应了。晚饭以后,我们正在闲谈,忽然仆人进来说道:有电话找我——是由学校打来的。我连忙走到外客所,把耳机拿起来问道:"喂,谁呀?"

"素文吗?我回来了!"这明明是沁珠的声音。我不禁急忙问道:"你是沁珠吗?什么时候到的?"

"对了,我是沁珠,才从火车站来,你现在不回学校吗?"

我答道:"本来不打算回去,不过你若要我回来,我就来!"

"那很好,不过对不住你呢!"

"没关系,……回头见吧!"我挂上耳机后,便忙忙跑到里院告诉我的同乡说:"沁珠回来了,我就要回学校去。"他们知道我们的感情好,所以也没有拦阻我,只说道:"叫他们雇个车子去,明天是礼拜,再同张小姐来玩。"我说:"好吧,我们有工夫一定来的。"

车子到了门口,我匆匆的跑到里边,只见沁珠站在绿屏风门的旁边等我呢。她一见我进来,连忙迎上来握住我的手道:"怎么样,你好吗?"

我点头道:"好,沁珠,你真瘦多了,你究竟生的什么病?怎么我写快信去,你也不回我,冷不防的就来了呢?"沁珠听我问她,叹了一口气道:"我是瘦了吗?本来睡了一个多月,才好我就赶来了,自然不能就复元。……我的病最初不过是感冒,后来又患了肝病,这样绵绵缠缠闹了一个多月。你的快信来的时候,我已好些了,天天预备着要来,所以就不曾回你的信。北京最近有什么新闻没有?"

"没有新闻,……北京这种灰城,很难打破沉闷呢!……你吃过饭了吗?"

"我在火车上吃的,现在不饿,不过有点累,今天咱们一床睡吧,晚上好谈话。"

我说:"好,不过你既然累了,还是早休息的是,并且你的病体才好,我看有什么话明天慢慢的讲吧。""也行,那么我们去睡,时候已不早了。"我们一同上了楼,我把她送进二十五号寝室,秀贞和淑芳也在那里,她们都忙着问沁珠的病情,我就回自己房里睡了。

第二天下课的时候,沁珠到课堂来找我,她手里还拿着一本日记,她在我旁边的空位子上坐下。那时我正在抄笔记,她说:"你忙吗?这是什么笔记?"

"文学史笔记,再有两行就完了。你等等,回头我同你出去。"沁珠点头答应。我忙把笔记抄完,和她一同出来下了楼。我们一直奔学校疗养院去,这是我们常来的地方,不过在暑假的三个月里,我们是暂离过,现在又走到这里,不禁有一种新鲜的感觉和追忆。我们并肩坐在荼蘼花架旁的长椅上。我开始问她:"这是谁写的日记?"

"我写的。"她说。

"什么时候写的？"我问。

"从今年一月到现在。"她答。

"我可以看看吗？"我问。

"全体太琐碎，……不过有几页是关于我和伍的交涉，你可以看看，也许你能帮助我解决其中的困难。"她说。

"好，让我看看吧。"我向她请求的说。

"不用忙，咱们先谈谈别的，回头我把那几段有关系的，作个记号，你拿到自修室去看吧！"

"也好，我们谈些什么呢？现在。"

"别忙，我还有事情和你商量，……近来我觉得学体育没什么意思，一天到晚打球，跳舞，练体操，我真有些烦腻，要想转科吧，又没有相当的机会，并且明年就毕业了，转科也太不上算。所以我想随它去，我只对付着能毕业就行了。我要分出一部分时间学文艺。《社会日报》的编辑，是我的朋友田放，他曾答应给我一个周刊的地位，我想约几个同学办一个诗刊，你说好不好？"

我很赞成她的提议，我说："很好，你再去约几个人吧，我来给你作一个扛旗的小卒，帮你们呐喊，——因为新诗我简直没作过呢。"我们商量好了，她就去写信约人，我就回到自修室，把她的日记，有记号的地方翻出来看。

一月二十日　今天早晨天空飞着雪花，把屋瓦同马路都盖上了，但不很冷，因为没有风。我下课后，坐着车子去看伍！——他已搬到大方院九号。这虽然是我同他约定的，不过在路上，我一直踌躇着，我几次想退回去，但车夫一直拉着往前走,他竟不容我选择。最后我终于到了他的家门口,走下车来,给了车夫钱。那两扇红漆大门,只是半掩着。可是我的脚,不敢往里迈。直等到里面走出一个男仆来,问我找谁,我才将名片递给他说:"看伍念秋先生。"他恭敬的请我客厅里坐坐,便拿着名片到里面去。没有两分钟伍就出来了。他没有坐下,就请我到屋里去坐。我点头跟他进去,刚迈进门槛,从屏风门那里走出一个少妇,身后跟着一个五六岁的男孩,两只水亮的眼睛,把我望着。那少妇向我鞠躬说道:"这位是张小姐吗?请里边坐罢!"同时伍给我介绍她,我叫了一声"伍太太"。我们一同进了屋子,伍摸着那个男孩的头道:"小毛,你叫张姑姑。"男孩果然笑着叫了一声"张姑姑!"我将他拉到身旁问他多大了。他说:"五岁!"这孩子真聪明,我很喜欢他,我应许下次买糖来给他吃,他更和我亲近了。……她呢,进去替我们预备点心去了。她是一个很驯良服从的女人,样子虽长得平常,但态度还大大方方的,她自然还不知道我和伍的关系,所以她对我很亲热。而我呢,并不恨她,也不讨厌她,不过我心里却有一种说不出来的难过。伍的两眼不时向我偷看,我只装作不知。不久她叫女仆端出两盘糖果和茶,她也跟着出来。她似乎不很会应酬我们,彼此都没什么语说,只好和那个五岁的男孩胡闹,那孩子他还有一个兄弟,今年才两岁多,奶妈抱出去玩,所以我不曾见着他。

一点钟过后,我离了他们回学校。当我独自坐在书案旁,回想到今天这一个会晤,我不觉自己叹了一口气道:"可怜的沁珠,这又算什么呢?"……

二月十五日 伍近来对我的态度更热烈了,昨天他,告诉我:他要和她离婚。——原因是她不知从哪里听到了我们俩的关系,自然她不免吃了醋,立刻和他闹起来,这使他更下决心倾向我这边了。不过,我怎么能够赞同他这种的谋图呢!我说:"你要和你的夫人离婚,那是你的家务事,我不便过问,不过,我们的友谊永久只维持到现在的程度。"他被我所拒绝,非常痛苦的走了。我到了自修室里,把前后的事情想了一想,真觉得无聊,我决定以后不和伍提到这个问题,我要永久保持我女孩儿自尊的心。……

五月十日 现在伍对我不敢说什么。他写了许多诗寄给我,我便和他谈诗。我装作不懂他的含意,——大约他总有一天要恼我的。也好,我自己没有慧剑,——借它的锋刃来割断这不可整理的情丝到也痛快!……唉!不幸的沁珠,现在跪在命运的神座下,听宰割。"谁的错呢?"今夜我在圣母前祈祷时,我曾这样的问她呢!

六月二十五日 伍要邀我到北海去,我拒绝了。这几天我心里太烦,许多同学谈论我们的问题,她们觉得伍太不对,自己既然有妻有子,为什么还苦苦缠绕着我。不过我倒能原谅他,——情感是个魔鬼,谁要是落到他的手里,谁便立刻成了他的俘虏,……今后但愿我自己有勇气,跳出这个是非窝,免得他们夫妻不和。……

沁珠的日记我看过之后，觉得她最后的决心很对，当我送还她时，曾提到这话。她虽然有些难过，但还镇静。后来我走的时候，她开始写诗，文艺是苦闷的产儿，希望她今后在这方面努力吧！

六

光阴走得飞快，沁珠和我都还有两个月，就要考毕业了。这半年里，她表面上过得很平静，她写了一本诗，题名叫作《夜半哀歌》，描写得很活泼。全诗的意境都很幽秀，以一个无瑕的少女的心，被不可抵抗的爱神的箭所射穿，使她开始尝味到人间最深切的苦闷，每在夜半，她被鸱枭的悲声唤醒后，她便在那时候抒写她内心的悲苦。——当然这个少女就是影射她自己了。这本诗稿，她不愿在她所办的诗刊上发表，给我看过以后，便把它锁在箱子里了。我觉得她既能沉心于文艺，大约对伍的情感，必能淡忘，所以不再向她提起。她呢，也似乎很心平气和的生活下去。不久考毕业了，自然更觉忙碌，把毕业考完，她又照例回家去省亲，我仍住在学校。那一个暑假，她过得很平静，不到开学的时候，她已经又回到北京来。因为某中学校请她教体育兼级任，在学校招考的时候，她须要来帮忙的。

那一天，她回到北京的时候，我恰巧也刚从西山回学校，见她满面笑容的走了进来，使我疯狂般的惊喜。我们两个月不见了，当彼此紧握着两手时，眼泪几乎掉了下来。好容易把激动的热情平静下去，才开始谈到别后的事情。据沁珠说，她现在已经找到新生活的路途了，对于伍的交往，虽然不能立刻断绝，但已能处置得非常平淡。我听了她的报告，自然极替她高兴。我们绕着回廊散步，一阵阵槐花香，扑进鼻孔，使我们的精神更加振作。我们对这两三年来住惯了的学校，有一种新的依恋，似乎到处都很合适，现在一旦要离开，真觉得有些怅惘！我们在长久沉默之后，才谈到以后的计划。沁珠已接到某中学正式的聘函。我呢，因年纪太小，不愿意就去社会服务，打算继续进本校的研究院。不过研究院下学期是否开始办理，还没有确实的消息，打算暂时搬到同乡家里去住着等消息。沁珠，她北京也没有亲戚，只得搬到某中学替女教员预备的宿舍里去。

在黄昏的时候，我们已将存在学校储藏室里的行李搬到廊子上。大身量的老王，替我雇好车子，我便同沁珠先到她的寄宿舍里去。车子走约半点钟，便停在一个地方，我和沁珠很注意的看过地址和门牌，一点没有错。但那又是怎样一个令人心怯的所在呵！两扇黑漆大门，倾斜的歪在半边，门楼子上长满了狗尾巴草，向来人不住躬身点头，似乎表示欢迎。走进大门，我们喊了一声："有人吗？"就见从耳房里走出一个穿着白布裤褂的男人，见了我们，打量了半天，才慢腾腾的问道："你们作什么呀？"沁珠说："我是张先生，某中学新聘的女教员。""哦，张先生呀，……这是您的东西吗？"沁珠道："是。"那听差连忙帮车夫搬了下来。同时领着我们往里走，穿过那破烂的空场，又进了一个小月亮门，朝北有五间瓦屋，听差便把东西放在东头的那间房里，一面含笑说道："张先生就住这一间吧，西边两间是徐先生住的。当中一大间可以作饭所……"沁珠听了这话，只点了点头。当听差退出去之后，沁珠才指着那简陋的房间和陈设说道："素文，你看这地方像个什么所在？……适才我走进来的时候,似乎看见院子里,还有一座八角的古亭,里面像是摆着许多有红毛缨的枪刀戟一类的东西,我们出去看看。"我便跟了她走到院子里,只见有两株合抱的大榆树,在那下面,果然有一座破旧的亭子,亭子里摆着几个白木的刀枪架,已经破旧了。架上插着红毛缨的刀枪,仿佛战台上用的武器。我们都莫明其妙那是怎么个来历。正在彼此猜疑的时候,从外面走进一个女仆来,见了我们道:"先生们才搬来吗?有什么事情没有?我姓王,是某中学雇我来伺候先生们的。"沁珠说:"你到屋里把我的行李卷打开,铺在木板床上。然后替我们提壶开水来吧!"王妈答应着往屋里铺床去了。我们便绕着院子走了一圈,又跑到外面那院子去看个仔细。只见这个院子,比后头的院子还大,两排有五六间瓦屋,似乎里面都住了人,我们不知道是谁,所以不敢多看便到里面去。正遇见王妈从屋里出来,我们问她才知道这地方本来是一座古庙,前面的大殿全拆毁了,只剩五六间配殿,现在是某中学的男教员住着。后院本来有一座戏台,新近才拆去,那亭子里的刀枪架都是戏台上拿下来的。我们听了这话,沁珠笑道:"果然是个古庙,我说呢,要不然怎会这样破烂而院子又这么大!……好吧!素文,我从今以后要作入定的老僧了,这个破庙倒很合适,不是吗?"我笑道:"你还是安分些充个尼姑吧,老僧这辈子你是没份了!"沁珠听了这话也不禁笑了。我们回到屋里,便设计怎样布置这间简陋的屋子,使它带点艺术味才好。我便提议在门上树一块淡雅的横额,沁珠也赞成。但是写什么呢?沁珠说她最喜欢梅花,并且伍曾经说过她的风姿正像雪里寒梅,并送了她一个别号"亦梅"。所以她决意横额上用"梅窝"两个字,我也觉得这两个字不错。我们把横额商量定妥,便又谈到屋里的装饰,我主张把那不平而多污点的粉墙,用一色淡绿色的花纸裱糊过,靠床的那一面墙上,挂一张一尺二寸长的圣母像,另一面就挂那幅瘦石山人画的白雪红梅的横条,窗帘也用淡绿色的麻纱,桌上罩一块绛红呢的台布,再买几张藤椅和圆形的茶几放在屋子的当中,上面放一个大瓷瓶,插上许多鲜花,床前摆一张小小的水墨画的图屏。这样一收拾,那间简陋的破庙,立刻变成富有美术意味的房间了。

当夜我就住在她那里。第二天绝早,我们就出去购置那些用具。不久就把屋子收拾得正如我们的意思。沁珠站在屋子当中,叹了一口气道:"这一来,可有了我安身立命的地方了。但是你呢?"我说:"只要有了你这个所在,我什么时候觉得别处住腻了,就来搅你吧!"我见她那里一切都已妥帖,便回到学校布置我自己的住处去了。

不久学校里已经公布办研究院的消息,我又搬到学校去住。北京的各中学也都开了学,所以我又有两三个星期没去看沁珠。在一天的下午,我正在院子里晒手巾,忽见沁珠用的那个王妈,急急忙忙走了进来叫道:"素文小姐,您快去看看张先生吧,今天不知为什么哭了一天,连饭也没吃,学校也没去。我问她,她不说什么,所以才来找您!"我听了这个吓人的消息,连忙同王妈去看她。到了沁珠那里,推进房门,果见她脸朝床里睡着,眼泡红肿,面色憔悴;亮晶晶的泪滴沿着两颊流在枕头上。我连忙推她问道:"沁珠怎么了?是不是有病?还是有什么意外的事情呢?"沁珠被我一问,她更哭得痛切了。过了许久,她才从枕头底下拿出一封信给我看,那是一封字体草率的信,我忙打开看道:

沁珠脸朝床里睡着,亮晶晶的泪滴沿着两颊流在枕头上。

沁珠女士妆次：

请你不要见怪我写这封信给你。女士是有学问，有才干的人。自然也更明白事理，定能原谅我的苦衷，替我开一条生路！不但我此生感激你，就是我的两个孩子，也受赐不浅！

女士你知道我的丈夫念秋，自从认识你之后，他对我就变了心。最初他在我面前赞扬你，我不明白他的意思，除了同他一般的佩服你之外，没有想到别的。但是后来他对我冷淡发脾气，似乎对于孩子也讨厌起来了。他这样陡然改变常态，我不能不疑心他，因此我常暗里留心他的行踪和信件。——最后我就发现了你们中间的恋爱关系，当时我几乎伤心得昏了过去。我常看报，知道现在的风气，男人常要丢掉他本来的妻，再去找一个新式女子讲自由恋爱，我想到这里，怎能不为我自己的前途，和孩子的幸福担心呢？那时我便质问他，究竟我到他家里六七年来，作错了什么事，对不起他？使他要抛弃我！但是他简直昏了，他不承认他自己的不该，反倒百般辱骂我，说我不了解他，又没有相当的学问，自然我也知道我的程度很浅，也许真配不上他。但是我们结婚已经六七年了，平日并不见得有什么不合适，怎么现在忽然变了。他说：他从前没有遇见好的，所以不觉得，现在既然遇见了，自然要对我不满意。唉！沁珠女士！我们都是女人，你一定能知道一个被人抛弃的妻子的苦楚！倘使我没有那两个孩子，我也就不和他争论，自己去当尼姑修行去了。可是现在我又明明有这两个不解事的孩子，他们是需要亲娘的抚慰教养，如果他真弃了我，孩子自然也要跟着受苦，所以我恳求女士，看在我母子的面上，和念秋断绝关系，使我夫妻能和好如初，女士的恩德，来世当衔草以报。并且以女士的学问才干，当然不难找到比念秋更好的人，又何必使念秋因女士之故，弃妻再娶，作个不情不义的人？我本想自己来看女士，陈述下情，又恐女士公事忙，所以写了这封信，文理不通，尚祈女士多多原谅 此敬请

　　文安！

　　　　　　　　　　　　　　　　伍李秀英敬上

　　这封信当然要使沁珠伤心，我只得设法安慰她，叫她从此以后，不和念秋往来。她哽咽着道："你想我一个清白女儿，无缘无故让她说了那些话。——其实念秋哪一次对我示意，我不是拒绝他？至于我还和他通信，那不过是平常的友谊罢了。……"我接着说道："想必他还对你不曾死心，或者竟已经和他妻子提出离婚的条件，所以才逼出这封信来，你现在打算回她的信吗？"沁珠摇头道："我不想回她，我只打算写一封信给伍，叫他把从前我所给他的信都寄还我，同时我也将他的信还他，从此断绝关系。唉！素文！我真太不幸了！"她说着又流下泪来。我劝她起来同到外面散散步，同时详细谈谈这个问题。她非常柔和的顺从了，起来洗过脸，换了一件淡雅的衣服，我们便坐车到城南公园去。走进那碧草萋萋的空地上时，太阳正要下山，游人已经很少。我们就在那座石桥上站着，桥下有一道不很宽的河流，河畔满种着芦苇，一丛清碧的叶影，倒映水面，另有

一种初秋爽凉的意味。我们目注潺湲的流水，沉默了许久，忽听沁珠叹了一声道："自觉生来情太热，心头点点著冰华。"她心底的烦闷，和怆淡的面靥，深深激动了我，真觉得人生没有什么趣味。我也由不得一声长叹，落下两点同情泪来。

我们含着凄楚的悲哀下了石桥，坐在一株梧桐树下，听阵阵秋风，穿过林丛树叶间，发出栗栗的繁响，我们的心也更加凄紧了，但是始终我们谁都没有提到那一个问题，一直等到深灰色的夜幕垂下来了，我们依然沉默着回到沁珠的住所。吃晚饭时，她仅喝了一碗稀粥。这一夜我不曾回学校，我陪她坐到十点多钟，她叫我先睡了。

夜里她究竟什么时候睡的，我不曾知道。只是第二天早晨我醒来时，看见她尚睡得沉沉的，不敢惊动她，悄悄的起床。在她的书桌上看见一封尚未封口的信，正是寄给伍念秋的。我知道她昨夜回肠九转，这封信正是决定她命运的大关键，顾不得征求她的同意，我就将它抽出看了，只见她写着：

念秋先生：

我们相识以来，整整三年了。我相信我们的友谊只到相当的范围而止，但是第三者或不免有所误会，甚至目我为其幸福的阻碍，提出可笑的要求。在这种情形之下，我们不得不以此分手，请你将我给你的信寄还，当然我也将你的那些信和诗遣人送给你，随你自己处置吧。唉！我们的过去正像风飘落花在碧水之上，作一度的聚散罢了！

沁珠

我看过那封寥寥百余字的信后,我发现那信笺上有泪滴的湿痕,当时我仍然把信给她装好,写了几个字放在桌上,"我有事先回学校,下午再来看你!……"我便悄悄回学校去了。

<h2 style="text-align:center">七</h2>

沁珠自从和伍绝交后,她的态度陡然变了,平日活泼生动的举止,现在成了悲凉沉默。每日除上课外,便是独自潜伏在那古庙的小屋中。我虽时常去看她,但也医不了她失望的伤心,所以弄得我都不敢去了。有时约了秀贞和淑芳去看她,我们故意哄她说笑,她总是眼圈红着,和我们痴笑,那种说不出的伤感,往往使得我们也只好陪她落泪。在这个时期中,她常常半夜起来写信给我……。我今天只带了一封比较最哀艳的来给你看看,其余的那些我预备将来替她编辑成一个小册子,就算我纪念她的意思。

素文一面述说,一面从一个深红色的皮夹子里掏出一封绯红色的信封来,抽出里面的信来递给我,我忙展开看道:

  昨天夜半,我独自一个人坐在房里,一阵轻风吹开了我的房门,光华灿烂的皓月,正悬在天空,好像一个玉盘,星点密布,如同围棋上的黑白子!四境死一般的静寂,只隐约听见远处的犬吠声。有时卖玉面饽饽的小贩的叫卖声,随着风的回荡打进我的耳膜里来。这时我的心有些震悸。我走近门旁,正想伸手掩上门时,忽然听见悲雁怆厉的叫了两声,从那无云的天空,飞向南方去了。唉!我,为了这个声音,怔在门旁,我想到孤雁夜半奔着它茫漠的程途，是怎样单寒可怜！然而还有我这样一个乖远的少女为它叹息！至于我呢，——寄寓在这种荒凉的古庙里，谁来慰我冷寂，夜只有墙阴蟋蟀，凄切的悲鸣，也许它们是吊我的潦倒！唉，素文！今夜我直到更夫打过四更才去睡的。但是明天呢，只要太阳照临人间时，我又须荷上负担，向人间努力扎挣去了。唉！我真不懂，草草人事，究竟何物足以维系那无量众生呢？

沁珠书于夜半

我将信看完，依旧交还素文，不禁问道："难道沁珠和伍的一段无结果的恋爱，便要了沁珠的命吗？"

素文道："原因虽不是这么简单，但我相信，伍的确伤害了沁珠少女的心。……把一个生机泼辣的她，变成灰色绝望的可怜虫了。"

素文说到这里，依旧接续那未完的故事，说下去道：——

沁珠差不多每天都有一封这一类的信寄给我，有时我也写信去劝解她，安慰她。但是她总是怏怏不乐。有一天学校放假，我便邀了秀贞去找她，勉强拉她出去看电影。那天演的是有名的托尔斯泰的《复活》。在休息的时间里，我们前排有一个身材魁梧的青年，走过来招呼沁珠。据沁珠说，他姓曹，是她的同乡，前几个月在开同乡会时曾见过一面。不久电影散了，我们就想回去。而那位曹君坚意要邀我们一同到东安市场吃饭，我们见推辞不掉便同他去了。到了森隆饭馆，拣了一间雅座坐下，他很客气的招待我们。在吃饭的时候，我们很快乐的谈论到今天的影片，他发了许多惊人的议论。在他锋利的辞锋下，我发现沁珠对他有了很好的印象。她不像平日那样缺乏精神,只是非常畅快的和曹君谈论。到了吃完饭时,他曾问过沁珠的住址,以后我们才分手。我陪沁珠回她的寓所,在路上沁珠曾问我对于曹的印象如何?我说:"好像还是一个很有才干和抱负的青年!"她听了这话,非常惊喜的握住我的手道:"你真是我的好朋友,素文!因为你的心正和我一样。我觉得他英爽之中,含着温柔,既不像那些粗暴的武夫,也不像浮华的纨袴儿,是不是?"我笑了笑没有回答什么。当夜我回学校去,曾有一种的预感,萦绕过我的意识界。我觉得一个月以来,困于失望中的沁珠,就要被解放了。此后她的生命,不但不灰色,恐怕更要像火炎般的耀眼呢。

两个星期后,我在一个朋友的宴会上,就听见关于沁珠和曹往来的舆论。事实的经过是这样,他们之中有一个姓袁的,他也认得沁珠,便问我道:

"沁珠女士近来的生活怎样?……听说她和北大的学生曹君往来很密切呢?"

我知道一定还有下文,便不肯多说什么,只含糊的答道:"对了,他是她的同乡,但是密司特袁怎么知道这件事?"

"哦,有一天我和朋友在北海划船,碰见他们在五龙亭吃茶。我就对那个朋友说道:'你认识那个女郎么?'他说:'我不知道她是谁,不过我敢断定这两个人的交情不浅,因为我常常碰见他们在一处。……'所以我才知道他们交往密切。"

我们没有再谈下去,因为已经到吃饭的时候。吃完晚饭,我就决心去找沁珠,打算和她谈谈。哪晓得到了那里,她的房门锁着,她不在家,我就找王妈打听她到什么地方去了,王妈说:"张先生这些日子喜欢多了,天天下课回来以后,总有一个姓曹的年轻先生来邀她出去玩。今天两点钟,他们又一同出去了,到现在还没回来,可是我不清楚他们是往哪儿去的。"

我扫兴的出了寄宿舍,又坐着原来的车子回去。我正打算寄封信给她,忽见我的案头放着一封来信,正是沁珠的笔迹,打开看道:

  素文:你大约要为我陡然的变更而惊讶了吧!我告诉你,亲爱的朋友,现在我已经战胜苦闷之魔了,从前的一切,譬如一场噩梦。虽然在我的生命史上曾刻上一道很深的印痕,但我要把它深深藏起来,不再使那个回忆浮上我的心头。——尤其在表面上我要辛辣的生活,我喜欢像茶花女——马格哩脱那样处置她的生命;我也更心服《少奶奶的扇子》上那个满经风霜的金女士,依然能扎挣着过那种表面轻浮而内里深沉的生活。亲爱的朋友!说实话吧,伍他曾给我以人生的大教训,我懂得怎样处置我自己了。所以现在我很快乐,并且认识了几个新朋友。曹是你见过的,他最近几乎天天来看我,有时也同出去玩耍。也许有很多的人误会我们已发生了爱情,关于这一点,我不想否认或承认,总之纵使有爱情,也仅仅是爱情而已。唉,多么滑稽呵!大约你必要责备我胡闹,但是好朋友!你想我不如此,怎能医治我这已受伤的灵魂呢?有工夫到我这里来,还有许多有趣的故事告诉你。

你的沁珠

唉!这是怎样一封刺激我的信呵!我把这封信翻来覆去的

看了两三遍,心里紊乱到极点,连我自己也不懂作人应当持什么样的态度。我没有回她的信,打算第二天去看她,见了面再说吧!当夜我真为这个问题困搅了,竟至于失眠。第二天早晨我听见起身钟打过了,便想起来,但是我抬起身来,就觉得头脑闷胀,眼前直冒金星,用手摸摸额角,火般的灼热,我知道病了。

"唉哟"的呻吟了一声,依然躺下。同房的齐大姐——她平常是一个很热心的人,看见我病了,连忙去找学监。——那位大个子学监来看过之后,就派人请了校医来,诊断的结果是受了感冒,嘱我好好静养两天就好了。那么我自然不能去看沁珠。下午秀贞来看我,曾请她打电话给沁珠,告诉她我病了。当晚沁珠跑来看我,她坐在我的床旁的一张椅子上,我便问她近来怎么样,她微微的笑道:

"过得很有意思,每天下了课,不是北海去划船,就是看电影,糊里糊涂,连自己也不知道耍些什么把戏,不过很热闹,也不坏!"

我也笑道:"不坏就好,不过不要无故害人!你固然是玩玩,别人就不一定也这么想吧!"

沁珠听了这话,并不回答我,只怔怔向窗外的蓝天呆望着。我又说道:"你说有许多有趣的故事要告诉我,究竟是什么呢?"沁珠转过脸来,看了我一下道:"最近我收到好几封美丽的情书,和种种的画片,我把它们都贴在一个本子上,每一种下面我题了对于那个人的感想和认识的经过,预备将来我老了的时候,那些人自然也都有了结果,再拿出来看看,不是很有趣的吗?"

我说:"这些人真是闲得没事干,只要看见一个女人,不管人家有意无意,他们便老着脸皮写起情书来。真也好笑,究竟都是什么人呢？哪一个写得最好？"

"等你明天好了，到我那里自己去看吧！我也分不出什么高下来，不过照思想来说，曹要比他们彻底点。"

我们一直谈到八点钟沁珠才回去。此后我又睡了一天，病才全好。——这两天气候非常合适，不冷不热，当我在院子里散步时，偶尔嗅到一阵菊花香。我信步出了院子，走进学校园去，果见那里新栽了几十株秋菊，已开了不少。我在花畦前徘徊了约有十分钟的时候，我发现南墙下有三株纯白色的大菊花，花瓣异常肥硕，我想倘使采下一朵，用鸡蛋面粉白糖调匀炸成菊花饼，味道一定很美。想到这里，就坐车去找沁珠。她今天没有出去，我进门时，看见她屋子里摆满了菊花的盆栽，其中有一盆白色的，已经盛开了。我便提议采下那一朵将要开残的作菊花饼吃，沁珠交代了王妈。我便开始看她那些情书和画片。忽然门外有男人穿着皮鞋走路的声音，沁珠连忙把那一本贴着情书的簿子收了起来，就听见外面有人问道：

"密司张在家吗？"

"哪一位？请进来吧！"

房门开了，一个穿着淡灰色西服和扎腿马裤的青年含笑的走了进来，我一看正是那位曹君。他见了我说道："素文女士，好久不见了，近来好吧？"

"多谢！密司特曹，我很好，您怎样呢？"我说。

"也对付吧！"

我们这样像煞一回事的周旋着，沁珠已忍不住笑出声来，她很随便的让曹坐下，说道："你们哪里学来的这一套，我最怕这种装着玩的问候，你们以后免了吧！"我们被她说得也笑了起来。这一次的聚会，沁珠非常快乐，她那种多风姿的举动，和爽利的谈锋，真使我觉得震惊，她简直不是从前那一位天真单纯的沁珠了。据我的预料，曹将来一定要吃些苦头。因为我看出他对沁珠的热烈，而沁珠只是用一种辛辣的态度任意发挥。六点多钟曹告辞走了，我便和沁珠谈到这个问题。我说：

"我总怀疑一个人如你那种态度处世是对的，你想吧，人无论如何，总有人的常情。在这许多的青年里，难道就没有一个使你动心的吗？你这样要把戏般的耍弄着他们，我恐怕有一天你将要落在你亲手为别人安排的陷阱里哩！"

"唉！素文！你是我最知己的朋友，你当能原谅我不得已的苦衷。我实话告诉你，我今年二十二岁了，这个生命的时间虽然不长，但也不一定很短，而我只爱过一个人，我所有纯洁的少女的真情都已经交付给那个人了。无奈那个人，他有妻有子，他不能承受我的爱。我本应当把这些情感照旧收回，但是天知道，那是无益的。我自从受过那次的打击以后，我简直无法恢复我的心情，所以前些时候，我竟灰心得几乎死去。不过我的心情是复杂的，虽然这样，但同时我是欢喜热烈的生活。……"沁珠说着这话的时候，眼睛里是充满了眼泪。我也觉得这个时期的青年男女很难找到平坦的道路，多半走的是新与旧互相冲突的叉道，自然免不了种种的苦闷和愁惨。沁珠的话我竟无法反驳她，我只紧紧握住她的手，表示我对她十三分的同情。——当夜我们在黯然中分手。我回到学校里，正碰见文澜独自倚窗看月，我觉得心里非常郁闷，便邀她到后面操场去散步。今夜月色被一层薄云所遮，忽明忽暗，更加着冷风吹过梧桐叶丛，发出一阵杀杀的悲声，我禁不住流下泪来。文澜莫明其妙的望着我，但是最后她也只叹息一声，仍悄悄的陪着我在黯淡的光影下徘徊着。直到校役打过熄灯铃，我们才回到寄宿舍里去。

　　我从沁珠那里回来后，一直对于沁珠的前途担着心，但我也不知道怎样改正她的思想才好。最大的原因我也无形中赞成她那样处置生命的态度，一个女孩儿，谁没有尊严和自傲的心呢？我深知道沁珠在未与伍认识以前，她只是一个多情而驯良的少女。但经伍给她绝大的损伤后，她由愤恨中发现了她那少女的尊严和自傲，陡然变了她处世的态度，这能说不是很自然的趋势吗？……

　　我为了沁珠的问题，想得头脑闷胀，这最近几天简直恹恹的打不起精神，遂也不去找沁珠多谈。这样的过了一个星期。在一天的早晨，正是中秋节，学校里照例放一天假。我想睡到十二点再起来，——虽然我从八点钟打过以后，总是睁着眼想心事，然而仍舍不得离开那温软的被絮。我正当魂梦惝恍的时候，只觉得有一只温柔的手放在我的额上。我连忙睁开眼一看，原来正是沁珠。唉！她今天真是使我惊异的美丽，——额前垂着微卷的烫发，身上穿着水绿色的秋罗旗袍，脚上穿着白鞋白袜，低眉含笑的看着我说道："怎么，素文，九点五十分了，你还睡着呵！快些起来，曹在外面等着你，到郊外赛驴去呢。"她一面说，一面替我把挂在帐钩上的衣服拿了下来，不由我多说，把我由被里拖了起来。——今天果然是好天气，太阳金晃晃的照着红楼的一角，发出耀眼的彩辉，柳条静静的低垂着，只有几只云雀在那树顶跳跃，在这种晴朗的天气中，到郊外赛驴的确很合宜。不知不觉也鼓起我的游兴来，连忙穿上衣服，同沁珠一齐来到栉沐室，梳洗后换上一件白绸的长袍，喝了一口豆腐浆，就忙忙到前面客所里去。那时客所里坐满了成双做对的青年男女，有的喁喁密语，有的相视默默；呵，这简直是情人遇合的场所，充满了欢愉和惆怅的空气！而曹独自一个呆坐在角落里，似乎正在观察这些爱人们的态度和心理。当我们走进去时，细碎的脚步声才把他从迷离中惊醒。他连忙含笑站了起来，和我招呼。沁珠向他瞟了一眼道："我们就走吧！"曹点头应诺，同时把他身边的一个小提篮拿在手里，我们便一同出了学校。门口已停着三头小驴，我们三人每人带过一头来，走了几步，在学校的转弯地方，有一块骑马石，我们就在那里上了驴。才过一条小胡同，便是城根。我们沿着城根慢慢的往前去，越走越清净，精神也越愉快。沁珠不住回头看着曹微笑，曹的两眼更是不离她的身左右。我跟在后头，不觉心里暗暗盘算，这两个人，眼见一天比一天趋近恋爱的区域了，虽是沁珠倔强的说她不会再落第二次的情网，但她能反抗自然的趋势吗？爱神的牙箭穿过他俩的心，她能从那箭镞下逃亡吗？……这些思想使我忘记了现实。恰巧那小驴往前一倾，几乎把我跌了下来。在这不意的惊吓中，我不觉"唉呀"的喊了出来。他俩连忙围拢来："怎么样？素文！"沁珠这样的问我。曹连忙走下驴来道："是不是这头驴子不稳，素文女士还是骑我这头吧！"他俩这种不得要领的猜问着。我只有摇头，但又禁不住好笑，忍了好久，才告诉他俩："我适才因为想事情不曾当心，险些掉下驴来，其实没有什么了不得的事情。"他俩听了才一笑，又从新上了驴。我们在西直门外的大马路上放开驴蹄得得的跑上前去，仿佛古骑士驰骋疆场的气概。沁珠并指着那小驴道："这是我的红鬃鬣马咧！"我们都不觉笑了起来。不久就望见西山了。我们在山脚的碧云寺前下了驴，已经是十一点半了。我们把驴子交给驴夫,走到香云旅社去吃午饭。这地方很清幽,院子里正满开着菊花和桂花,清香扑鼻,我们就在那廊子底下的大餐桌前坐下了。沁珠今天似乎非常高兴,她提议喝红玫瑰酒,曹也赞同,我当然不反对,不过有些担心,不知道沁珠究竟是存着什么思想,不要再同往日般,借酒浇愁,喝得酩酊大醉。……幸喜那红玫瑰酒只是三寸多高的一个小瓶,这才使我放了心。我们一面吃着菜,一面咽着玫瑰酒,一面说笑。吃到后来,沁珠的两颊微微抹上一层晚霞的媚色,我呢,心也似乎有些乱跳。曹的酒量比我们都好,只有他没有醉意。午饭后我们本打算就骑驴回去,但沁珠有些娇慵,我们便从旅馆里出来,坐洋车到玉泉山。那里游人很少,我们坐在一个凉亭里休息。沁珠的酒意还未退净,她闭着眼倚在那凉亭的柱子上,微微的喘息着。曹两眼不住对她望着,但不时也偷眼看看我,这自然是给我一种暗示。我便装着去看花圃里的秋海棠,让他俩一个亲近的机会。不过我太好奇,虽然离开他俩两丈远,而我还很留心的静听他俩的谈话。

"珠,现在觉得怎样?……唉!都是我不小心,让你喝得太多了!"

"不,我不觉得什么,只是有些倦!……"

"那么你的脸色怎么似乎有些愁惨?"

"唉!愁惨就是我的运命!……"她含着泪站了起来,说道:"素文跑到什么地方去了?"

"那边花圃旁边站着的不是吗?"

"素文!"沁珠高声的叫道:"是时候了,我们该回去了。"

我听了沁珠的话,才从花圃那边跑过来。我们一同离开玉泉山,坐车回城。到西城根时,我便和他俩分路,独自到学校去。

八

我从西山回来以后，两天内恰巧都碰到学校里开自治会，所以没有去看沁珠，哪里晓得她就在那一天夜晚生病了。身上头上的热度非常高，全身骨节酸痛，翻腾了一夜，直到天亮才迷迷昏昏的睡着了。寄宿舍的王妈知道她今天第一小时便有功课，等到七点半还不见沁珠起来，曾两次走到窗根下看动静，但是悄悄的没有一点声息，只得轻轻的喊了两声。沁珠被她从梦里惊醒，忍不住"哎哟"的呻吟着。王妈知道她不舒服，连忙把头上的簪子拔了下来，推开门上的栓子，走进来看视。只见沁珠满脸烧得如晚霞般的红，两眼朦胧。王妈轻轻的用手在她额角上一摸，不觉惊叫道："吓，怎么烧得这样厉害！"沁珠这时勉强睁开眼向王妈看了一下，微微的叹了一口气道："王妈！你去打个电话，告诉教务处我今天请假。"王妈应着匆匆的去了。沁珠掉转身体又昏昏的睡去。直到中午，热度更高了，同时觉得喉咙有些痛。她知道自己的病势来得不轻，睁开眼不见王妈在跟前，四境静寂得如同死城，心里想到只身客寄的苦况，禁不住流下泪来。正在神魂凄迷的时候，忽听窗外有人低声说话，似乎是曹的声音，说道：

"怎么，昨天还玩得好好的，今天就病得这样厉害了呢。"

"是呵，……我也是想不到的，曹先生且亲自去看看吧！"

"自然……"

一阵皮鞋声已来到房门口了。曹匆匆的跑了进来，沁珠懒懒把眼睁了一睁，向曹点点头，又昏沉的闭上眼了。曹看这种样子，知道这病势果然来得凶险；因回身向王妈问道："请医生看过吗？"

王妈摇头道:"还没有呢,早上我原想着去找素文小姐,央她去请个大夫看看,但是我一直不敢离开这里。……"曹点头道:"那么,我这就去请医生,你好生用心照应她吧!"说完拿了帽子,忙忙的走了。

这时沁珠恰好醒来,觉得口唇烧得将要破裂,并且满嘴发苦,因叫王妈倒了一杯白开水,她一面喝着一面问道:"恰才好像曹先生来过的,怎么就去了呢?"

"是的,"王妈说,"曹先生是来过的,此刻去请医生去了,回头还来;您觉得好些吗?"沁珠见问,只摇摇头,眼圈有些发红,连忙掉转身去。王妈看了这种情形,由不得也叹了一口气,悄悄走出房来,到电话室里打电话给我。当她在电话里告诉我沁珠病重,把我惊得没有听完下文,就放下耳机,坐上车子到寄宿舍去。

我走到门口的时候,正遇见曹带着医生进来,我也悄悄的跟着他们。那位医生是德国人,在中国行医很有些年数,所以他说得一口好北京话。当他替沁珠诊断之后,他向我们说,沁珠害的是猩红热,是一种很危险的传染病,最好把她送到医院去。但是沁珠不愿意住病院,后来商量的结果,那位德国医生是牺牲了他的建议,只要我们找一个妥当的负责的看护者。曹问我怎样?我当然回答他:"可以的。"医生见我们已经商量好,开过方子,又嘱咐我们好生留意她的病势的变化,随时打电话给他。医生走后,我同曹又把看护的事情商量了一下,结果是我们俩轮流看护,曹管白天,我管黑夜。

下午曹去配药,我独自陪着昏沉的病人,不时听见沁珠从惊怕的梦中叫喊醒来。唉,我真焦急!几次探头窗外,盼望曹快些回来，——其实曹离开这里仅仅只有三十分钟，事实上绝不能就回来。但我是胆小得忘了一切，只埋怨曹，大约过了一点多钟，曹拿着药，急步的走进来时，我才吐了一口紧压我心脉的气，忙帮着曹把药喂到沁珠的嘴里。

沁珠服过药后，曹叫我回学校去休息，以便晚上来换他。我辞别了他们回到学校，吃了一些东西，就睡了。八点钟时我才醒来，吃了一碗面，又带了几本小说到沁珠的地方来。走进门时，只见曹独自坐在淡淡的灯光下，望着病重的沁珠出神。及至我掀开门帘走进来时，才把他的知觉恢复。我低声问道："此刻怎么样？""不见得减轻吧！自你走后她一直在翻腾，你看她的脸色，不是更加焦红了吗？"

我听了曹的话，立刻向沁珠脸上望了望，我仿佛看到许多腥红的小点；连忙走近床前，将她的小衣解开，只见胸口也出了一样的斑点。我告诉曹，我们都认为这时期是个非常要紧的时候，所以曹今夜决定不回去，帮助我看护她。这当然使我大大的放了心。不过曹已经累了一天，我怕他精力来不及，因叫王妈找来一张帆布床放在当中那间吃饭厅里，让曹休息。所以前半夜只有我拿着一本小说坐在沙发上陪着她。这时她似乎睡得很安静，直到下半夜的一点多钟她才醒来。我将药水给她喂下去。一些声音惊醒了曹，他连忙走进来替我；可是我白天已睡够了，所以依旧倚在沙发上看小说，曹将热度表替沁珠测验热度，比早晨减低了一度，这使我们非常高兴。……这一夜居然很平安的过去了。

第二天早晨我回学校去，上了一堂文学史，不过十一点我便吃了午饭，饭后就睡了，一直到七点钟我才到沁珠那里。曹今天可够疲倦了,所以见我来后,他稍微把药料理后也就走了。我这一夜仍然是看小说度过。

这样经过一个星期,沁珠身上的腥红点,渐渐焦萎了。大夫告诉我们已经出了危险期,现在只要好好的调养,不久就可以复原的。我们听了这个好消息,一颗紧张的心放下来了,但同时也感到了连日的辛苦。我又遇到学校里的月考期近,要忙着预备功课,所以当天我将一切的事情嘱托了曹,便匆匆回学校去。

沁珠现在的病已经好了大半,只是身体还非常疲弱,曹照例每天早晨就来伴着她。当沁珠精神稍好的时候,曹便读诗歌或有趣的故事给她听,这种温存,体贴,使沁珠不知不觉动摇了她一向处世的态度。

有一天清晨,天气非常晴朗,耀人眼目的阳光,射在窗前的翠绿的碧纱幔上。沁珠醒时,看着这种明净的天容,和听见活跃鸟儿的歌唱,她很想坐起来。正在这个时候,只见曹手里拿着一束插枝的丹桂,含笑走进房来。沁珠连忙叫道:"呀,好香的花儿!"曹将花插在小几上的白玉瓶里,柔和的问道:"怎么样,今天觉得好些吗?"

沁珠点头道:"好些了,但是子卿,你这些时候太累了!"——这是曹头一次听见沁珠这样亲热的称呼他,使他禁不住心跳了。他走近沁珠床前,用手抚摩那垂在沁珠两肩的柔发说:"这一病又瘦了许多呢!"

"唉!子卿,瘦又算得什么,人生的路程步步是艰难的呵;只是累了你和素文,常常使我不安!"

曹似乎受了很深的感触,含着满眶的清泪说道:"珠,你不应当这样说,你知道我的看护你,绝不是单为了你,我只是为我自己的兴趣而努力罢了。珠！你知道在这个世界上，只有你灵台的方寸地，才是我所希望的归宿地呵；自然这也许只是我的私心。不过……"子卿说到这里顿住了，只低着头注视他自己的手指纹。

沁珠黯然的翻过身去，一颗颗的热泪如泻般的滴在枕头布上了。子卿看见她两肩微微的耸动，知道沁珠正在哭泣，他更禁不住心头凄楚，也悄悄的流着泪。王妈的脚步声走近窗下时，子卿才忙拭干眼泪，装作替沁珠收拾书桌，低头忙乱着。

王妈手里托着一个白镍的锅子走进来，一面笑向子卿道："曹先生吃过早饭了吗？"她将小锅放在桌上，走到沁珠的面前轻轻喊道："张先生喝点莲子粥吗？"沁珠应了一声转过脸来，同时向子卿道："你吃点吧，这是我昨晚特意告诉王妈买的新鲜莲子煮的，味道大概不坏。"子卿听了这话，就把小锅的盖子掀开，果然有一股清香冲出来。这时王妈已经把粥盛好。他们吃过后，沁珠要起来坐坐，子卿将许多棉被垫在床上，扶沁珠斜靠在被上。一股桂花的清香，从微风中吹过来，沁珠不禁用手把弄那玉瓶，一面微微叹息道："一年容易又秋风，……这一场病儿乎把三秋好景都辜负了！"

"但是，现在已经好了，还不快乐吗？眼看又到结冰的时候了，刀光雪影下，正该显显你的好身手呢！……"

"唉！说起这些玩艺来，又由不得我要伤心！子卿你知道，一个人弄到非热闹不能生活，她的内心是怎样的可惨！这几个月以来，我差不多无时无刻不是用这种的辛辣的刺激来麻木我的灵魂。……可是一般人还以为我是个毫无心肠的浪漫女子；哪里知道，在我的笑容的背后，是藏着不可告人的损伤呢？！……世界固然是广博无边；然而人心却是非常窄狭的呵！"

沁珠的心，此刻沉入极兴奋的状态中，在她微微泛红的两颊上，漾着点点的泪光。曹虽极想安慰她，但是他竟不知怎样措辞恰当，只怔怔的望着她。在许久的沉默中，只有阵阵悲凄的秋风，是占据了这刹那的四境。

"唉！沁珠！"曹最后这样说："你的心伤，虽然是不容易医治的，不过倘使天地间还有一个人，他愿用他的全身全心来填补这个缺陷，难道你还忍心拒绝他吗？！"

"呵，恐怕天地间就不会有这样的人，子卿，实在不骗你，我现在不敢怀任何种的奢望，对于这个世界的人类，我已经得到很清楚的概念，除了自私浅鄙外，再找不到更多的东西了！"

"自然，你这些话也有你的根据点，不过你总不应当怀疑人间还有纯洁的同情吧！？——那是比什么东西都可靠，都伟大呢！……唉！沁珠！……"

"同情，纯洁伟大的同情！……这些话都是真的吗？那么子卿，我真对不住你了。我不反对同情，更不反对同情的纯洁和伟大，只是我没有幸福享有这种的施与罢了！……其实呢，你也不必太认真，人生的寿命真有限，我们还是藏起自我，得快乐狂笑就是了！"

曹听了沁珠的话，使他的感情激动到不能自制，他握住沁珠的手，两眼含着泪，嘴唇颤抖着说道："沁珠，我用最诚恳的一片心——虽然这在你是看得不值什么的一颗心，求你不要这样延续下去，你知道我为了你的摧残自己，曾经流过最伤心的眼泪。我曾想万一我不能使你了解我时，我情愿离开这个世界，我不能看着你忍心的扮演。"

"那么，你要我怎么样？"沁珠苦笑着说。

"我要你好好的作人,努力你的事业,安定你的生活,你的才资是上好的,为什么要自甘沦亡?"

"唉!子卿呵,我为什么不愿意好好作人?又为什么不愿意安定我的生活?但是我有的是一颗破了的心,滴着血的损伤的心呵!你叫我怎么能好好作人?怎样能安定我的生活?唉,我不恨别的,只恨为什么天不使你早些认识我,倘使两年前你便认识了我,那自然不是这种样子,现在呵,现在迟了!"

"这话果是从你真心里吐出来的吗?绝对没有挽救的余地吗?但是你的心滴了血,我的血就不能使你填补起来吗?唉,残忍的命运呵!"曹将头伏在两臂中,他显然是太悲伤了。

"子卿,你安静些,听我说,并不是你绝对没有救助我的希望,我只怕我……"沁珠声音哽住了,曹也禁不住落着泪。

当我走到他俩面前时,虽是使他俩吃了一惊,但我却替他俩解了围。我问沁珠觉得怎样?她拭着泪道:"已经好得多了,不久就可以起来,……但是你的月考怎样了?"

"那还不是对付过去了,……你睡的日子真不少,明天差不多整整三个星期了。据医生说,一个月之后就可以起来,那么你再好好休养十天,我们又可以一同去玩了。……你学校里的功课,孙诚替你代理,她这个人作事也很认真,你大可以放心的。其他的事情呢,也少思量,病体才好,真要好好的保重才是!……"

我这些话不提防使他俩都觉得难堪起来,曹更是满面过不去。我才觉悟我的话说得太着迹了,只好用旁的话来混开,我念了一封极有趣的情书给他俩听:

我最尊敬，最爱慕的女士：——将来的博士夫人，哈哈，你真该向我贺喜，我现在已得到大英国家尔顿大学的博士学位了！这一来合了女士结婚的条件，快些预备喜筵。

不要辜负了大好韶光，正是洞房花烛夜，金榜题名时呢！

你的爱人某某上

"噫，这真是有趣的情书，现在这些年青人，恋爱要算是比什么都重要的工作了！"沁珠叹息着说。

"那你就把他们看得太高了！"我接着说："他们若果把恋爱看得比什么都重，我倒不敢再咒诅人生了！……老实说吧，这个世纪的年青人，就很少有能懂得爱情的，男的要的是美貌，肉感；女的呢，求的是虚荣，享乐，男女间的交易只是如此罢了！……你们不信，只看我适才念的这封情书就是老大的证据了。"

"真的，素文你那封情书究竟从哪里寻来的？"沁珠问。

"哦，你认得尹若溪吗？"我说。

"是不是那个身材高大，脸上带着滑稽相的青年呢？"

"可不就是那个缺德货吗？"我说："他最近看上一个法大的女生李秋纹，变尽方法去认识她，但是这位李女士是个崇拜博士头衔的人，老尹当然是不够资，虽然费尽心计，到头还是抹了一鼻子灰。这一来老尹便羞恼成怒，就给李女士写了这么一封奚落的信，把个李女士气得发疯，将这封信交给我，要我设法报复他。我觉得太无聊，因劝李女士息事宁人给他个不理就算了。"

　　这一段故事说完，差不多已将近黄昏了，曹因为晚上有事他先走了。我独自伴着沁珠，不免又提到适才她和曹的谈话。沁珠叹气道："素文，我真怕又是一个不祥的开端呢！"我听了沁珠的预料，心里也是一动，但怕沁珠太伤心于病体有碍，因劝她暂且把这件事放下，好好养病要紧。恰好王妈端进牛乳来，她吃过之后，稍微躺了些时，似有困意，我便悄悄的回学校了。

九

　　沁珠病好的时候，已经是残秋了，丹桂只余下些残瓣落英。当她第一天到学校去上课时，那正是一个天高气爽的早晨，虽然没有娇媚的花柳，却见雁影横空，残月一钩斜挂碧清的天际，别有一种自然的美妙。沁珠坐在包车上，真觉得眼前畅亮，心底澄净。及至走进学校门口，那一群活泼天真的女孩，像是极乐园中的安琪儿，翩翩的飞跑前来，将沁珠包围在坎心，睁圆了她们水波似的眼睛向沁珠问讯：

　　"呵，张先生怎么病了这些时候，真的把我们都想坏了！"一个身量小巧的孩子诚恳的说着。

　　"是呵！我们每天都到教务处打听，……今天可给我盼到了！"那个两颊绯红得像是从露晨摘下来的苹果脸的女孩一面说着，一面去拉沁珠的手。别的女孩也都拢近了，不住向沁珠身上摸弄。这是怎样一个充满了和爱的世界呵！使沁珠如同到了梦里，只是含笑对着她们，直到打了上课铃，这群孩子才围随了沁珠到讲堂去。当她站在高高的讲台上，看见每一个天真无邪的脸的热诚的表情,她真骄傲得如同一个女王。

"吓,孩子们,这些日子的功课都用心学习了吗?"她问她们。

"是的,先生!我们没有忘记先生告诉我们的话。你瞧我们教室不是都挂上许多好看的画片?——那是先生替我们选的呵!"一个年龄稍大的孩子——是这一级的自治会长,很有礼貌的站起来回答。

"很好!这个世界上,只有你们是我认为最完善美好的生物!愿你们不仅现在,——一直到无穷的将来,都保持你们的天真!"

"先生,我们愿意!"大家齐声的喊着。

"你们愿意那很好!不过你们要时时小心,不要叫坏的环境改造了你们!……呵,你们还太小,不知道人类世界的种种陷阱和诱惑呢!"

"先生,我们愿意永远跟着先生!"

"我呵,也已经是环境底下的俘虏了!……我常常想望我能再回到童年……但这仅仅是个想望,所以希望你们好好爱惜你们的童年,不要等到童年去了而追悔!……"

这些话,沁珠常常要灌输进这些弱小的心灵里去,她的确和一般留声机式的教员有点两样。所以这些孩子们对她也有一种特别的亲情。这时她们都静默着一声不响,这是很显然的她们已经被她的话所感动了。于是沁珠不再说下去,含笑道:"好,今天我们该读一课国语了,拿出你们的书来吧。"那些孩子便又恢复了她们的活泼的心情,笑嘻嘻的把国文读本拿了出来……

"今天讲《一个爱国童子》吧。"沁珠说。

"好极了,先生让我念,我都认得。"那坐在前排的一个小女孩说。

"好,你念!……你们大家都留心听,看她念得错不错?"

那个小女孩非常高兴的站了起来,把书举得高高的,朗声念了一遍。

别的孩子都含笑的望着她。沁珠问道:"她念得好不好?"

"好!"大家齐声的应着。

这时下课铃响了,这些孩子急着把书放在桌屉里,值周生喊了一二三,一阵欢笑跳叫的声音,充满了这一间教室。"呵,真是可爱的小鸟儿!"沁珠悄悄的赞叹着走出教室。她们要沁珠到操场看她们抢球。在那一片空旷的球场上,刹那时间漾溢着快乐真情的空气。直到第二课的上课铃响了,她们才恋恋不舍的离开沁珠去上课。

沁珠等她们都进了教室,兀自怔怔的站在操场里,她的心是充满了又惆怅又喜悦的情调。世界是怎样的多色彩呵!这一幕美妙的喜剧现在又已闭了幕。第二幕是什么呢?当她离开学校大门时,仿佛自己被摈于乐园门外,对着那些来往的行人,在他们愁苦奔忙的脸上,她的心又沉入了悲凄。她无精打采的回到寄宿舍里,曹已先在她的房里等她呢。

"你今天头一次给她们上课,不觉得吃力吗?"曹温柔的问着。

"不,不但不吃力,我的精神反觉得愉快,孩子们的天真热情,真可以鼓舞颓废的人生!……真的,我只要离开她们,就要感到生命上的创伤!……"

"自然她们是那样的坦白,那样的亲切,无论什么人,处到她们的中间,都要感到不同的情趣的。况且你又是一个主情教育的人,更容易从她们那里得到安慰。不过也不见得除此之外,便再没有真情了,总之我希望你容纳我对你的关切……"

"嗄,子卿,我知道你待我的一片真心,我也常常试着变更我的人生观,不过一个人的主观,有时候是太固执的不易变化,这要慢慢来才行,不是吗?"

"既然这样,我敢向着这蓝碧的神天发誓,只要我生存一日,我便要向这方面努力一日。看吧,总有一天你要相信我只是为你而生存的!"

"唉!好朋友!我们不谈这些使人兴奋的话吧!这样的好天气,今天又是星期六,我们正该想个方法消遣,为什么学傻子,把好日子从自己手指缝中跑了呢!"

"很好,今天不但天气好,而且还是月望呢。我早就想约你和素文,还有一两个知己的朋友,到西山看月去,你今天既然高兴,我们就去吧!"

"也好吧,你去通知你的朋友,我去打电话给素文,我们三点钟在这里会齐好了。"

曹听了沁珠的话,果然去分头招集他的朋友。沁珠便打电话给我。那时我正在院子里晒头发,听了要到西山看月,当然很高兴,忙忙把头发梳光了,略略修饰了一番,便到沁珠那里。一进门,已听见几个青年男人谈话的声音,我不敢就走进去,喊了一声沁珠。只见她潇洒的身段,从门帘里闪了出来,向我招手道:

"快来,人都齐了,只等你呢!"她挽着我的手来到房里,在那地方坐着三个青年,除了曹还有两个为我所不认识的。沁珠替我介绍之后,才知道一个叫叶钟凡,一个叫袁先志,都是曹的同学。

这两个青年长得都还清秀,叶钟凡似乎更年轻些;他的风度潇洒里面带着刚强,沁珠很喜欢他,曾对我道:"你看我这个小兄弟好不好?"叶钟凡听说,便也含笑对我道:"对了,我还不曾告诉素文女士,我已认沁珠作我的大姊姊呢!"

我也打趣道:"那么我也可以叨光,叫你一声老弟了!"

曹和他们都笑道:"那是当然!"我们谈笑了一阵已经三点了,便一同乘汽车奔西直门外去,四点多钟已到了西山。今晚我们因为要登高看月,所以就住在甘露旅馆。晚上我们预备喝酒,几个青年人聚在一块,简直把世界的色彩都变了。在我们之间没有顾忌,也没有虚伪,大家都互示以纯真的赤裸的一颗心。

今夜天公真知趣,不到八点钟,澄明的天空已漾出一股清碧的光华,那光华正托着圆满皎莹的月儿。饭后我们都微带酒意的来到甘露旅馆前面的石台上,我们坐在那里,互相沉醉于夜的幽静中。

"呵,天苍苍,地茫茫,风吹草低见牛羊!"曹忽在极静的氛围中高吟起来,于是笑声杂作。但是沁珠她依然独倚在一株老松柯的旁边,默默沉思。她今天穿的是一件玄色黑绸袍,黑丝袜和黑色的漆皮鞋,衬着在月光下映照着淡白色的面靥,使人不禁起一种神秘之感。我忽想起来从前在学校的时候,有一天夜里,也正有着好的月色,我们曾同文澜、沁珠、子瑜几个人,在中央公园的社稷坛上作黑魔舞。沁珠那夜的装束和今夜正同,只是那时她还不曾剪发,她把盘着的S髻松发开来,柔滑的黑发散披在两肩上,在淡白的月光下轻轻的舞着,这一幕幽秘的舞影时时浮现在我的观念里。所以今夜我又提议请沁珠作黑魔舞,在座的人自然都赞成。叶钟凡更是热烈的欢迎,他跑到沁珠站着的地方,恭恭敬敬行了一个军礼,说道:"劳驾大姊,赏我们一个黑魔舞吧!"沁珠微微笑道:"跳舞不难,你先替我吹一套《水调歌头》再说。"

"那更不难!可是我吹完了你一定要跳!"

"那是自然!"

"好吧,小袁把箫给我!"袁先志果然把身边带着的箫递了过去。他略略调匀了声韵,就抑抑扬扬的吹了起来。这种夜静的空山里,忽被充满商声的箫韵所迷漫,更显得清远神奇,令人低徊不能自己了。曹并低吟着苏东坡的《水调歌头》的辞道:

明月几时有,把酒问青天,不知天上宫阙,今夕是何年?我欲乘风归去,又恐琼楼玉宇,高处不胜寒!起舞弄清影,何似在人间?!

转朱阁,低绮户,照无眠,不应有恨,何事长向别时圆?!人有悲欢离合,月有阴晴圆缺,此事古难全。但愿人长久,千里共蝉娟。

辞尽箫歇,只有凄凉悲壮的余韵,还缭绕在这刹那的空间。这时沁珠已离开松柯,低眉默默的来到台的正中。只见她两臂缓缓的向上举起,仰起头凝注天空,仿佛在那里捧着圣母飘在云中的衣襟,同时她的两腿也慢慢的屈下,最后她是跪在石板上了,恰像那匍匐神座前祈祷的童贞女。她这样一来,四境更沉于幽秘,甚至连一些微弱的呼吸声都屏绝了。这样支持了三分钟的光景，沁珠才慢慢站了起来，旋转着灵活的躯干，迈着轻盈的舞步，跳了一阵。当她停住时，曹连忙跑过去握住她的手道："沁珠呵，的确的，今夜我的灵魂是受了一次神圣的洗礼呢！也许你便是神圣的化身呢？"沁珠听了这话，摇头道："不，我不是什么神圣的化身，我也正和你一样，今夜只求神圣洗尽我灵魂的创痍罢了！"

在沁珠和曹谈话的时候，我同叶钟凡、袁先志三个人转过石台去看山间的流泉，——那流泉就在甘露旅馆的旁边，水是从山涧里蜿蜒而下，潺潺溅溅的声响，也很能悦耳。我们在那里坐到更深，冷露轻霜，催我们回去。在我们走到甘露旅馆的石阶时，沁珠同曹也从左面走来。到房间里，我们喝了一杯热茶，就分头去睡了。

我们一共租了两间房子，沁珠和我住一间，他们三个人住一间。当我们睡下时，沁珠忽然长叹道："怎么好？这些人总不肯让我清净！"

"又是什么问题烦扰了你呢？"我问她。

"说起来，也很简单，曹他总不肯放松我，……但是你知道我的脾气的，就是没有伍那一番经过，我都不愿轻易让爱情的斧儿砍毁我神圣的少女生活。你瞧，常秀卿现在快乐吗？镇日作家庭的牛马，一点得不到自由飘逸的生活。这就是爱情买来的结果呵！仅仅就这一点，我也永远不作任何人的妻。……况且曹也已经结过婚，据说他们早就分居了——虽然正式的离婚手续还没办过。那么像我们这种女子，谁甘心仅仅为了结婚而牺牲其他的一切呢？与其嫁给曹，那就不如嫁给伍，——伍是我真心爱过的人。曹呢，不能说没有感情，那只因他待我太好了，由感激而生的爱情罢了。……"

"既然如此,你就该早些使他觉悟才好!"我说。

"这自然是正理,可是我现在的生活,是需要热闹呵!他的为人也不坏,我虽不需要他作我的终身伴侣,但我却需要他点缀我的生命呢!……这种的思想,一般人的批评,自不免要说我太自私了。其实呢,他精神方面也已得了相当的报酬。况且他还有妻子,就算多了我这么个异性朋友,于他的生活只有好的,没有什么不道德,……因此我也就随他的便,让他自由向我贡献他的真诚,我只要自己脚步站稳,还有什么危险吗?"

"你真是一个奇怪的人物,沁珠。"我说,"你真是很显著的生活在许多矛盾中,你爱火又怕火,唉!我总担心你将来的命运!"

沁珠听了我的话,她显然受了极深的激动,但她仍然苦笑着说道:"担心将来的命运吗?……那真可不必,最后谁都免不了一个死呢!……"

"唉,我真是越闹越糊涂,你究竟存了什么心呢?"

"什么心?你问得真好笑,难道你还不知道,我只有一个伤损的心吗?有了这种心的人,她们的生活自然是一种不可以常理喻的变态的,你为什么要拿一个通常的典型来衡量她呵!?"

"唉!变态的心!那是只能容纳悲哀的了,可是你还年青,为什么不努力医治你伤损的心,让它一直坏下去呢!?"

"可怜虫,我的素文!在这个世界上,哪里去找这样的医生呢?只要是自己明白是伤损了,就是伤损了,纵使年光倒流,也不能抹掉这个伤损的迹痕呵!"

"总而言之,你是个奇怪的而且危险的人物。好了,朋友!我真是替你伤心呢!"

"那也在你!"

谈到这里,我们都静着不作声,不知什么时候居然被睡魔接引了去。次日一早醒来,吃过早点,又逛了几座山,枫叶有的已经很红了,我们每人都采了不少带回城里。

十

我们从看月回来后,天气渐渐冷起来了。在立冬的那一天,落了很大的雪。我站在窗子前面,看那如鹅毛般的雪花,洋洋洒洒的往下飘。没有多少时候,院子里的秃杨上,已满缀上银花;地上也铺了一层银白色的毯毡。我看到这种可爱的雪,便联想到滑冰;因从床底下的藤篮里,拿出一双久已尘封的冰鞋来,把土挥干净,又涂了一层黑油,一切都收拾好了,恰好文澜也提着冰鞋走进来道:"吓,真是天下英雄所见略同,你也在收拾冰鞋吗?很好,今天是我们学校的滑冰场开幕的头一天,我们去看看!"

"好,等我换上戎装才好。"我把新制的西式绒衣穿上,又系上一条花道哔叽呢的裙子,同文澜一同到学校园后面的冰棚里去。远远已听见悠扬的批霞娜①的声音,我们的脚步不知不觉合着乐拍跳起来。及至走到冰棚时,那里已有不少的年轻的同学,在灿烂的电灯光下,如飞燕穿梭般在冰上滑着。我同文澜也一同下了场。文澜是今年才学,所以不敢放胆滑去,只扶着木栏杆慢慢的走。我呢,却像疯子般一直奔向垓心去。同学们中要算那个姓韩的滑得好,她的身体好像风中柳枝般,又活泼又袅娜。——今天她打扮得特别漂亮,上身穿一件水手式的白绒

---

① 即钢琴。

线衣,下身系一条绛紫的哔叽裙,头上戴一顶白绒的水手式的帽子,胸前斜挂着一朵又香又鲜的红玫瑰。这样鲜明的色彩,更容易使每个人的眼光都射在她身上了。她滑了许久,脸上微微泛出娇红来,大约有些疲倦了,在音乐停时她一蹿就蹿出冰棚去。其余的同学也都暂时休息,我同文澜也换了冰鞋走到自修室里去。在路上我们谈到韩的技巧,但是文澜觉得沁珠比她滑得更好,因此我们便约好明天下午去邀沁珠来同韩比赛。

第二天下午饭后,文澜和我把冰鞋收拾好,坐上车子到沁珠的寄宿舍去。走到里面院子时,已看见她的房门上了锁,这真使我们扫兴。我去问王妈,她说:"张先生到德国医院去了。"

"怎么,她病了吗?"文澜问。

"不,她去看曹先生去了!"王妈说。

"曹先生生病了,是什么病?……怎么我一点都不知道!"我说。

"我也不大明白是什么病,只听见张先生的车夫说好像是吐血吧!"王妈说。

"呵,真糟!"文澜听了我的话,她竟莫明其妙的望着我。隔了些时,她才问道:"这到底是怎么一回事呢?"

我说:"现在就是我也不清楚,不过照我的直觉,我总替沁珠担心罢了。"

"莫非这病有些关系爱情吗?"聪明的文澜怀疑的问。

"多少跑不了爱情关系吧,——唉,可怕的爱情,人类最大的纠纷啊!"

王妈站在旁边,似懂非懂的向我们呆看着,直到我们沉默无言时,她才请我们到沁珠的房里去坐,她说:

"每天张先生顶多去两个钟头就回来的。现在差不多是回来的时候了。"我听了她这样说,也想到她房里去等她,文澜也同意,于是我们叫王妈把房门打开,一同在她房里坐着等候。我无意中看见放在桌上有一册她最近的日记簿,这是怎样惊奇的发现,我顾不得什么道德了,伸手拿起来只管看下去:

十月二十日 这又是怎么回事呢?爱情呵,它真是我的对头,它要战胜我的意志,它要俘虏我的思想!……今天曹简直当面鼓对面锣的向我求起婚来;他的热情,他的多丰姿的语调,几乎把我战胜了!他穿得很漂亮,而且态度又是那样的雍容大雅。当他颤抖的说道:"珠!操纵我生命的天使呵!请看在上帝的面上,用你柔温的手,来援救这一个失路孤零的迷羊吧!你知道他现在唯一的生机和趣味,都只在你的一句话而判定呢?!"吓,他简直是泪下如雨呢!我不是铁石铸成的心肝五脏,这对于我是多可怕的刺激?!当时我只觉得天旋地转;早忘记我自己是在人世,还是在上帝的足下受最后审判。我只有用力咬住我的嘴唇,我不叫任何言语从我的口唇边悄悄的溜出来,天知道,这是个自从有人类以来最严重的一刹那呢!曹他见我不说话,鲜红的血从口角泛了出来。他为这血所惊吓,陡然的站了起来,向我注视,而我就在这个时候失去了知觉,也不知道他什么时候走的。我醒来时,只有王妈站在我的面前。我问她:"曹先生呢?"她说去请医生去了。不久果然听见皮鞋声,曹领来一个西装的中国医生,他替我诊过脉后,打了一针强心针。他对曹说:"这位女士神经很衰弱,所以受不起大刺激的,只要使她不受任何打激就好了!"医生走后,曹很悲惨的走进来,我让他回去休息,他也并不反对,黯然的去了。唉,多可怕的一幕呵!……

十月二十二日　曹昨天整日没有消息,"也许他恼我了?"我正在这样想着,忽见王妈拿着一封信来,正是曹派人送来的。他说:"我拿一颗血淋淋的心,虔诚贡献在你的神座下,然而你却用一瓢冷水,将那热血的心浇冷。唉,我还要这失了生机的血球般的心作什么?我愿意死。只有死,是我唯一的解脱方法!多谢天,它是多么仁爱呀!昨夜我竟又患了咯血的旧病。——说到这个病真够悲惨。记得那年我只有十七岁,祖父年纪很高了,他急于要看我成家,恰好那年我中学毕业要到外面升学,而我的祖父就以成家为我出外的唯一条件,最后我便同一个素不相识的某女士结了婚。入洞房的那一夜,我便咯起血来,——足足病了一个多月才好。——这虽是个大厄运,然而它可救了我。就在我病好的后四天,我即刻离开故乡,到外面过飘流的生活,现在已经七八年了。想不到昨夜又咯起血来,这一次的来势可凶,据说我失的血大约总有一个大饭碗的容量吧,叶和袁把我弄到医院里来,其实他们也太多事呢!……"

唉!当然我是他咯血的主因了,由不得我要负疚!今天跑到医院去看他,多惨白的面色呵!当我坐近他床边的椅子上时,我禁不住流下泪来。我不知道说什么好,不过眼看着一个要死般的人躺在那里,难道还不能暂且牺牲自己的固执救救他吗？所以当时我对他说："子卿，只要你好好的养病，至于我们的问题尽好商量。"唉，爱情呵，你真是个不可说的神秘的东西！仅仅这一句话，已救了曹的半条命呢。他满面笑容的流着泪道："真的吗？珠，你倘使不骗我的话，我的病好是极容易的呵！"

"当然不骗你！"我说。

"那么好！让我们拉拉手算数！"我只得将手伸过去。他用力的握住我的手，慢慢移近唇边，轻轻的吻了一下道："请你按铃，告诉看护，我肚子饿了，让我吃些东西吧！"我便替他把看护叫来，拿了一杯牛乳。他吃过之后，精神好了许多。那时已近黄昏了，他要我回来休息，当我走出医院的门时，我是噙着一颗伤心的眼泪呢！"

我把沁珠这一段日记看过之后，我的心跟着紧张起来。我预料沁珠从此又要拿眼泪洗脸了！想到这里由不得滴下同情泪来。文澜正问我为什么哭时，院子里已听见沁珠的声音在喊王妈，文澜连忙迎出去：

"唷，文澜吗？你怎么有工夫到这里来？……素文没来吗？"沁珠说。

"怎么没来？听说曹病了，我也没去看他，今天好些吗？"我这样接着说。

"好些了，再调养一个礼拜就可以出院了。你们近来作些什么事情呢？昨天的一场大雪真好，可惜我没有兴趣去玩！"

"今年你开始滑冰了吗？我们学校的冰场昨天行开幕礼，真热闹，可惜你没去，让小韩出足了风头！今天本想来邀你去和她比赛,偏巧你又有事!……"

"这样吧,今晚你们就在我这里吃晚饭,饭后我们同到协和冰场去玩一阵;听说那里新聘了一位俄国音乐家,弹得一手好琴呢。"

我们听了沁珠的建议,都非常高兴,晚饭后,便同沁珠匆匆的奔东城去。到了冰场时,只见男男女女来滑冰和助兴的人,着实不少。我们去的正是时候,音乐刚刚开场,不但琴弹得好,还和着梵亚琳呢。我们先到更衣室里,换好冰鞋,扎束停当,便一同下场去。沁珠的技艺果然是出众的,她先绕着围场滑了几转,然后侧着身子,只用一支脚在冰上滑过去,忽左忽右忽前忽后,真像一个蛱蝶穿过群芳,蜻蜓点水般又轻盈又袅娜的姿势,把在场的人都看得呆了。有几个异性的青年,简直停在木栅栏旁边不滑了,两只眼呆呆的跟着沁珠灵活的身影转动。文澜喜得站在当中的圆柱下叫好,其余的人也跟着喝起彩来。我们这一天晚上玩得真痛快,直到十一点多,冰场的人看看散尽,乐声也停止了,我们才尽兴而回。那时因为已夜深,我们没有回学校,一同住在沁珠那里。

走进沁珠的房里,沁珠一面换着衣服,一面叹息道:"滑冰这种玩艺有时真能麻醉灵魂,所以每一年冬天,我都像发狂似的迷在冰场上。在那晶莹的刀光雪影下,我什么都遗忘了。但是等到兴尽归来,又是满心不可说的怅惘,就是今夜吧!何尝不一样呢!"

沁珠这些话,当然是含有刺激性的,就是文澜和我也都觉得心里怅怅的,当夜没有再谈下去,胡乱的睡了。

第二天一早晨,文澜因为要赶回去上课,到学校去了。我同沁珠吃过午饭,到德国医院去看曹。当我们走进他的房间时,只见他倚在枕上看报纸呢!我向他问了好,他含笑的让我坐下道:"多谢素文女士,我的病已经好了大半;已有三四天不咯血了,只是健康还没有十分复原。"

我说:"那不要紧,只要再休养几天一定就好了。"

当我们谈着的时候,沁珠把小茶几上的花瓶里的腊梅,换了水。又看了看曹的热度记录表,然后她坐在曹床旁的沙发椅上,把带来不曾织完的绒线衣拿了出来,——这件衣服是她特为曹制的,要赶在曹出院的时候穿。在她低眉含笑织着那千针万缕的绒线时,也许她内心是含着甜酸苦辣复杂的味道。不过曹眼光随着沁珠手上的针一上一下动转时,他心里是充满着得意和欢悦呢!我在旁边看着他俩无言中的表情,怎能禁止我喊出:"呵,爱情,——爱情是这个世界上唯一的奇迹哟!"我这样低声的喊着,恰好沁珠抬头来看我:"有什么发现吗?素文!"她说。

"哦,没有什么!"曹看见我那掩饰的神情,不禁微微的笑了。这时忽听见回廊上皮鞋声,医生和看护进来诊察。沁珠低声道:"时候到了,我们走吧!"

曹向我们点头道谢,又向沁珠道:"明天什么时候见呢?"

"大约还是这个时候吧!"沁珠说。

我们走出医院,已是吃晚饭的时候,我约沁珠到东安市场去吃羊肉锅。我们又喝了几杯酒,我趁机向沁珠道歉说,我不曾得到她的应允,擅自看了她的日记。

她说那不要紧,就是我没有看,她也要把这事情的经过告诉我的……并且她又问我:"你觉得我们将来的结果怎样?"

我听了这话,先不说我的意见,只反问她道:"请先说说你自己的预料。"

"这个吗?我觉得很糟!"她黯然的说。

"但是……"我接不下去了。她见我的话只说了半截便停住了很难受,她说:"我们是太知己的朋友,用不着顾忌什么呵!但是怎样呢?"

我被她逼问得没办法,只得质直地说道:"但是你为什么又给他一些不能兑现的希望呢!"

"唉!那正是没有办法的事呢,也正如同上帝不怪罪医生的说谎一样。你想在他病得那种狼狈的时候,而我又明明知道这个病由是从我而起的,怎好坐视不救?至于到底兑现不兑现,那是以后的事,也许他的心情转变了,也难说。"

"不过我总替你的将来担心罢了!"我说,"倘使他要是一个有真情的男人,他是非达到目的不可,那时你又将怎么办?到头来,不是你牺牲成见,便是他牺牲了性命!"

"那也再看吧,好在人类世界的事,有许多是推测不来的,我们也只好走一步算一步!"

那夜我们的谈话到这里为止,吃过晚饭后就分头回去。

十一

在那次协和冰场滑冰以后,我因为忙着结束一篇论文,又是两个星期不见沁珠了。她也没有信来,在我想总过得还好吧!

最近几天气候都很坏,许久不曾看见耀眼的阳光,空气非常沉重,加着阴晦的四境,使人感到心怀的忧郁。在礼拜四的黄昏时，又刮起可怕的北风，那股风的来势真够凶，直刮得屋瓦乱飞；电线杆和多年的老枯树也都东倒西歪了。那时候我和文澜坐在自修室里，彼此愁呆的看着那怒气充塞的天空。陡然间我又想到沁珠，不知她这时是独自在宿舍里呢，还是和曹出去了？我对文澜说：〝这种使人惊惧的狂风，倘使一个人独处，更是难受，但愿沁珠这时正和曹在一起就好了。〞

"是呀！真的，我们又许久不看见她了，她近来的生活怎样？你什么时候去看她？……"文澜说。

"我想明天一早去看她。"我这样回答。

第二天早晨我起床的时候，风早已停了，掀开窗幔，只见世界变成了琼楼玉宇，满地上都铺着洁白的银屑；树枝上都悬了灿烂的银花。久别的淡阳，闪在云隙中，不时向人间窥视。这算是雪后很好的天气，我的精神顿感到爽快，连忙收拾了就去访沁珠。她才从床上起来，脸色不很好；眼睛的周围，显然绕着一道青灰色的痕迹，似乎夜来不曾睡好。她见了我微笑道："你怎么这样早就来了！"

"早吗？也差不多九点半了。"我说，"吓，昨夜的风够怕人的，我不知你怎么消遣的，所以今天来看看你！"

"昨天的确是一个最可怕的坏天气，——尤其在我，更是一个惊心动魄的日子呢！"沁珠说。

"怎么样，你难道又遇见什么可怕的事情了吗？"我问。

"当然是使人灵魂紧凑的把戏，不过也是在我的意料中，只是在昨夜那样狂风密雪的深夜而发生这件事，——仿佛以悲凉的布景，衬出悲凉的剧文，更显得出色罢了。"沁珠说。

"究竟是怎样的一幕剧呢？"我问。

"等我洗了脸来对你细说吧。"她说着就到外面屋子洗脸去了。约过了五分钟,她已一切收拾好,王妈拿进一壶茶来,我们喝了茶以后,她便开始述说:

"昨天我从学校回来后,天气就变了,所以我不曾再出去,曹呢,他也不曾来。我吃了晚饭,就听见院子里那两棵大槐树的枯枝发出沙沙的声响;我知道是起风了,便把门窗关得紧紧的。但是那风势越来越厉害,不时从窗隙间刮进灰沙来,我便找了一块厚绒的被单,把门窗遮得十分严密,屋子里才有了温和清洁的空气。于是我把今天学生们所作的文卷,放在案上一本一本依次的改削。将近十点钟的时候,风似乎小了些,但却听见除了风的狂吼外,还有瑟瑟的声音,好像有人将玉屑碎珠一类的东西洒在屋瓦上,想来是下雪了。我便掀开窗幔向外张望,果然屋顶上有些稀薄的白色东西,一阵阵的寒风吹到我的脸上,屋里的火炉也快灭了,我就想着睡了吧。正在这个时候,忽听见门外有人说话的声音,似乎是王妈,她说:'张先生睡了吗?曹先生来了。'我被这意外的来客,吓了一跳,'这样的时候怎么他会到我这里来呢!?'我心里虽然是惊疑不定,但是我还装作很镇静的答道:'我还没有睡呢,请曹先生进来吧!'我一面把门栓打开。曹掀开门帘一步窜了进来,然后站得笔直的给我行了个军礼——今夜他是满身戎装,并且还戴着假须——很时髦的两撇八字胡——倘使不是王妈先来报告,我蓦一看,简直真认不出是他呢。我看了这种样子,觉得又惊奇又好笑,我说:'呀,你怎么打扮成这个样子?'曹含着笑拿下那假须,一面又脱了那件威武的披风,坐下说道:'我今夜是特来和小姐告别的。'

"'告别?'我不禁惊讶的问道:'这真像是演一出侦探

剧——神出鬼没的，够使人迷惑了！究竟要到什么地方去呢？'

"曹见了我那种惊诧的样子，他只是笑，后来他走近我的身旁，握住我的手道：'珠！请你先定一定心，然后我把这剧文的全体告诉你吧！……但是我要请你原谅，在我述说一切之先，你得回答我一个问题，那就是在德国医院里你所答应我的那件事情可是当真？'

"'呀，你的话越说越玄，我真不明白你指的是那一件事情？'我这样回答他。

"'哦，亲爱的小姐！你不要和我开玩笑了！这种事情，便是把我烧成灰也不会忘记的，你难道倒不明白了吗？唉，珠，老实说吧，为了爱情的伟大，我们应当更坦白些，我们的大问题究竟什么时候才能解决，才能使幻梦成为事实呢？……'

"其实呢，我何尝不明白他所指的那件事，不过我在医院所允许他的，正如你所说的是不兑现的希望。——那是一时权宜之计，想不到他现在竟逼我兑起现来；这可真难了，当时我看了他那种热烈而惨切的神情，心头忽冲出一股说不出的酸楚，眼泪不由自主的滴了下来。但我不愿使他觉察到，所以连忙转过头去，装作看壁上的画片，努力把泪咽了下去，勉强笑道：'唉，曹，你的意思我明白了，不过这究竟不是仓卒间所能解决的问题。……'

"'珠，我也知道这事是急不得的，只要是你应允了我，迟早又有什么关系？……况且我目下还负着一种重大而急迫的使命，正是匈奴未灭何以为家！……只要在我离开你之先，能从你这里得到一粒定心丸我就心满意足了。'

"'那么现在你已经得到定心丸了，你可以去努力你的事业

曹含着笑拿下那假须,一面又脱了那件威武的披风……

了。'我说。

"'不错,是得到了,我现在心灵里是充满了甜美的希望,无论前途的事业是如何繁巨,都难使我皱眉的,唉,伟大的爱,珠,这完全是你的赐予呵!'

"曹那时真是高兴得眉飞色舞,他将我用力的搂在怀中,火热的唇吻着我的黑发。经过了几分钟,他像是从梦里惊醒,轻轻的放开我,站了起来,露出严重的面颜对我说道:'现在该谈到我自己的事情了,珠,你当然了解我是一个热血青年,世界上一切的不平等,和一般民众的困苦,都逼我走向革命的那条路上去,在我们第一次谈话时,我已经略略对你表示过,并且我觉得你对于我那种表示很是满意,但那时我们究竟是初交,所以关于我一切具体的事实不便向你宣布。……现在好了,我们已达到彼此毫无隔阂的地步,当然我不能再有一件事是瞒着你的,那就是说我已在两年前加入正式的革命工作了,并且我是驻平的一个很关重要的宣传委员。现在为了总党部的电召,我立刻要到广州去一趟,……又因为此地的警察,近来有些注意我的行踪,因此我不能不化装。我明天早车就走,所以今夜赶来和你告别。'

"我听完了曹的叙述,不禁向他看了一眼,当然你可以猜想到我在这时,心情的变化是怎样剧烈了。——曹有时真有些英雄的气概,……但我同时又觉得我嫁给他,总有些不舒服。我当时呆呆的想着,忽听曹又向我说道:'我这一次去,早则两个月回来,迟则三四个月不定。在这个分离的时间,我们当然免不了通信,不过为了避免旁人的注意,我们不妨用个假名字。'他说到这里,就在我案上的记事小簿子上写了——长空——两个字,

并抬头向我说道:'我还预备送你一个别名呢。'

"'好吧!你写出来我看看。'他果然又在小簿子上写了'微波'两个字。我们约定以后通信都用别名。谈到这里,他便向我告别。我送他出去的时候,只见天空依旧彤云密布,鹅毛般的雪片不断的飘着;我们冒着风雪走过那所荒寂的院落,就到了大门。我将他送出大门,呆呆的看着他那硕高的身影,在飞絮中渐渐的远了,远到看不见时,我才转身关门进来,那时差不多一点钟了。王妈早已睡熟,我悄悄的回到房里,本就想去睡。哪里晓得种种的思想和辘轳般不住在脑子里盘旋,远处的更声,从寒风密雪里送了过来。那种有韵律而清脆的音波,把我引到更凄冷的幻梦里。最后我从新起来,把木炭加了些在那将残的火炉里,把桌上那盏罩着深绿色罩子的电灯燃着,从正中的屉子中拿出我的日记本来,写了一阵,心里才稍觉爽快了……"

我听沁珠说到这里,便很想看看她的日记,当我向她请求时,她毫不勉强的答应了,并且替我翻了出来,我见那上面写着:

十一月五日 这是怎样一个意想不到的遭遇呢?!——在今夜风刮得那样凶猛,好像饿极了的老虎,张着巨大的口,要把从它面前经过的生物都吞到肚子里去,同时雪片像扯絮般的落着。这真是一个很可怕的夜。人们早都钻在温软的被褥中寻他们甜美的梦去了,而谁相信,在一所古庙似的荒斋中,还有一个飘泊而伤心的女儿,正在演出表面欢喜,骨子里悲愁的戏剧呢!

曹今夜的化装,起初真使我震惊,回想他平日的举动,就有点使人不可测,原来他却是一个爱国的英雄!他那两撇富有尊严意味的假须,衬着他那两道浓重的剑眉,和那一身威武慑人的军装,使我不知不觉联想到拿破仑。——当然谁提到这位历史上的人物,不但觉得他是一个出没枪林战雨中的英雄,同时还觉得他是一个多情的风流角色呢!曹实际上自然比不上拿破仑,但是今夜我却觉得他全身包涵的是儿女英雄杂糅着的气概。可是我自己又是谁呢?——约瑟芬吗?不,我不但没有她那种倾城倾国的容貌;同时我也不能像她那样死心塌地的在她情人的温情中生活着。当他请求我允许他作将来的伴侣时,在那倾间,我真不明白是遇见了什么事情!我一颗伤损的心流着血;可是我更须在那旧创痕上加上新的刀伤。这对于我自己是太残酷了,然而我又没有明白叫他绝望的勇气。当然我对于他绝不能说一点爱情都没有,有时我还真心实意的爱恋着他,不过不知为什么,这种的爱情,老像是有多种的色彩,好似是从报恩等等换了出来的,因此有的时候要失掉它伟大的魔力,很清楚的看见爱神的后面,藏着种种的不合谐。——这些不合谐,有一部分当然是因为我太野心,我不愿和一个已经同别的女人发生过关系的人结合;还有一部分是我处女洁白的心,也已印上了一层浓厚的色彩,这种色彩不是时间所能使它淡褪或消灭的;因此无论以后再加上任何种的色彩,都遮不住第一次的痕迹,换句话说,我是时时回顾着已往,又怎能对眼前深入呢?唉,天呵!我这一生究竟应走哪一条路?这个问题可真太复杂了!我似乎是需要热闹的生活；但我又似乎觉得对于这个需要热闹的可怜更觉伤心。那么安分守己的作一个平凡的女人吧，贤妻良母也是很不错的。无奈我的心，又深感着这种生活是不能片刻忍受的。

唉，想起素文屡次警戒我"不要害人！"的一句话，我也着实觉得可怕。不过上帝是明白这种的情形，正是我想避免的，而终于不能避免，是谁的罪呵？！在我却只能怪上帝赋与我的个性太顽强了！我不能作一个只为别人而生活的赘疣；我是尊重"自我"的，哪一天要是失掉"自我"，便无异失掉我的生命。——曹，他也太怪了，他为什么一定要缠住我呢？我知道在这个世界上，我不能给任何人幸福，因为我本身就是个不幸的生物，不幸的人所能够影响于别人的，恐怕也只有不幸罢了！想到这里，我只有放下笔向天默祝，——我虔诚的希望他：此次到广州去，能为了革命工作而忘却其他的一切，等他事完回来的时候，已经变了一个人就好了！

我看完沁珠昨夜的日记，我的心也在涌起复杂的情调，我不知道怎样对她开口。当她把日记接过去，却对我凄然苦笑道："这不像一出悲剧的描写吗……也就是所谓的人生呢！"

"是的！"我只勉强说了这两个字，而我的热情悲绪几乎捣碎了我方寸的灵台，我禁不住握住她的手黯然的说道："朋友！好好的挣扎吧；来到世界的舞台上，命定了要演悲剧的角色，那也是无可如何的！但如能操纵这悲剧的戏文如自己的意思，也就聊可自慰了！"

沁珠对于我这几句话，似乎非常感动，她诚恳的说道："就是这话了！只要我不仅是这悲剧中表演的傀儡，而是这悲剧的灵魂，我的生便有了意义！……"

我们谈到这里，王妈进来说，沁珠上课的时间快到了，我们便不再说下去。沁珠拿了书包，我们一同出了古庙分途而别。

十二

自从过了旧历的新年后，天气渐渐变了。这两天，更见和暖，当早晨的太阳，晒在房檐的积雪上时，在闪闪的银光下露出黑色的瓦来，雪水如雨漏般，沿着屋檐流了下来，同时发出潺溅的声响。马路上也都是泥泞，似乎下过雨一般，在这种大地春回的时光里，沁珠感到特别的怅惘，最使她失意的是和冰场的告别——的确在去年的一个冬天里，她不但是整天整晚把身体放在冰场，并且她的一颗心——平日多感抑闷的心，也都放在冰场上。那耀眼的刀光迷醉了她的感官，因此释放了她的灵魂。但是现在呢，时间把一切都变了面目。冰棚也已经拆毁了，地上的冰都化成了点点的水滴，渗入地里去。再看不见成群结队的青年男女，拿着冰鞋兴高采烈的往冰场上来。也听不见悠扬悦耳的音乐，一切只是黯淡沉寂。所以沁珠最近除了每天到学校上课外，多半是躲在寄宿舍里睡觉，很少和我见面。在一个星期六的下午，学校里开校友会，许多毕业的同学都来了。她们三三两两的谈论着，真仿佛出嫁的姑娘回了娘家，和那些青年的姊妹谈到过去的欢乐，和别后的新经历，另有一种情趣。我那时在旁边沉默的观察着，好像戏台底下唯一的顾客。正在这个时候，觉得有一种轻悄的脚步声，停在我的背后。我正想回头看时，一双柔滑的手蒙住我的眼睛了。但是一种非常熟悉的肥皂香味，帮助了我的猜想，——我毫不犹疑的叫道："沁珠！"——在一阵格格的笑声中，那两只手松了下来，果然正是她。我叫她坐在我的旁边，并且对她说道：

"你到底也来了！"

"我本不想来的，后来想起你……我们又十几天不见面了。借此机会找你谈谈也不错！"

"你现在的生活怎么样，曹有信来吗？"

"信吗，太多了！差不多每天都有一封，有时还是快信，我也不知道他怎么有那些工夫？据他说事情也很忙！"

"唉！这就是爱情呀，……它能伸缩时间也能左右空间！"

"不过我还不曾感到像你所说的那种境地！"

"那是因为你爱他还不够数！"

"唉！这话倒是真的！我每次接到他的信，就不知不觉增加一分恐惧！"

"其实你也太固执了，天下难得的是真情，你手里握住了这希罕的宝贝，为什么又要把它扔了！"

"真情吗？我恐怕那只是法国造的赝品金刚钻，新的时候很好看，到头来便只是一块玻璃了！"

"但是你究竟相信天地间有真的金刚钻没有呢？"

"真的自然有，不过太少了，我不见得就有那种好运气吧！"

"运气，唉！什么都有个运气，谁能碰到最好的运气，那也真难预料，不过我总祝福你能就好了！"

"实在这种忧虑也是多余，即使碰到这样好运气，想透了，还不是苦恼吗?……爱情从来就没有单纯性,就如同美丽的罂粟同时是含有毒质的。"

我们正谈得深切,忽听摇铃开会了,跟着一个身体肥硕的在校同学,迈着八字步上了讲台——这种的模型是特别容易惹人注意。于是全会场的视线都攒集在她身上,并且是鸦雀无声的静听她的发言,她轻轻的咯了一声道:

"今天是我们在校同学和毕业同学聚会的日子,也就是本校校友会开幕的一天,这真使我们非常高兴……"那位肥硕的主席报告到这里,忽然停住了,于是会场里起了嘈杂的私语声,我们预料今天这个会绝不会有什么精彩,坐在这里太无聊了,便和沁珠悄悄的溜出会场。

"那位胖子是哪一级的同学?"沁珠问道。

"是史地系一年级的,叫杜芬。"

"你们为什么叫她作主席?……我可以给她八个字的评语:'貌不惊人,语不压众'!"

"谁知道她们学生会里玩的什么把戏,不过现在的事情也真复杂,那些能干的小姐们,都不愿意在这种场合里混。自然现在可以出风头的地方太多,一个区区学生会怎容得下她们,所以最后只有那些三四等的角色来干了!"

我们一面谈着已来到学校的大门口,她约我到她的寄宿舍去。在路上我们买了不少零食,和一瓶红色葡萄酒。我问沁珠道:"你近来常喝酒吗?"她笑了笑道:"怎么,你对于喝酒有什么意见吗?"

"说不上什么意见,不过随意问问你罢了,你为什么不直接答复我,反而'王顾左右而言他'呢!"

她听了我的话不禁也笑了,并且说:

"我近来只要遇到心里烦闷的时候,就想喝酒。当那酒精在我冷漠的心头作祟时,我便倒在床上昏昏睡去。的确别有一种意境!"

"那么你今天大约又有什么烦闷的事情吗?"

"谁说不是呢!等一会你到我寄宿舍去,我给你看点东西,你就明白我心里烦不烦了!"

不久我们便来到那所古庙的寄宿舍里,王妈替我们开了房门。沁珠把那包零食叫她装在碟子里,摆在那张圆形的藤桌上,并替我们斟了两玻璃杯的酒。沁珠端起满溢红汁的杯子叫道:"来,好朋友,祝你快活!"我也将酒杯高举道:"好,祝你康健和幸运!"我们彼此一笑,把一杯酒都喝干了!王妈站在旁边不住的阻拦道:"喂,两位先生,慢些喝吧,急酒容易醉人的!"沁珠说:"不要紧,这个酒不容易醉,再替我们斟上两杯吧。"王妈把酒瓶举起来看了看道:"没有多少了,留着回头喝吧!"我这时已有些醉意,因道:"好吧,你就替我们收起来!"沁珠笑对王妈道:"唉,我哪里就醉死了,你吓得那样,好吧,不便辜负你一片好心,你把这些东西都收了去吧!"

王妈笑着把残肴收拾开去,她走后我就问沁珠道:"你要给我看点东西,究竟是些什么?"

她说:"别忙!就给你看!"一面从抽屉里拿出一只小盒子,和一个绢包,她指着那个小盒子道:"这是曹由香港寄给我的一对'象牙戒指',这另一包是他最近给我的信。"她说着将绢包解开,特别找出一个绯红色的洋信套,抽出里面浅绿色的信笺,在那折缝中拿出几张鲜红色而题了铅粉字的红叶,此外又从信套里倒出五颗生长南国的红豆来。这一堆刺入神经的东西,使我不知不觉沉入迷离的幻想里去。自然那些过去的故事:如古代的宫女由御河里飘出传情的红叶呀;又是什么红豆寄相思的艳迹呀;我在这些幻想里呆住了。直到沁珠把那盒子打开,拿出那对纯白而雕饰细致的'象牙戒指'来,才使我恢复了知觉。她自己套了一只在右手的中指上,同时又拉过我的手来,也替我戴了一只,微微的笑道:"从来没看见人戴这种的戒指,这可算是很特别的是不是?"

我说:"物以罕为贵……况且千里寄鹅毛,物轻人意重,不过我不应当无故分惠,还是你收起来吧!"

"呸,我要两只作什么?这东西只不过是个玩意罢了,有什么希奇!"她说着脸上似乎有些不高兴。我不敢再去撩拨她,因说:"好了,我不同你开玩笑了,把那红叶拿来我看看吧。"她将红叶递给我,共是三张,每张上面都题了诗句。第一张上写的是"红的叶,红的心,燃烧着我的爱情!"旁边另有一行是:"寄赠千里外的微波——长空。"第二张上面是题的一句旧词:"愁肠已断无由醉,酒未到先成泪。"第三张上题的是唐人王昌龄的《从军行》:"琵琶起舞换新声,总是关山旧别情,撩乱边愁听不尽,高高秋月照长城。"

我看过这三张红叶,不禁叹道:"曹外表看来很豪爽,想不到他竟多情如此,我想你们还是想个积极的办法吧!"

"什么积极的办法呀?唉,落花有意流水无情,根本上就用不着办法!"

"总而言之,人各有心,我也猜不透你,不过据我的推测,你们绝不能就这样不冷不热维持下去的。"沁珠听了我这话,也点点头道:"我有时也这样想,不过我总希望有一天不解决而解决就好了。

"他近来写给你的信还是那种热烈的追求吗?"

"自然是的,不过素文,你相信吗?人类的欲望,是越压制也越猖狂。一个男人追求一个女人,也是越得不到手越热烈。所以要是拿这种的热烈作为爱的保障,也许有的时候是要上当的。……并且这还不算什么,最根本的理由——我之所以始终不能如曹所愿,是在我俩中间,还不曾扫尽一切的云翳,明白点说,就是曹,他还不是我理想中的人物。"

"关于这一点你曾经对他表示过吗?"

"当然表示过,但他是特别固执,他说:'珠,请相信我,我虽然有许多缺点,然而只要是在可能的范围中,我一定把它改好。'……你想碰到这样的罕有人物又有什么办法?"

"真的,像这样死不放手的怪人也少有!"

"看吧,最终不过是一出略带灰色的滑稽剧罢了,……在今日的世界,男人或女人在求爱的时候,往往拿'死'作后盾,说起来不是很严重吗?不过真为情而死,我还未曾见过一个呢!……"

"你真是一个绝对的怀疑派!"

沁珠听了我这句话,她不禁黯然的长叹了一声,无精打采的躺到床上去。

这时微弱的太阳光,正躲在水绿色的窗纱上,反光映在那一叠美丽的信封上,我不由得便伸手把那些信抽出来读了。

第一封信上写着"一月十五日,长空从广州寄"。信笺是淡绿色,光滑的墨笔字迹,非常耀眼:

·象牙戒指·

　　亲爱的微波！

　　当然你能记得那次的分别——我的乔装的奇异，和那风寒雪冷的夜色，这些在平凡的生命史上，都有了不同的光彩，是含有又凄艳又悲壮的情调，这种的记忆自我们分手以来，不时的浮现在我的心上，并且使我觉得儿女柔情，英雄侠骨是一而二二而一的。所以纵然蒙你规劝叫我努力于英雄事业，但我同时不能忘却儿女情怀呢！

　　初到此地，什么事情都有些紊乱找不着头绪。每天从早晨跑到夜深，有时虽似乎可以偷暇休息，但想到远别的你，恨不得将夜也变成昼赶快把事情办妥，便可以回到你的身旁了。

　　你近来的生活怎样？叶钟凡和袁先志还在北京吗？倘使你感到寂寞可以去找他们谈谈。

　　这封信是在我百忙中抽暇写的，没有次序，请你原谅！并盼你的回音！祝你精神爽健！

长空
1月15日

第二封信，是曹由香港寄来的：

　　唉！我盼望多天的来信，竟在我移到香港时才由朋友转来，我希望得到它，如同旱苗的望霖雨。但当我使这封信的每一字一句映进我的眼帘时，我不明白我处的是人间还是地狱？唉！眼前只见一片黄沙，和万顷的怒海,寂寞和恐惧同时绞着我可怜的心。微波啊!我知道你是仁慈的,你断不忍看着一匹柔驯的小羊,在你面前婉转哀嘶,而你终不理它;让它流出鲜红的泪滴,而不肯用你仁慈的眼光向它临视吧?然而你的来信何以那样冷硬,你说"从前的一切现在想来都是无聊"!唉,这是真话吗?当然我也知道像我这样不值什么的人,在你的眼里,比一个小蚊虫还不如,那么我的心我的泪所表现的更是什么都不如了!不过微波,你当然不致否认,在我将走入死的门限时,你曾把我拉出来过吧?那时候你不是绝不顾我的,而我也因此感到有生存在世界上的意义——难道这一切都只是虚幻的梦吗!唉,纵使是梦,我也希望是比较深酣的梦,你怎么忍心叫我此刻就醒!微波呵……只有这一滴血是我最后在你面前所能贡献的哟!

长空

这封信写到这里,忽然字迹变了血红色,最后的署名"长空"更是血迹斑斓,我看着也不由得心理上起一种陡然的变化,不想再看下去了。这时沁珠恰好转过脸来,见我那不平常的面色便问道:

"你看的是那封有血迹的信吗?"

"是的!"我只简单的回答她。

"不用再看了吧,那些信只是使人不高兴罢了!"沁珠懒懒的说。"并且那已经成了过去的事实,你把那封用妃红色纸写的一封看看好了——那是最近的。"我听了她的话便把那信抽出来看:

·象牙戒指·

　　四月八日由香港寄

　　亲爱的波妹：

　　几颗红豆原算不了什么珍贵的东西，但蒙你一品题便立刻有了意义和价值。我将怎样的感谢你呢。不过辞旨之间似乎弥漫了辛酸的哀音，使我欣慰中不免又感到震恐，莫非这便是我们的宿命吗？不过波，请你相信，我将用我绝大的勇气和宿命奋斗，必使黯淡变为光明，愁惨化成欢乐，否则我便把这可憎厌的生命交还上帝了。

　　昨夜在一家洋货店里买东西，看到一对雕刻精巧的象牙戒指，当然那东西在俗人看来，是绝比不上黄金绿玉的珍贵，不过我很爱它的纯白，爱它的坚固，正仿佛一个质朴的隐士，想来你一定也很喜欢它，所以现在敬送给你，愿它能日夜和你的手指相亲呢！

　　我大约还有十天便可以回到北京，那时节呵，——我们可以见面，可以畅谈别后的一切，唉，这是多么值得渴想的一天哟！

　　　　　　　　　　　　　　　　　　　　长空

　　我看完这封信，不由得又看看我手指上的象牙戒指，——我觉得我没有理由可以戴这东西，因取下来说道：

　　"喂！这戒指绝不是一个玩意儿的东西，我还是不戴吧！"

　　"为什么戴不得？你这个人真怪！难道说这便算得是我们订婚的戒指吗？真笑话了！你如果再这样说，连我也不带了。"她说着便真要从手上取下那只戒指来，我连忙陪笑道：

"算了,算了,这又值得生什么气,我不过和你开开玩笑罢了。"

"好吧,你既知罪,我便饶你初犯,我们出去玩玩;——这几天的天气一直阴沉沉的,真够人气闷,今天好容易有了太阳!"

"好,但是到什么地方去呢?"我问她。

"天气已经不早,我们到公园兜个圈子,回头到东安市场吃烧羊肉,夜里到'真光'看《二孤女》……"她说着显出活泼的微笑。

"咱们倒真会想法子寻快乐!"我不禁叹息着说。

"不乐,怎么样?……眼泪又值得什么!?"沁珠说到这种话时,总露着那种刺激人的苦笑。

当她把那些信和红叶等收拾好后,我们便锁上房门,在黯弱的黄昏光影中去追求那刹时的狂欢。

十三

北方的秋天是特别的天高气爽,当我早晨站在回廊前面,看园子里那些将要凋黄的树叶时,只见叶缝中透出那纤尘不沾的晴空,我由不得发出惊喜的叹息——这时心灵解除了阴翳,身体也是轻松,深觉得在这样的好天气里,找一个知心的朋友到郊外散散步,真是非常理想的剧景呢。终于在午饭后我乘着车子到沁珠那里。将要走到她的住房时,突然听见有抽搐的幽泣声,这使我吓住了,只悄悄的怔在窗外,隔了有两分钟,才听见沁珠的声音说道:

"你何必那样认真呢!"

"不,并不是我认真,你不晓得我的心……"话到这里便止住了。那是个男子的声音。似乎像是曹,但我总不便在这时候冲进去,因此我决定暂且先到别处去,等曹去后我再来。我满心怅惘的离开了沁珠的房子,无目的的向街上走去。不知不觉已来到琉璃厂,那里是书铺的集中点。我迈进扫叶山房的门时,看见一部《文心雕龙》,印得很整齐,我便买了。拿着书正往前走,迎头看见沁珠用的王妈,提着一个纸包走来。

"素文小姐,您到那里去?……怎么不去看张先生?"她含笑说。

"张先生此刻在家吗?"我问她。

"在家。"

"一个人吗?"

"是的,曹先生才走。"

我同王妈一面走一面谈着到了寄宿舍。这时已是下午三点多钟,寄宿舍院子里那两棵大榆树,罩在金晃晃的阳光底下,几只云雀儿从房顶飞过,微凉的风拂动着绿色的窗纱。我走到里院时,看见沁珠倚着亭柱呆站着,脸色有些惨白,眼圈微微发红。她见了我连忙迎上来说道:

"你来得正好,……不然我就要到学校去找你了。"

"怎么你今天似乎有些不高兴呢?"

"唉,世界上的花样太多了。……你不知道我们昨天又演了一出剧景……我不相信那是真的,不过演时也有点凄酸的味儿呢!"

"那么也尽够玩味的了,人生的一切都有些仿佛剧景呢!"

"当然,我也明白这个道理,不过在演着时,就非常清楚的意识那只是戏,而又演得像煞有介事,终不免使人有些滑稽的感想吧!"

我们谈论着这些空泛的哲理,倒把我所想知道的事实忽略了,直到王妈拿进一封信来说是曹派人送来的时,这才提醒我。当沁珠看完来信,我就要求她告诉我那一件她所谓剧景的事实。王妈替我们搬来了两张藤椅,放在榆树荫下。沁珠开始述说:

"昨天下午我同曹到陶然亭去,最初他只说是邀我去看芦花,我们到了陶然亭的时候已将近黄昏。看秋天的阳光,仿佛是看一个精神爽快,而态度洒落的少女面靥,使人感到一种超越的美。起初我们只在高高低低的土坡上徘徊着,土坡的下面便是一望无边际的芦田,芦花开得正茂盛,远处望去,那一片纯白的花穗,正仿佛青松上积了一层白雪,这种景色,在灰尘弥漫了的古城,真是不容易看到的。我们陡然遇到,当然要鼓起一种稀有的闲情逸致了。那时我正替曹织一件御寒的绒线小衫,我低头织着,伴着曹慢慢的前进,不知不觉来到一座建筑美丽的石坟前。那地方放着几张圆形的石凳,我同曹对面坐下,他替我拿着绒线,我依然不住手的织着,一阵寒风,吹乱我额前的短发,发丝遮住我的眼,我便用手拢上去,抬眼只见曹正出神的望着我。

"'你又在想什么?……这里的风景太像画了,你看西山正笼着紫色的烟霞,天蔚蓝得那样干净——你不是说李连吉舒的一对眼像无云的蓝天吗?我却以为这天像她的眼……'

"他听了这话,似乎不大感兴趣,只淡然一笑,依然出神的沉默着,我知道不久又有难题发生,想到这里,不免有些心惊。

"'唉,珠!的确,这里是一个好地方,是一幅凄艳的画景,不但到处有充塞着文人词客的气息,而且还埋葬了多少英魂和多少艳魄。我想,倘有那么一天!……'曹黯然的描述着。

"'你又在构造你的作品吗?不然怎么又想入非非呢!'我说。

"'不呵,珠妹!你是冰雪聪明,难道说连我这一点心事都看不透吗?老实告诉你,这世界我早看穿了,你瞧着吧,总有一天你要眼看我独葬荒丘……'

"'死时候呵死时候,我只求独葬荒丘。'这是《茵梦湖》上的名句,我常常喜欢念的。但这时听见曹引用到这句话,也不由得生出一种莫名的悲感,我望着他叹了一口气。

"'唉,珠妹,我请求你记住我的话,等到那不幸的一天到来时,我愿意就埋在这里……那边不是还有一块空地么,大约离这里只有两丈远。'他一面说一面用手指着前面那块地方。我这时看见他两眼充满了泪液。

"'怎么,我们都还太年轻呢,哪里就谈得到身后的事!'我说。

"'哪里说得定,……天有不测风云,人有旦夕祸福,并且死与年轻不年轻又有多大关系,有时候收拾生命的正是年轻的自己呢!'曹依然满面凄容的说。

"'何苦来!'我只说得这句话,喉管不禁有些发哽了。曹更悲伤的将头埋藏在两手中,他在哭呢。这使我想到纵使我们演的仅仅是一幕剧景也够人难过的了,并且我知道使他要演这幕悲凉的剧景的实在是由于不幸的我,无论如何,就是为了责任心这一点我也该想法子,改变这剧景才是,然而安慰了他又苦了我自己,这时我真不知要怎么办了。我只有陪着他落泪。

"我们无言对泣着,好久好久,我才勉强的安慰他道:

"'生趣是在你自己的努力,世界上多少事情是出乎人们所预料的,……你只要往好里想就行了,何苦自己给自己苦酒喝。'

"'唉,自己给自己苦酒喝,本来是太无聊,但是命运是非喝苦酒不可,也就没办法了!'曹说着抬起头来,眼仍不住向那块空地上看。

"这时天色已有些阴黯了,一只孤雁,哀唳着从我们头顶撩过,更使这凄冷的郊野,增加了萧瑟的哀调。

"'回去吧!'我一面说一面收拾我的绒线,曹也就站起来。我们沿着芦塘又走了一大段路,才坐车回来,曹送我到寄宿舍,没有多坐他就走了。

"这时屋子里已经很黑了,我没有开灯,也不曾招呼王妈,独自个悄悄的倒在床上,这一幕悲凉的剧景真像生了根,盘据在我的脑子里。真怪,这些事简直好像抄写一本小说,想不到我便成这小说中的主人翁,谁相信这是真事。……窗棂上沙沙的响起来,我知道天上又起了风。院子里的老榆树早晨已经脱了不少的叶子,这么一来明天更要'落叶满阶无人扫'了。这么愁人的天气,你想我的心情怎么好得了。真的,我深觉得解决曹的问题不是容易的。从前我原只打算用消极的方法对付他,简直就不去兜搅他,以为这样一来他必恨我,从此慢慢的淡下去,然后各人走各人的路不就了事吗,谁知道事情竟如此多周折?我越想越觉得痛苦。想找你来谈谈,时候又已经不早,这一腔愁绪竟至无法发泄,最后只好在日记簿,发上一大篇牢骚,唉,世路多艰险,素文,你看我怎么好?!"

沁珠说到这里，又指着那张长方形的桌子中间的屉子道：

"不信，你就看看我那篇日记，唉，那里是人所能忍受的煎熬！"

我听了这话，便从屉子里捡出她的日记簿来。一页一页掀过去，很久才掀到了。嗄，上面是一片殷红，像血也像红颜色，使我不能不怀疑，我竟冲口叫出来："沁珠！这是什么东西！……"

"素文！你真神经过敏，那里有什么值得惊奇的事情！那只是一些深红色的墨水罢了，你知道现在的局面，还值不得我流血呢！"

"那就很好，我愿你永久不要到流血的局面吧！"沁珠不曾回答我话，只凄苦的一笑，依然脸朝床里睡了。我开始看她的日记：

九月十七日 这是旧历中秋的前一日，照例是有月亮的，但是今天却厚云如絮，入夜大有雨意，从陶然亭回来后，我一直躺着不动。王妈还以为我不曾回来，所以一直没有进来招呼我，我也懒得去叫她——她是一个好心肠的女人，见了我这样不高兴的嘴脸，不免又要问长问短，我也有些烦——尤其是在我有着悲伤烦恼的心景时。但斥责她吧，我又明知她是好意，也发作不起来。最后倒弄得我自己吃苦，将眼泪强咽下，假笑和她敷衍，……所以今天她不来，正合了我的心。

但是，这院子里除了我就是她，——最近同住的徐先生不知为了什么也搬走了。——她不来招呼我，就再没有第二个人来理会我。四境是这样寂静，这样破烂，真是"三间东倒西歪屋"——有时静得连鬼在暗陬里呼吸的声音似乎都听见了。我——一个满心都是创伤的少女，无日无夜的在这种又静寂又破烂的环境里煎熬着。

最近我学会了吸烟，没有办法时，我就拿这东西来消遣，当然比酒好，绝不会愁上加愁。只是我吸烟的程度太差，仅仅一根烟我已经受不了，头发昏，喉头也有些辣，没办法把烟丢了，心更陷入悲境，尤其想到昨天和曹在陶然亭玩的那套把戏，使人觉得不是什么吉兆。

曹我相信他现在是真心爱我，追求我。——这许是人类占有欲的冲动吧？——我总不相信他就能为了爱而死，真的，我是不相信有这样的可能——但是天知道，我的心是锁在矛盾的圈子里，——有时也觉得怕，不用说一个人因为我而死，就是看了他那样的悲泣也够使我感到战栗了。一个成人——尤其是男人，他应当是比较理智的，而有时竟哭得眼睛红肿了，脸色惨白了，这情形怎能说不严重？我每逢碰到这种情形时，我几乎忘了自我，简直是被他软化了，催眠了！在这种的催眠状态中，我是换了一个人，我对他格外的温柔，无论什么样的请求，我都不忍拒绝他。呵，这又多么惨！催眠术只能维持到暂时的沉迷。等到催眠术解除时，我便毅然否认一切。当然，这比当初就不承认他的请求，所给的刺激还要几倍的使他难堪。但是，我是无法啊！可怜！我这种委曲的心情，不只没有人同情我，给我一些慰安。他们——那些专喜谤责人的君子们，说我是个妖女，专门玩手段，把男子们拖到井边，而她自己却逃走了。唉，这是多么无情的批评,我何尝居心这样狠毒!——并且老实说就是戏弄他们,我又得到些什么?

"平日很喜欢小说中的人物,所以把自己努力弄成那种模型。"这是素文批评我的话。当然不能绝对说她的话无因,不过也是我的运命将我推挤到这一步:一个青春正盛的少女,谁不想过这些旖旎风光的生活,像小萍——她是我小时的同学,不但人长得聪明漂亮,她的运命也实在好,——她嫁了一个理想的丈夫,度着甜蜜的生活。前天她给我信,那种幸福的气味,充满了字里行间。——唉,我岂是天生的不愿享福的人。而我偏偏把自己锁在哀愁烦苦的王国里,这不是命运吗?记到这里,我由不得想到伍念秋,他真是官僚式的恋爱者。可惜这情形我了解的太迟!假使我早些明白,我的心就不至为他所伤损。——像他那样的人才真是拿女子耍耍玩的。可恨天独给他那种容易得女子欢心的容貌和言辞。我——幼小的我,就被他囚禁永生了。所以我的变成小说中模型的人物,实在是他的……唉,我不知道说什么好,也许不是太过分,我可以说这是他的罪孽吧!但同时我也得感谢他。因为不受这一次的教训,我依然是个不懂世故的少女。看了曹那样热烈追求,很难说我终能把持得住。由伍那里我学得人类的自私,因此我不轻易把心,这颗已经受过巨创的心,给了任何一人。尤其是有了妻子的男子。这种男子对于爱更难靠得住。他们是骑着马找马的。如果找到比原来的那一人好,他就不妨拼命的追逐。如果实在追逐不到时,他们竟可以厚着脸皮仍旧回到他妻子的面前去。最可恨,他们是拿女子当一件货物,将女子比作一盏灯,竟公然宣言说有了电灯就不要洋油灯了。——究竟女子也应当有她的人格。她们究竟不是一盏灯一匹马之类呵!

现在曹对我这样忠诚,安知不也是骑着马找马的勾当?我不理睬他,最后他还是可以回到他妻子那里去的。所以在昨夜给曹的信里,我也曾提到这一层,希望就这样放手吧!

今夜心情异常兴奋,不知不觉竟写了这么一大篇。我自己把它看了一遍,真像煞一篇小说。唉,人事变化,预想将来白发满了双鬓时,再拿起这些东西来看,不知又将作何感想?——总而言之,沁珠是太不幸了!

这篇日记真不短,写得也很深切,我看过之后,心里发生出一种莫明其妙的怅惘。

王妈进来喊我们吃饭,沁珠还睡着不曾起来。我走到床前,撼动了半天她才回过头来,但是两只眼已经哭红了。

"吃饭吧,你既然对于他们那些人想得很透彻,为什么自己又伤心?……其实这种事情譬如是看一出戏,用不着太认真!"

"我并不是认真,不过为了这些不相干的纠缠,不免心烦罢了!"

"烦他作什么?给他个不理好了!"

沁珠没有再说什么,懒懒的下了床,同我到外面屋子里吃饭。吃饭时我故意说些笑话,逗她开心。但她也只用茶泡了半碗饭草草吃了完事。——那夜我十点钟才回学校去。

十四

下午我在学校的回廊上,看新买来的绿头鹦鹉——这是一只很怪的鸟,它居然能模仿人言,当我同几个同学敲着它的笼子边缘时,它忽然宛转的说道:"你是谁?"歇了歇它又说道:"客来了,倒茶呀!"惹得许多同学都围拢来看它,大家惊奇的笑着。正在这时候,我忽听见身背后有人呼唤的声音,忙转身过去,只见沁珠含笑站在绿屏门旁。我从人群中挤出去,走到沁珠面前,看她手里拿着一个报纸包,上身着一件白色翻领新式的操衣,下面系一条藏青色的短裙。

"从哪里来?"

"从学校里来……我今天下课后就想来看你,当我正走到门口的时候,看门的老胡递给我一封快信,我又折回教员预备室去,看完信才来,所以晚了……你猜猜是谁的信?"

"谁的信?……曹还在北平不是吗?"

"你的消息太不灵了,曹走了快一个星期,你怎么还不知道?"

"哦,这几天我正忙着作论文,没有出学校一步,同时也不曾见到你,我自然不知道了。……但是曹到什么地方去了?"

"他回山城去了。"

"回山城吗?他七八年不曾回去,现在怎么忽然想着回去呢?"

"他吗,他回去同他太太离婚去了。"

"嗄,到底是要走这一条路吗?!"

"可不是吗?但是,离婚又怎么样?……我……"

"你打算怎么办呢?"

沁珠这时脸上露着冷淡的微笑，眼光是那样锐利得如同一把利刃。我看了这种表情，由不得心怦怦的跳起来，至于为什么使我这样恐慌，那真是见鬼，连我自己也说不出所以然来。

过了些时，沁珠才说道："我觉得他的离婚，只是使我更决心去保持我们那种冰雪友谊了。"

"冰雪友谊，多漂亮的字句呵，你莫非因为这几个字眼的冷艳，宁愿牺牲了幸福吗？"

"不，我觉得为了我而破坏人家的姻缘，我太是罪人了。所以我还是抱定为了爱而独身的主义。"

"当然你也有你的见解……曹回来了吗？他们离婚的经过怎么样？"

"他还不曾回来，不过他有一封长信寄给我，那里面描述他和妻离婚的经过，很像一篇小说，或是一出悲剧，你可以拿去看看。"她说着，便从纸包中取出一封分量不轻的信件给我。

那封信上写的是：

沁珠我敬爱的朋友：

"神龛不曾打扫干净，如何能希冀神的降临？"不错，这全是我的糊涂，先时怎么就没有想到呢？多谢你给了我这个启示。现在神龛已经打扫干净了，我用我一颗赤诚的心，来迎接我所最崇敬的神明。来，请快些降临，我已经为追求这位神明，跋涉过人间最艰苦的程途。现在胜利已得到了，爱神正歌舞着庆祝，赞叹这人间最大的努力所得来最大的光荣。……唉，这一顶金玉灿烂的王冕，我想不到终会戴到我的头上。但是回想到

这一段努力的经过,也有些凄酸,现在让我如实的描述给你听:

你知道我是七八年不曾回家了。当我下了车子走近我家那两扇黑漆的大门前时,门上一对金晃晃的铜环映着太阳发出万道金光,我不敢就用手去叩那个门环,我在门外来往的徘徊着。两棵大槐树较我离家的时候长大了一倍,密密层层的枝叶遮住初夏的骄阳,荫影下正飘过阵阵的微风,槐花香是那样的醉人。然而我的心呢,却充满着深深的悲感,想不到飘泊天涯的游子,今天居然能回到这山环水绕的家乡,看见这儿时的游憩之所,这是怎样的奇迹呵!……但是久别的双亲,现在不知鬓边又添了几许白发?脸上又刻画了几道劳苦的深痕?……至于妻呢,我离她去时,正是所谓"绿鬓堆鸦,红颜如花"。现在不知道流年给她些什么礼物?并且我还知道我走后的八个月,她生了一个女儿,算来也有七八岁了;而她还不曾见过她的父亲。唉!这一切的事情扰乱了我的心曲,使我倚着槐树怔怔的沉思,我总是怯生生不敢把门上的环儿敲响。不知经过几次的努力,我才挪动我的脚步,走到大门前用力的把门环敲了几下。在哈哈的响声中,夹着黄犬狂吠的声音,和人们的脚步声,不久大门就打开了。在那里站着一个六十多岁的老头儿,他见我把我仔细的看了又看,我也一样的出神的望着他。似乎有些面熟,但终想不起是那一个。后来还是那老头儿说道:

"你是大少爷吧!"

"是的,"我说,"但你是哪一个呢?"

"我是曹升啊,大少爷出去这几年竟不认得了吗?

"哦,曹升呀,你老得多了!……老爷太太都健旺吗?"

"都很好,少爷快进去吧,可怜两位老人家常常念着少爷呢!"

我听了这话心里禁不住一酸,默然跟着曹升到上房见过久别的父亲和母亲。唉,这两位老人都已是两鬓如霜了,只是精神还好,不然使我这不孝的游子,更不知置身何地了。父母对这远道归来的儿子,露着非常惊喜的面容,但同时也有些怅惘!

同父母谈了些家常,母亲便说:"你乏了,回屋去歇歇。再说,你的妻子,她也够可怜,你们结婚七八年,恐怕她还没记清你的相貌吧,你多少也安慰安慰她!"我听了这话,心里陡然觉得有些难过,我们虽是七八年的夫妻,实际上相聚的时候最多不过四个月,而且这四个月中,我整整病了三个多月呢!总而言之,这是旧式婚姻造下的罪孽呀!

从母亲房里出来,看见院子里站着一个七八岁的小女孩,圆圆的面孔,一双黑漆的眼睛,含着惊奇的神气向我望着。只听母亲喊道:"娟儿,爸爸回来了,还不过来看看!"

"爸……爸……"女孩儿含羞的喊了一声,我被她这无瑕的声音打动了心弦,仿佛才从梦里醒来,不禁又喜又悲,走近去握住她的小手,我的眼泪几乎滴了下来。

我拉着娟儿的手一同走到我自己住的院子里。只见

·象牙戒指·

自上房走出一个容颜憔悴的少妇,她手里正抱着一包裁剪的衣服;她抬头看见我,最初像受了一惊,但立刻她似乎已认出是我。同时娟儿又叫:"妈妈,爸爸回来了!"她听了这话反低了头,一种幽怨的情怀,都在默默不语中表示出来。我竟不知对她说什么好!

晚上家里备了团圆宴。在席间,父母和我谈到我出外七八年家里种种的变故。这期间最使我伤心的是小弟弟的死,母亲几乎放声哭了出来。大家都是酸楚着把饭吃完。妻呢,她始终都只是静默着。当然我有些对她不起,不过我也是这些无情压迫下的牺牲者呢!

深夜我回到自己房里,见一切陈设仍是她嫁时的东西,只不过颜色陈旧了些。她见我进来,从椅子上站了起来,淡然的说道:"要洗脸吗?"

"不,我已经在外面洗过了。"

她不再说什么,仍旧默然坐在椅子上。

"怎么样?……你这几年过得好吗?"我这样问她,她还是不说什么,只含着一包眼泪,懒懒的向我望了一下。

"我们的婚姻原不是幸福的,因为我的生活,不安定,飘泊,而你又不是能同我相共的人,最后,只是耽误了你的青春。所以我想为彼此幸福计,还是离婚的好,……你以为怎么样?"我这个问题提出后,我本想着有一场重大变化,但事实呢,真出我之所料。最初她默默的听着,不愤怒不惊奇,停了些时,她才叹了一口气道:"唉,离婚,我早已料到有这么一天!"她说到这一句上,眼泪还是禁不住滴了下来。

"你既是早已料到,那就更好了。那么你同意不呢?"

"我自己命苦,碰到这样的事情,叫我有什么话说,你要怎么办便怎么办好了,何必问我呢?"

"唉,你又何必这样说。现在的世界,婚姻重自由,倘使两方都认为不幸福,尽可以提出离婚,各人再去找各人的路,这是很正当的事情,又有什么命苦不命苦?"

"自然,我是不懂得那些大道理的,只是一个女人既已嫁了丈夫,就打算跟他一生,现在我们离婚,被乡里亲戚知道了,不知他们要怎样议论讥笑了!"

"唉,他们都是旧礼教的俘虏,头脑太旧了,这种人的意见也值得尊重吗?……他们也配议论和讥笑我们吗?……"

"唉!"她不再说什么,只黯然长叹着。

后来我提出离婚具体的办法,我自动的把我项下应得的田产给她五十亩,作为她养赡之资,她似乎还满意。后来提到娟儿,她想带走,但父母都不肯,我也不愿意,因为她是一个头脑简单的女人,对于孩子的教育是不够资格的。——这一件事使她很伤心,她整整哭了一天一夜,最后她虽勉强同意了,但她回娘家时,很痛切的怨恨着我,连最后的一眼都不肯看我。这一霎那间,我没有理由的滴下泪来,不知是怅惘还是自愧!

我怔怔的看她上车,娟儿早被母亲带出去看亲戚去了。当她的车子的影子被垂杨遮住时,我才惘惘的走了回来,但是我陡然想到从此后你我间阻碍隔膜完全肃清,我被愧恨笼罩的心,立刻恢复到光明活泼的境地……是的,我在人间是为"自我"而努力的,我所企求的只是我敬爱的人的一颗心,现在我得到了,还有什么不满,还有什么遗憾呵!珠妹,我不是屡次对你宣誓过吗?我不是说"你的所愿,我将赴汤蹈火以求之;你的所不愿,我将赴汤蹈火以阻之"吗?现在我再郑重向你这样宣誓……

这件事情既已有了解决,我还在家作什么,我恨不得飞到你的面前,投向你温暖的怀抱中求最后的归宿。亲爱的人,愿上帝时时加福于你!……"

我把这封信看后仍交还沁珠,同时我对她说:"沁珠,难得曹这样诚心诚意的爱你,你就不要固执了吧!"

"我并不是固执,根本我就没有想到嫁给他。"

"那你为什么叫他把神龛打扫干净?现在他照你的意思作了,你却给他这样一个打击。小心点,不要玩掉他的性命!"

"放心吧,世界上哪有这样的愚人,……而且他还有伟大的事业牵系着呢!"

"唉,老实说,我就不能放心,我劝你不要看得太乐观……"

"但是你太替别人想得周到,就忘了自己。你想一个女孩子,她所以值得人们追求崇拜的,正因是一个女孩子。假使嫁了人!就不啻一颗陨了的星,无光无热,谁还要理她呢?所以我真不想嫁呢!"

"那么你就不该拈花惹柳的去害人。"

"那是你太想不透，其实对于他们这些男人，高兴时，不妨和他们玩玩笑笑，不高兴时就吹，谁情愿把自己打入爱的囚牢……"

"唉，你真有点尤三姐的态度！……"

"你总算聪明。《红楼梦》上那些女孩，我最爱尤三姐！"

"就是尤三姐，她也还想嫁个柳湘莲，但你呢？……"

"我呀，倘使有柳湘莲那么个人，我也许就嫁了。现在呢，柳湘莲已经不知去向了，而且也已经有了主，所以我今生再不想嫁了。"

"你也太自找苦吃，我知道你所说的柳湘莲就是伍念秋。哼，不怕你生气，那小子简直是个现世活宝贝，你也值得去为他那样牺牲。"

她听了，神色有些改变，我知道她久已沉眠于心底的旧情，又被吹醒了，她黯然的叹道："'曾经沧海难为水，除却巫山不是云'。"

我看了这种情形，莫明其妙的痛恨伍念秋的残酷，好好一个少女的心，被他损坏了。同时又为曹抱不平，我问道：

"那么你决心让曹碰一个大钉子了？"

"大约免不了吧！"

"唉，你有时真是铁石心肠呢！"

我们谈到这里，沁珠脸上露着惨笑。我真猜不透她竟能这样忍心！我为曹设身处地的想，真感到满心的怨愤，我预料这幕剧开演之后，一定免不了如暴风雨般的变化。我这里正愁思着不得解决，而沁珠却如无其事般，跑到回廊下逗着鹦鹉说笑。后来我真忍不住了，把她拖到后花园去，我含怒的问她道："沁珠，我们算得是好朋友吧?"

"当然,我们简直是唯一的好朋友!"

"那么你相信我待你的心是极诚挚的吗?"

"为什么不信!"

"既然是相信得过的好朋友,你就应当接受我的忠告,你对于曹真不该玩这种辣手段!他平日待你也就至诚得很,现在为了你特地跑回去离婚,而最后他所得于你的,只是失望,甚至是绝望!这怎么对得住人!"

"这个我也明白,……好吧,等我们见了面再从长计议好了。他大约明天可以到,我们明天一同去看他。……"

"也好,我总希望你不要太矫情。"

"是了,小姐放心吧!"

不久她就回寄宿舍去,我望着她玲珑的背影,曾默默的为她祝福,愿上帝给他俩一个圆满的结果。

十五

"曹今天回来了,他方才打电话邀我们到他住的公寓去,你现在就陪我走一趟吧!"当我从课堂出来,遇见沁珠正在外面回廊等我,她对我这样说了。

"我可以陪你去,只是还有一点钟'十三经'我想听讲……"

"算了,曹急得很呢,你就牺牲这一课怎么样?"

我看见她那样心急,不好不答应她,到注册课请了假,便同她雇车去看曹。

曹住在东城，车子走了半点多钟才到。方走到门口，正遇见曹送一个三十多岁的武装同志出来，他见了我们，非常高兴的笑着请我们里面坐。我故意走到前面去，让沁珠同他跟在后面，但是沁珠似乎已看出我的用心来，她连忙追了上来。推开门，我们一同到了屋里。

"密斯特曹，今天什么时候到的？"我问。

"上午十点钟。"他说。

"怎么样，路上还安静吗？"

"是的，很安静！"

我们寒暄后，我就从他书上抽出一本最近出版的《东方杂志》来看，好让他俩畅快的谈话，但是沁珠依然是沉默着。

"你似乎瘦了些，……这一向都好吗？"曹问沁珠。

"很好，你呢？"

"你看我怎么样？"

"我觉得你的精神比从前好些。"

"这是实在的，我自己也觉得是好些。……我给你的一封长信收到了吗？"

"前天就收到了。……不过我心里很抱愧，我竟成了你们家庭的罪人了！"

"唉，你为什么说出这样的话来？"

"你自己逼我如此呵！……我觉得我们应当永久保持冰雪友谊，我不愿意因为一个不幸的沁珠而破坏了你们的家庭……唉！我是万不能承受你这颗不应给我而偏给我的心！"

沁珠这时的态度真是出人意外的冷淡，曹本来一腔的高兴，陡然被她浇了这一瓢冷水，面色立时罩上一层失望痛苦的阴影，他无言的怔在窗旁,两眼默注着地上的砖块。这使我不能不放下手里的杂志,但是我又有什么办法?沁珠的脾气我是知道,在她认为解脱的时候,无论谁都挽回不来,并且你若劝她,她便更固执到底,这使得我不敢多话,只有看着失望的曹低声叹气。

这时屋子里真像死般的沉寂,后来曹在极度静默以后忽然像是觉悟到什么,他若无其事般的振作起来。他同我们谈天气,谈广州的水果,这一来屋子的空气全变了。沁珠似惊似悔的看着他这种出人意外的变态,而他呢,只装作不理会。七点钟的时候,他邀我们到东安市场去吃饭。

在"雨花台"的一间小屋子里,我们三个人痛快的喝着花雕,但曹还像不过瘾,他喊铺伙拿了一壶白干来,沁珠把壶抢了过来:

"唉,你忘了你的病吗?医生不是说酒喝不得吗?"

"医生他不懂得,我喝了这酒心里就快活了。"曹惨笑着说。

沁珠面色变成灰白,两眼含泪的看着曹,后来狂呼道:

"唉!要喝大家痛快的喝吧,……生命又算得什么!"她把白干满满的斟了一杯,一仰头全灌下去了。曹起初只怔怔向她望着,直到她把一杯白干吞下去,他才站了起来,走到沁珠面前说道:

"珠!原谅我,我知道我又使你伤心了,……请你不要难过,我一定听你的话不喝酒好了。"

沁珠两泪涟涟的流着,双手冰冷。我看了这种情形,知道她的感触太深,如果再延长下去,不知还要发生什么可怕的变化,因此我一面安慰曹,一面哄沁珠回寄宿舍去。曹极力压下他的悲痛,他假作高兴把沁珠送回去。夜深时我们才一同离开寄宿舍,当我们在门口将要分手的一刹那,我看见曹两眼洋溢着泪光。

第二天的下午我去看沁珠。她似乎有些病,没到学校去上课,我知道她病的原因,不忍再去刺激她。所以把昨天的事一字不提,只哄她到外面散散心。总算我的设计成功,我们在北海里玩得很起劲。她努力的划船,在身体不停的受着刺激时,她居然忘了精神上的苦痛。

三天了,我不去看沁珠。因为我正忙着开同乡会的事务。下午我正在栉沐室洗脸,预备出门时,接到沁珠的电话。她说:"我到底又惹下了灾殃,曹病了。——吐血,据说很厉害。今天他已搬到德国医院去了。上午我去看过他,神色太憔悴了,唉,怎么办……?"我听了这话,只怔在电话机旁,真的,我不知道怎么办好!……后来我想还是到她那里再想办法吧!

挂上电话机,我就急急忙忙雇了车到寄宿舍去。才进门,沁珠已迎在门口,她的神色很张皇。我明白她的心正绞着复杂的情绪。

我到她那里已经五点钟了。她说:"我简直一刻都安定不了。你陪我再到德国医院看看曹去吧!"我当然不能拒绝她,虽明知去了只增加彼此的苦恼,但不去也依然是苦恼,也许在他们见面后转变了局面也说不定。

我们走过医院的回廊,推开那扇白漆的房门,曹憔悴无神的面靥已射进我的眼里来。他见了我们微微的点了点头,用着颤抖而微细的声音向沁珠说:"多谢你们来看我!"

"你现在觉得怎样?"我问他。

"很好!"他忽然喘起来,一阵紧咳之后又喷出几口血来,我同沁珠都吓得向后退。沁珠紧紧的握着我的臂膊,她在发抖,她在抽搐的幽泣。后来她竟制不住自己的感情,伏在曹的胸前流泪。而曹深陷的眼中也涌出泪来,他紧啮着下唇,握住沁珠的手抖颤,久久他才说:"珠!什么时候你的泪才流完呢?"沁珠听了这话更加哭得抬不起头来。曹掉过头去似乎不忍看她,只把头部藏在白色的软枕下。后来我怕曹病体受不住这样的刺激,便向沁珠说:"时候已经很晚了,我们回去,明天再来吧!"

"对了,你们请回去吧!我很好。"曹也这样催我们走。

沁珠拭着眼泪同我出了德国医院的铁栏门,她惘惘的站在夜影中只是啜泣,我拉着她在交民巷的马路上来回的散步。

"唉,我将怎么办?"沁珠哽咽着说。

"我早警告过你,这情形是要趋于严重的,而你却那样看得若无其事般……现在是不是应了我的话,……据我想,你还是牺牲了成见吧!"

"唉!……"沁珠低叹着道:"那么我明天就应当去讲和了!……"

"你的意思是不是已肯允许他的请求。"

"是的……只有这个办法呀!"

"你今晚回去好好的休息一夜,明早你就去把这个消息报给曹,……他的病大约可以好了一半,至少他的心病是完全好了!"

"唉,世界上竟有这样神秘的事情?"

"不错,爱情只是个神秘的把戏!"

我们在平坦的马路上徘徊了很久,娟媚的月光,临照在树上身上,使我们觉得夜凉难耐,只好回去。

第三天下午我到医院去看曹,走进门时,我看见他靠在床上

看书,精神比前两天大不同,我知道他一定已经从沁珠那里得到了最后的胜利,我说:

"密司特曹,我向你贺喜!"

"是的,你真应贺我将要恢复的健康……还有……"

"我知道还有……我虔诚为你们祝福,愿你们伟大的爱完成在你们未来的新生活里!"

曹听了这一篇颂辞,他欠起身,两手当胸的向我鞠躬道谢。正在这时候,房门开了,只见沁珠手里拿着一束白玫瑰,笑容满面的走了进来。

"怎么样……医生看过说什么没有?"同时她又回过头来向我说道:"你从学校里来吗?"

"医生说我很有进步,再养息一两个星期就可以复原了。"曹含笑说。

"那么好,我为你们预备一份贺礼,等你出院那一天我再请你们一同去看电影。……"

"多谢你!"曹十分高兴,当说这话时,他的眼光不住向沁珠投射,沁珠低了头,含羞的弄着手表上的拨针。这一天我们三人都十分兴高采烈的玩了一下午,……我为他们悬挂的一颗心现在才重新放在腔子里了。

从那一次医院里别了曹和沁珠后,我又去看过曹两次,他确是好了。已有出院的日期,这个更使我放心,我知道他们现在已经很接近了,所以不愿意再去搅乱他们。这些时候我只常同文澜到中央公园去打地球。一天下午,我打完地球回学校,心神很爽快,打算到图书馆找一两本好小说看看。到了图书馆恰巧管理员已经走了,我只得把挂在壁上的日报,拿下一份来看,无意中在文艺栏里,看到一篇叫作《弃书》的作品。那是男女两方唱和的情书,这自然是富有引诱性的,我便从头读下去,呵,奇怪,这笔调很像沁珠和伍念秋的,我再细读里面的事实,更是他们的无疑。真怪,为什么在这个时候沁珠去发表这种东西,我怀疑得很,连忙去打电话给沁珠喊她立刻到学校来。

半点钟后,沁珠来了。她的面色很润泽光彩,我知道她这时心里绝无云翳。我把报上的情书递给她看,我暗地里留意她的面容,只见她淡红的双颊渐渐失去颜色,白色的牙齿紧咬着口唇,眼眶里充满了眼泪,她的目光由报上慢慢移到窗外的天上,久久她只是默着。

"谁把你们的信拿来发表!"我禁不住问沁珠。

"谁?……唉,除了伍念秋,还有谁!"

"这个人真太岂有此理,他自己既不能接受你的爱,现在为什么要这样作,……显而易见他是在吃你们的醋,这小子我非质问他不可。"我说完等不得征求沁珠的同意,我便打电话去,找伍念秋,邀他到中央公园水榭谈话。沁珠似乎还有些踌躇,经我再三催促后,她才同我到公园去。

伍念秋已在水榭等我们,见面时他的态度很镇静,仿佛心里没有一些愧怍。"这家伙真够辣的。"我低声对自己说。他请我们坐下,殷勤的招待我们喝茶吃糖果,并且说道:

"想不到我们今天又在这里聚会!"

"密司特伍近来很努力写文章吧?……"我说。

"哪里的话……我差不多有一年不写稿子了。"

"那又何必客气呢,密司特伍……今天我才在报上读到大作呀!"

"哦,你说的是《弃书》吗?……"

"是呀,……但我不明白伍先生怎么高兴把这种东西来发表?"我说时真有些愤慨。沁珠默默不言的望着我们,我知道她心里正有不同的两念交战着。伍当然比我更看得明白些,所以他被我质问后,不但毫无慌张的样子,而且故意作出多情的,悲凉的面孔,叹息道:

"其实呢,我无时无刻不祝祷沁珠前途的幸福,我听见她和密司特曹将要订婚的消息,真是非常高兴的,不过……唉,只有天知道,我这颗曲折的心,我爱沁珠已经根深蒂固,虽然因为事实的阻碍,到如今我们还只是一个朋友,而沁珠的印象是深深的占据了我整个的心,所以她一天不结婚,她在我心里一天;她若结了婚呢,我的心便立刻空虚了!因此我得到他们的好消息时,我本应当欢喜,而我呵,唉,回念前情,感怀万端,只得把从前的旧信拿来看了又看,最后使我决定在报上发表,作我们友情埋葬的纪念,这真是情不由己,并没有别的含义。……"

"这是怎样一个自私自利的动物,他自己有妻有子,很可以撒开手,却偏偏惺惺作态,想要再攫取一个无瑕少女的心呵,多残忍呀!……"我这样想着,真恨不得怒骂他。然而沁珠伏在桌上呜咽的痛哭,可怜的沁珠,她真捣碎了我的心。伍呢,他在屋子里来往的打磨旋。看情形我们的质问是完全失败了,我恐怕沁珠受了这个打击,对于曹的事又要发生变化,因连忙催她回去了。

唉,这是将要使人怎样慌乱的消息呵,可怜搬出医院不到十天的曹昨夜又得了重病,血管破裂喷吐满满一脸盆的血,唉,这是培养着人们一颗心的血,现在绞出这许多,……我想着真不禁全身打战,当我站在他的病床前时,我真好像被浸在冰水里。

沁珠脸色灰白,瞪注着那一盆鲜红的血,她抖战着,浑身流着冷汗。她似乎已受到良心的讥责,她不顾一切的跪在他病榻前说道:

"朋友!你假如仅仅是承受我这颗心时,现在我当着神明虔诚的贡献给你,我愿你永久用鲜血滋养它灌溉它;朋友!你真的爱我时,我知道你定能完成我的主义,从此后我为了爱独身,你也为了爱独身。"

他抬起疲软的头用力的说:"珠!我原谅你,至死我也能了解你,但是珠,一颗心的颁赐,不是病和死可以换来的,我也不肯用病和死,换你那颗本不愿给的心。我现在并不希望得到你的怜悯和同情,我只让你知道,世界上我是最敬爱你的。我自己呢,也曾爱过一个值得我敬爱的你。这就够了!……"

沁珠听了这话更哭得哽咽难言。我站在旁边,也只有陪这一对被命运宰割的人儿流泪。后来曹伸出那枯白瘦弱的手指着屉子道:"珠!真的,我忘记告诉你了,那些信件,你把它们带回去吧,省得你再来检收。"

沁珠仍然只有哭。唉,这屋子里的空气太悲惨了。我真想离开那里,但又不忍心抛下这一对可怜人。

幸好,沁珠学校来请她去开紧急会议。沁珠走后,我又极力的安慰了曹,但他的神色总有些不对,我没有办法,只有默默为他祷祝。

第二天曹就搬到协和医院去,经过医生的诊察,只说是因他受的刺激太深,只要好好的将息,不至有性命之忧,我们都放了心。

这两天正遇见沁珠学校里有些风潮，沁珠忙着应付，竟有两天不曾去看曹。我也因为感冒没有单独去看他，心想他的病既然没有大危险，休养休养自然会慢慢好起来的，也就不把这件事放在心里。

又过了一天，我正在上课，校役进来向我低声说："有人在找你。"

我莫明其妙的离开了讲堂，他又说道：

"有一位袁先生来找你，我告诉他你在上课，他说有要紧的事情，非立刻见你不可。"

我的心不期然的有些怦怦的跳起来，急忙走到会客室里，只见袁先生站在那里，气色败坏的说道："这真想不到。曹已经完了！"

"什么？"我的耳壳似乎被一声霹雷轰击着，几乎失去了知觉，但在我神志略定时，我意识到袁所带来的消息。"你是说曹……已经死了吗？"

"是的，昨天晚上死的！"

"怎么死的？"我似乎不相信他的病可以使他这样快的死去。果然不出我所料，袁说："连医生也不明白他究竟吃了什么东西死的！唉，太悲惨了！"

"沁珠知道了没有？"我问。

"还不曾去通知她，……唉，这样的消息，怎好使她骤然听到，所以我来，找你想个办法。"

"我也深明白这件事情有点棘手。这样吧，我到学校去找沁珠，让她到你家里，慢慢再告诉她，你姐姐们在跟前，比较有个帮手。"

"好,那我先回去,你立刻就去找她吧!"

我们一同出学校分路进行,我坐着车子跑到沁珠的学校里,这一颗镇不住的心更跳得厉害。当我推开教员预备室的门前,看见沁珠正在替学生改课卷。她抬头看见我进来,很惊奇的望着我说:"你怎么有工夫到这里来?"同时她面上露着惊慌和猜疑的表情。

"你同我到小袁那里去,他姐姐找你。"

"什么事情?"她急切的问我。

"你去好了,去了自然知道。"这时学校已经是吃饭的时候,厨子开进饭来,她还让我吃饭。我恨极了,催促她快走,真奇怪,我不明白她那时怎么反倒那样镇静起来。她被我催得急,似乎有些预料到那将要知道的恶消息——正是一个大痛苦的实现。我们的车子走到西长安街时,她回过头来问我:"你对我说实话,是不是曹死了?"我知道她紧张的心逼她问出这一句最不敢问而不得不问的话来,她是多么希望我给她一个否定的回答,但是我怎忍说"不是",让她再织些无益的希望的网以增重她后来陡然得到的打击呢?但我也不忍就说"是的"。我只好把头埋藏在围巾里,装作不曾听见。这时北风正迎面吹来,夹着一阵阵的黄沙,我看她直挺挺的斜在车子上,我真不知道怎么办好,幸喜再走几步就到小袁的家里了,我急忙下车把她扶下车。正要去敲门时,小袁同她的姐姐已迎了出来,袁姐见了沁珠,连忙把哭红的眼揩了又揩,她牵住我的手叫了一声"珠妹!"沁珠听了这个声音,更料到曹是死了,她悽切的喊了一声"姐姐!"便晕倒了。这一来把我们全吓得慌了手脚,连忙把她放到床上,围着喊叫了半天,她才慢慢醒来,睁开眼向屋里的人怔望了一阵。意识渐渐恢复了,"唉,长空!"她叫了一声便放声痛哭。我们都肠断心碎的陪着她哀泣,后来又来了几个曹的朋友,他们说是下午就要去医院看曹入殓,五六点钟时须要把棺材送到庙里去,现在就应当动身前去。我们听了这话,劝沁珠洗过脸,一同到协和医院去。走进医院的接待室时,沁珠像是失了神。她不哭,只瞪视着预王府的雕梁花栋发呆。后来把曹的衣服全穿好了,我们才来招呼她进去,她只点点头,无声的跟着我们走,忽然她站住对我说:

"你先带我到他住的房子里看一看。"

我知道这是阻挡不来,只好同她去。她走进屋子,向那张空病榻望了望,便到放东西的小桌面前去。她打开抽屉,看见里面放着两束信——是她平日写给曹的,上面用一根大红的领带束着,另外还有一封曹写给她而还不曾付邮的信,她忙抽出来看,只见上面写着:

珠!我已决定再不麻烦你了。你的生命原是灿烂的,我祝福你从此好好努力你的前途,珍重你的玉体。我现在无怨无恨,我的心是永远不再兴波浪的海,别了,珠妹!

长空

在这封信外还有一张四寸照片,照片的后面题着两句道:"我的生命如火花之光明,如彗星之迅速。"沁珠看见这两件遗物,她一言不发的奔到曹死时睡过的床上放声痛哭。她全身抽搞着,我真不忍看下去,极力的劝解她,叫她镇静点,还要去看曹的尸体。她勉强压下悲哀,用力的握住我的手,跟我出去,临出门时,她又回头去望着那房子流泪,当然这块地方是她碎心埋情的所在,她要仔细的看过。

这时曹已经殓好,但还不曾下棺。我们走到停放尸首的冰室里,推开门,一股冷气扑到脸上来,我们都不禁打了一个寒战。一块白色的木板上,放着曹已僵冷的尸体。沁珠一见便要扑上去,我急忙把她拉住,低声求她镇静。她点点头,站住在尸体的面前。曹的面孔如枯蜡一样的惨白,右眼闭了,左眼还微睁,似乎在看他临死而不曾见面的情人。沁珠抚着尸体,默默的祈祷着,她注视他的全身衣着,最后她看见曹手上带着一只白如枯骨般的象牙戒指,正同从前送给她自己的那一对,一色一样,她不禁抚弄着这已僵冷的手和那戒指,其他的朋友们都静悄悄的站在后面。宇宙这时是显露着死的神秘。

将要盖棺时,我们把沁珠劝了出来,但她听见钉那棺盖上的钉子的响声,她像发了狂似的要奔进去,袁姐和我把她抱住,她又晕厥过去,经过医生打针才慢慢醒来。棺材要送到庙里去时,我们本不想叫沁珠去,但她一定坚持要去,我们只好依她。这时已是黄昏时候,我们才到了庙里,我伴着沁珠在一间幽暗的僧房里休息。她不住的啜泣,听见外面杠夫安置棺材的动作和声音时,她全身战栗着,两手如冰般的冷。过了一些时候,小袁和袁姐进来叫我们到灵前致祭。这时夕阳正照着淡黄的神幔,四境都包围在冷凄悲凉的空气中。

走到一间小屋子的门口,曹的棺材停放在里面,灵前放着一张方桌,挂着一幅白布蓝花的桌裙,燃了两枝白烛,一个铜香炉中点了三根香，烟雾缭绕。她走近灵前，抚着棺盖号啕痛哭。唉，这一座古庙里布满了愁惨的云雾。

黑暗的幕渐渐的垂下来，我们唤沁珠道："天晚了，该回去了！"

"是的，我知道，天晚了，该回去了。"沁珠失神落魄的重复了一遍，又放声痛哭起来。我们把她扶上汽车，她又闭了气，面色苍白着，手足僵硬，除了心头还有些暖气外，简直是一个尸体呢。

汽车开到袁姐家里。把她抬到床上，已经夜里了，我们忙着去请医生，但第一个医生看过，用急救法救治，不见效；又另请医生，前后换了六个医生都是束手无策。后来还是同住的杨老太婆用了一种土方法——用粗纸燃着，浇上浓醋，放在鼻端熏了许久，她才渐渐醒来，那时已深夜三点多钟了。

十六

沁珠病在袁志先家里，她软弱，憔悴，悲伤，当她微觉清醒时，口里便不住喃喃的低呼道："唉，长空！长空！"眼泪便沿着双颊流了下来。她拒绝饮食，两天以来只勉强喝了一些开水。我同袁姐百般的哄骗她，劝解她，但是毫无结果。这种太糟的局面，怎能使它延长下去？我们真急得发昏。晚上我捧了一碗燕窝请求她吃些，她依然是拒绝。我逼得无法，便很严重问她说："沁珠，你忘了家乡的慈母同高年的老父吗？……倘若他们知道你这样……"我的话还不曾说完，沁珠哀叫一声"妈！"她便昏厥过去了。袁姐向我看着，似乎怪我太鲁莽了，然而我深知沁珠现在神智昏迷,不拿大义来激动她是无挽救的。不过现在昏厥了又怎么办?袁姐不住的撼动她呼唤她,过了半点钟,才渐渐醒来。我又把温暖的燕窝端去劝她吃,她悲楚的看着我,——那焦急而含悲的面容,我真不忍,幸喜她到底把燕窝吃下去了。袁姐同我一颗悬着的心总算放下。

几天后,她的悲哀似乎稍微好些,身体也渐渐的强健起来。——这几天来我同袁姐真是够疲倦了,现在才得休息。一个星期过去,沁珠已能起床,她揽着镜,照了自己惨淡消瘦的容颜,"唉,死究竟不容易!"她含泪的说。我们都没有回答她,只默默的看着她。下午她说要回寄宿舍去,我同袁姐雇了一部车子送她去。到了寄宿舍,我真怕她睹物伤情,又有一番周折。我们真是捏着一把汗。走进寄宿舍的大门时,她怔怔的停了一歇,叹息了一声,"唉,为了母亲我还得振起精神来作人。"她说。

"是了。"我同袁姐异口同声的说。

这一个难关,总算过去了。两天以后,沁珠开始回到中学授课去。我同袁姐也都忙着个人的事情。

一个月以后,曹的石坟已筑好,我们定规在星期天的上午到庙里起灵,十二点下葬。星期六晚上,我便到沁珠那里住,预备第二天伴她同去。夜里我们戚然的环坐在寂静的房里,沁珠握住我的手道:

"唉,我的恐怖,悲哀,现在到底实现了!他由活体变成僵尸,……但他的心愿也到底实现了!我真的把他送到陶然亭畔埋葬在他自己指给我的那块地方。我们一切都像是预言,自己布下凄凉的景,自己投入扮演,如今长空算收束了他这一生,只剩下我这飘泊悲哀的生命尚在扎挣。自然,我将来的结果是连他都不如的！"

沁珠呜咽的说着。这时冷月寒光，正从窗隙射进，照在她那憔悴的青白色脸上，使我禁不住寒战。我低下头看着火炉里烧残的炭屑，隐隐还有些微的火光在闪烁，这使我联想到沁珠此后的生命，也正如炉火的微弱和哀残。"唉，我永远不明白神秘的天意……！"我低声叹着。沁珠只向我微微点头，在她的幽默中，我相信她是悟到了什么，——也许她已把生命的核心捉住了。

当夜我们很晚才去睡觉。第二日天才破晓，我已听到沁珠在床上转侧的声音。我悄悄的爬起来，只见沁珠枕畔放着曹的遗照，她正在凝注着咽泪呢。"唉，死是多么可怕，它是不给人以挽回的余地呵！"我心里也难过着。

到了庙里，已有许多曹的亲友比我们先到了。这时灵前的方桌上，已点了香烛，摆了一桌祭席，还有很多的鲜花、花圈等围着曹的灵柩。炉中的香烟细缕在空中纠结不散，似乎曹的灵魂正凭藉它来看我们这些哀念他的人们，尤其是为他痛苦得将要发狂的沁珠，——他恐怕是放心不下吧！

"呵！长空，长空！"沁珠又在低声的呼唤着。但是四境只是可怕的阴沉阒寂，哪里有他的回音？除了一只躲在树窠里的寒鸦，绕着白杨树"苦呀，苦呀"的叫着。——一切都没有回音，哪里去招这不知何往的英魂呢！？

沁珠站在灵前，默默的祷祝着，杠夫与出殡时所用的东西都已经齐备了，一阵哀切的声音由乐队里发出来，这真太使人禁不住。哀伤，死亡，破灭都从那声音里清楚的传达到我们的心弦上，使我们起了同样的颤动。沁珠的心更被捣碎了。她扶着灵柩嘶声的哀号,那些杠夫要来抬灵柩,她怒目的钉视着他们,像是说他们是一群极残忍的动物,人间不知多少有为的青年,妙龄的少女,曾被他们抬到那黝黑的土穴里,深深的埋葬了。

后来我同袁姐极力把沁珠劝开。她两手僵冷着颤慄着,我怕她又要昏厥,连忙让她坐在马车里去。那天送葬的人很多,大约总有十五部马车。我们的车子在最前面,紧随着灵柩。沁珠在车上把头深深的埋在两臂之中,哀哀的呜咽着。车子过了三门阁,便有一幅最冷静,最悲凉的图画展露在面前。一阵阵的西北风,从坚冰寒雪中吹来,使我们的心更冷更僵,几乎连战抖都不能了。一声声的哀乐,这时又扰动了我们的心弦。沁珠紧紧的挨着我,我很深切的觉得,有一种孤寂和哀悔的情感是占据在她弱小的心灵里。

车子走了许多路,最后停在一块广漠的郊野里。我们也就从车上下来。灵柩安放在一个深而神秘的土穴前。香炉里又焚起香来,蜡烛的火焰在摇荡的风中,发出微绿的光芒。沁珠拿了一束红梅和一杯清茶,静穆的供在灵前,低声祷祝道:

"长空,你生前爱的一枝寒梅,现在虔诚的献于你的灵前。请你恕我,我不能使你生时满意,然而在你死后呵,你却得了我整个的心;这个心,是充满了忏悔和哀伤!唉,一个弱小而被命运播弄的珠妹,而今而后,她只为了纪念你而生存着了。"

这一番祷词,我在旁边听得最清楚,忍不住一阵阵酸上心头。我连抬眼看她一看都不敢,我只把头注视着脚前的一片地,让那些如喷泉般的泪液浸湿了地上黄色的土。袁姐走过来劝我们到那座矗立在高坡上的古庙里暂歇;因为距下葬的时候至少还有一个钟头。我们到了庙里后,进了一间清静的僧房坐下休息。沁珠这时忽然问我道:"我托你们把照片放在灵柩里,大概是放了罢?"——这是曹入殓的那一天,她将一张最近送给曹的照片交给我们,叫我们放在曹的棺材里。——这事大家都觉得不大好,劝她不必这样作,而沁珠绝对不肯,只好依她的话办了。当时因为她正在病中,谁也不敢提起,使她伤心。现在她忽想起问我们。

"照你的话办了!"我说。

"那就好,你们知道我的灵魂已随他去了;所余下的是一副免不了腐臭的躯壳,而那一张照片是我这一生送他唯一的礼物。"她说着又不禁流下泪来。

"快到下葬的时候了,请你们出去吧!"袁志先走进来招呼我们。沁珠听见这话,她的神经上像是又受了一种打击,异常兴奋的站了起来,道:"唉,走,快走,让我再细细认一认装着他的灵柩,——你们知道那里面睡着的是他——一个为了生时不能得到我的心因此哀伤而死的朋友,呵,为了良心的诘责,我今后只有向他的灵魂忏悔了!唉,这是多么悲艳的结局呵!"

沁珠这种的态度,真使我看着难过,她是压制了孩子般的哭声,她反而向我们笑——同眼泪一同来的笑。我掉过头去,五衷梗塞着,几乎窒了呼吸!

来到墓地了,那边许多含悲的面孔,向深深的土穴注视着。杠夫们把灵柩用麻绳周遭束好,歇在白杨树下的军乐队,又发出哀乐来。杠夫头喊了一声口号"起",那灵柩便慢慢悬了空,抬到土穴的正中又往下沉,沉,沉,一直沉到穴底,那穴底是用方砖砌成的,上面铺了些石灰。

"头一把土应当谁放下去?"几个朋友在低语的商量着。

"当然还是请沁珠的好——，恐怕也是死者的意思吧！假如他是有灵的话。"朋友中的某人说。

"也好。"其余的人都同意。

沁珠来到土穴畔，望着那白色的棺材，注视了好久，她流着泪，俯下身去在黄土堆上捧了一掬黄土，抖战的放了下去。她的脸色白得和纸一样，口唇变成了青紫色，我同袁姐连忙赶过去把她扶住。"唉，可怜！她简直想跳下去呢！"袁姐低声向我说。我只用点头回答她。我们搀沁珠到一张石凳上坐下，——朋友们不歇气的往坟里填黄土。不久那深深的土穴已经填平了。"呵，这就是所谓埋葬！"环着坟墓的人，都不禁发出这样的叹息！

黄昏时这一座新坟大致已经建筑完成了。坟上用白石砌成长方形的墓，正中竖了一座尖锥形的四角石碑，正面刻着"吾兄长空之墓"。两旁刻着的小字是民国年月日弟某谨立。下面余剩的地方，题着两行是："愿我的生命如火光之闪烁，如彗星之迅速。"旁边另有几行小字是："长空，我誓将我的眼泪时时流湿你墓头的碧草，直到我不能来哭你的时候。"下面署名沁珠。墓碑的反面，刻着曹生平的事略，石碑左右安放着四张小石凳，正面放着一张长方石桌。

我们行过最后的敬礼，便同沁珠离开那里。走过草塘，前面显出一片松林。晚霞照得鲜红，松林后面，隐约现露出几个突起的坟堆。沁珠便停住脚步呆的望着它低声道："唉，上帝呵，谁也想不到我能以这一幅凄凉悲壮的境地，作了我此后生命的背景！"同时她指着那新坟对我说道："你看！"

我没有说什么，只说天晚了，我们该回去了。她点头随着我走过一段土坡，找到我们的车子。在暮色苍凉中，我们带着哀愁回到城里去。

不觉一个多星期了，在曹的葬礼以后。那天我站在回廊下看见校役拿进一叠邮件来，他见了我，便站住递给了我一封信，那正是沁珠写来的。她说：

> 下雪了，我陡然想起长空。唉，这时荒郊冷漠，孤魂无伴，正不知将怎样凄楚，所以我冒雪到他坟旁。
>
> 走下车来，但见一片白茫茫的雪毯铺在地下，没有丝毫被践踏的痕迹。我知道在最近这两天，绝对没有人比我先到这里来。我站在下车的地方，就不敢往前走，经过了半晌的沉思，才敢鼓起勇气冲向前去。脚踏在雪上发出沙沙的声响，同时并明显的印着我的足迹。过了一道小小的木桥，桥旁满是芦苇，这时都缀着洁白的银花，芦塘后面疏条稀枝间露出一角红墙。我看了这红白交映的景物，好像置身图画中，竟使我忘了我来的目的。但不幸，当我的视线再往东方垂注时，不能掩遮的人间缺陷，又极明显有力的展布在我的眼前。——唉，那岂仅是一块刻着绿色字的白石碑。呵！这时我深深的忏悔，我曾经做过比一切残酷的人类更忍心的事情，虽然我常常希望这只是一个幻梦。
>
> 吾友！我真不能描画此刻所环绕着我的世界——冷静，幽美，是一幅不能画在纸上的画；是一首不能写在纸上的诗。大地上的一切这时都笼罩在一张又洁白又光滑的白天鹅绒的毯子下面。就是那一堆堆突起的坟墓，也在它的笼罩之下。唉！那里面埋着的是红颜皎美的

少女；是英姿豪迈的英雄。这荒凉的郊野中，正充满了人们悼亡时遗留在这的悲哀。

"唉，我被凄寒而洁白的雪环绕着。白坟，白碑，白树，白地。低头看我白色围巾上，却露出黑的影来。寂寞得真不像人间。我如梦游病者，毫无知觉的走到长空的墓前。我用那双僵硬的手抱住石碑，低声的唤他的名字，热的泪融化了我身边的雪；一滴滴的雪和泪的水，落在那无痕的雪地上。我不禁叹道："长空！你怎能预料到，你现在真已埋葬在这里，而我也真能在这寒风凛冽雪片飞舞中，来到你的坟头上唏嘘凭吊。长空，你知道，在这广漠的荒郊，凄凉的雪朝，我是独倚你的新坟呵！长空，我但愿你无知，不然你当如何的难受，你能不后悔吗？唉，太忍心了！也太残酷了呵！长空，你最后赐给我这样悲惨的境界，这样悲惨的景象，使它深深印在我柔弱的心上！我们数年来的冰雪友谊，到现在只博得隐恨千古；唉，长空你为什么不流血沙场而死，而偏要含笑陈尸在玫瑰丛中，使站在你尸前哀悼的，不是全国的民众，却是一个别有怀抱、负你深爱的人？长空！为了一个幻梦的追求，你竟轻轻地将生命迅速的结束，同时使我对你终生负疚！

"我睁眼四望，要想找出从前我俩到这里看坟地的痕迹，但一切都已无踪。我真不能自解，现在是梦，还是过去是梦？长空，自从你的生命，如彗星一闪般的陨落之后，这里便成了你埋愁的殡宫，此后呵，你我间隔了一道生死桥，不能再见你一面，也不能再听到你的言语！"

我独倚新坟，经过一个长久的时间，这时雪下得更紧了。大片大片的雪花飞到我头上身上。唉,我真愿雪把我深深的埋葬。——我仰头向苍天如是的祷祝。我此刻的心是空洞的,一无所恋,我的心神宁静得正如死去一般。忽然几只寒鸦飞过天空,停在一株白杨树上,拍拍的振翼声,惊回了我迷惘的魂灵。我顿感到身体的冷僵,不能再留在这里。我再向新坟凝视了片刻,便毅然离开了这里。

两天后我到寄宿舍去看沁珠,寂寞的荒庭里,有一个哀愁的人影,在那两株大槐树下徘徊着,日光正从参差的枝柯间射下来。我向那人奔去,她站住了说道:

"我寄给你的一封长信收到了吗?"

"哦,收到了!沁珠,你到底在那样的雪天跑到陶然亭去,为什么不来邀我作伴?"我说。

"这种凄凉的环境,我想还是我独自去的好。"

"你最近心情比较好些吗?"

"现在我已是一池死水,无波动无变化,一切都平静!"

"能平静就好!……我正在发愁,不久我就要离开这里,现在看到你的生活已上了轨道,我可以放心走了。"

"但你为什么就要走?"

"我的研究科已完了,在这里又找不到出路,所以只有走了!"

"唉,谈到出路,真成问题,……灰城永远是这样沉闷着,像是一座坟墓,不知什么时候才能有点生气!"

"局面是僵住了,一时绝不会有生气的,我想还是到南方去碰碰运气,而且那里熟人也多。"

"你是否打算加入革命工作？"

"大概有这个意思吧！"

"也很好，祝你成功！"沁珠说到这里，忽然沉默了。她两眼呆望着遥远的红色楼角。过了些时她才又问我道：

"那么几时动身呢？"

"没有定规，大约在一个星期后吧！"

"我想替你饯行。唉，自从长空死后，朋友们也都风流云散，现在连你也要去，趁着这时小叶同小袁他们还在这里，大家痛快聚会一次吧！也许你再来时，我已化成了灰！"

"你何必这样悲观，我们都是青年，来日方长，何至于……"

"那也难说，看着吧！……"沁珠的神情惨淡极了，我也似乎有什么东西梗住我的喉管。我们彼此无言，恰巧一阵西北风又把槐树上的枯叶吹落了几片，那叶子在风中打着旋，天上的彤云如厚絮般凝冻住。唉，这时四境沉入可怕的沉闷中。

十七

正是黄昏的淡阳，射在浅绿色的玻璃窗上，我同沁珠走进宣南春饭店的一间雅座里。所邀的客人，还都不曾来，茶房送上两杯清茶，且露着殷勤的笑容道："先生们这些日子都不照顾我们啦！"

"是呀，因为事情忙……你们的生意好吗？"

"还对付吧，总得先生们多照应才好！"茶房含笑退了出去。我们坐在沙发上吸着长城香烟，等候来客。不久茶房高声喊

忽然几只寒鸦飞过天空,停在一株白杨树上,拍拍的振翼声,惊回了我迷惘的魂灵。

道:"七号客到。"跟着门帘掀开了,一个西装少年同一个时装的女郎走了进来,我一看原来正是袁氏姐弟。沁珠一面让他们吃烟一面问道:"小叶怎么不一同来?"

"他去洗澡,大约也就要来了。"小袁说。

"沁珠今日作什么请客?"袁姐这样问。

"因为素文就要离开灰城,所以我替她饯行。"沁珠说。

"这是什么意思?你们一个个都跑了,唉,分别是多么乏味的勾当,素文。"小袁叹息着说。我们也同时受了他的暗示,人人心灵中都不期然充满了惜别的情绪。正在沉寂中,小叶悄悄的推门进来。

"少爷,只有你迟,该当怎么罚?"我对小叶说。

小叶迟疑了一下,连忙从身上摸出一只表来看过之后,立刻含着胜利的微笑,把表举向我们道:"你们看现在几点钟,不是正正六点吗?"

"果然才六点!"袁姐说:"可是怎么天已暗下来了呢?"

"那是另一个问题,但不能因此而要我受罚!"小叶重新申明了一次。

"好吧,就不罚你,不过今晚是离筵,你总应当多喝几杯酒。"沁珠说。

"喝酒本来没有什么,不过我怕你又要发酒疯。"小叶说。

"唉,发酒疯!也是一种人生。我告诉你,今后我只想在酒的怀抱里睡着,因为它对于我有着非常的诱惑力,正像一个绛衣少女使骑士心荡的情感一样。……"沁珠非常兴奋的说。

"小姐几时又发明了这样的哲学!"小袁打趣般的看着沁珠说。这话惹得我们都不禁笑了。这时茶房已摆上筷子羹匙,酒杯小碟子，沁珠让我们围着坐下。当茶房放下四盘冷荤和两壶酒后，沁珠提起酒壶来，替我们都斟满了，她举起自己的杯子向我道："素文，这几年来你是眼看着我，尝试人生酸甜苦辣种种的滋味，所以只有你最了解我，也最同情我。最近一年你简直成了我身体和灵魂的保姆。想不到今天我替你饯行，在这临别的时候，我只有这一杯不知是泪是血或者就仅仅是酒的东西赠献给你，祝你前途的光明！"沁珠说时眼泪不住在眼窝里转，脸色像纸般的惨白。我接过她拿着的酒杯，一滴泪正滴在杯中，我把那和泪的酒一口气吞咽了下去。我们互相握着手呜咽悲泣，把袁姐他们也都吓呆了。这样经过了五分钟的时候，沁珠才勉强咽住泪惨笑道："我们痛快的玩罢！"

"是呵，我也想应当痛快的玩，不过……"小袁说。

"唉！你就不要多话了吧，来，我俩干一杯。"小叶打断小袁的话说。袁姐明白小叶的用意，想改变这屋子里悲惨的空气，因对我们说道："素文，沁珠，我们也干一杯。"于是大家都把杯里的酒喝干了。茶房端上一碗雨作鱼来，我们无言的吃着，屋里又是冷寂寂的。沁珠叹道："在这盛筵席上，我不免想到和长空的许多聚会畅饮，当时的欢笑，而今都成追忆！"同时她又满斟了一杯酒，凄楚的喝了下去："唉，我愿永久的陶醉，不要有醒的时候，把我一切的烦恼都装在这小小杯里，让它随着那甘甜的酒汁流到我那创伤的心底，从此我便被埋葬了！"

小袁又替沁珠斟了两杯酒，我要想阻拦他，又怕沁珠不高兴，只好偷偷使眼色。小袁也似乎明白了，连忙停住。然而已经晚了，沁珠已经不胜酒力，颓然醉倒在沙发上了。这一次她并不曾痛哭，只昏昏的睡去，我们轻声的谈讲着，我很希望不久能平复她的伤痕，好好努力她的事业，并且我觉得在曹生前，她既不爱曹，曹死后，她尽可找一个她爱的人，把那飘泊的心身交付给他，何必自己把自己打入死囚牢里？我设想到这里，我的目光不知不觉又投向她那垂在沙发边缘上的手上了。那一只枯骨般惨白色的象牙戒指，正套在她左手的无名指上。唉，这仅仅是一颗小小的戒指呵，然而它所能套住的，绝不只一个手指头，它呵，谁知道它将有怎样大的势力，对于睡在这沙发上的可怜人儿呀？它要圈住她的一生吗？……也许……唉，我简直不敢想下去。曹的那一只干枯的无血的手指上——在他僵冷成尸的手指上也正戴着这一只不祥的东西呀！当初他为什么不买一对宝石或者金光灿烂的金戒指，而必定看上这么一种像是死人骨头制成的象牙戒指呢？难道真是天意吗？——天只是蔚蔚苍苍的呀？……我真越想越不解。

忽然一声低低的叹息，从那张沙发椅上睡着的沁珠的喉管里发出来。这使我沉入冥想的魂灵复了原。我急忙站起来，奔到她的面前，只见她这时脸色失去了酒后的红，变成惨白。她垂着眼，呼吸微弱得像是……呵，简直是一副石膏像呢。我低声问她："喝点茶吗，沁珠？"她微微点了点头，我把一杯温和的茶送到她的唇边。她侧着头轻轻的吸了两口，渐渐的睁开了眼，她把眼光投射在屋子暗陬里，"我适才看见长空的。"她说。这简直是鬼话呀，把我们在座的人都吓了一跳。大家都知道沁珠这时候悼亡的心情太切，对于这一个问题最好谁都不再说起，我剥了一个蜜橘，一瓣瓣的喂她吃。她吃过两瓣之后，又叹了一声道："从前长空病在德国医院时，我也曾喂过他果子露和橘瓣。唉，他现在到什么地方去了呢！？素文，你好心点，告诉我死之国里是不是长空所去的地方，我想去找他。假使我看见他，我一定要向他忏悔，……忏悔我不应当给他一个不兑现的希望，以致使他哀伤到自杀！……唉！长空！长空！……"她放声痛哭了，门外隐隐约约有人在窥探，茶房也忙赶了进来，他怔怔的望望沁珠又看看我们。

"哦，这位小姐喝醉了，歇一歇就好，不相干的。你替我打一把热手巾来吧！"小袁对茶房这样说。我同袁姐将沁珠左右扶住，劝她镇静点，这里是饭馆，不好不检点些。同时我们又让她喝了一大杯浓茶，她渐渐清醒了。我替她拭着涟涟的泪水，后来小叶叫来了一部汽车，我同袁姐小袁三人伴她回到寄宿舍。到那里以后，小袁同袁姐又坐着原车回去，我就在寄宿舍陪着她。那一夜她又是低泣着度过，幸好第二天正是星期，可以不到学校去，我劝她多睡睡。

天已大亮了，我悄悄的起来。看见沁珠已朦胧睡去，我小心的不使她惊醒。轻轻的走到院子里，王妈已提着开水走来，我梳洗后，吃了一些饼干，我告诉王妈："我暂且回去，下午两三点再来，等沁珠醒了说一声。"王妈答应了。她送我到了大门口。

我回到学校，把东西收拾了，吃过午饭后，我略睡了些时，又到沁珠那里。她像是已起来很久了，这时她正含愁的在写些什么东西，见我进来，她放下笔道："你吃过饭吗？"

"吃过了。你呢，精神觉得怎样，……又在写文章吗？"

"不，我在写日记。昨天我又管不住自己了，想来很无聊！真的，素文，我希望你走后，我能变一个人，现在这种生活，说起来太悲惨，我觉得一个别有怀抱的人，应当过些非常的生活。我很讨厌一些人们对我投射一种哀恤的眼光。前几天我到学校去，那些同事老远的看见我来了，他们都怔怔的望着我，对于我笑，一种可怜的微笑。在他们也许是好意，而在我总觉得这好意不是纯粹的；也许还含着一些侮辱的意味呢！所以从今以后，我要使我的生活变得非常紧张，非常热闹，不许任何人看见我流一滴眼泪，我愿我是一只富有个性的孤独的老鹰，而不是一个向人哀鸣的绵羊。"

"你的思想的确有了新的开展，不过是好是坏我还不敢说。不过人是有生命的，当然不能过那种死水般毫无波动的生活。我祝你的前途光明！"

"谢谢你，好朋友！我真也渴望着一个光明的前途呢。但是我终是恐惧着，那光明的前途离我太远了！好像我要从几千里的大海洋的此岸渡到彼岸；不用说这期间的风波太险恶，而且我也没有好的航船，谁知道我将来要怎样？！"

"这当然也是事实，但倘使你有确定的方针，风波虽险，而最后你定能胜过险阻而达到彼岸的。沁珠，愿你好好的挣扎吧！"

"是的，我要坚持的挣扎下去。……你离开灰城后，当然另开辟一个新生活的局面了，我希望将来我们能够合作！"

"关于这一层，老实说，我也是这样盼望着。我相信一个人除了为自己本身找出路，同时还应当为那些受压迫的人们找出路。我们都二十以上的年纪了，人生的历程也走过一段，可是除了在个人的生命河中，打回旋以外，真不曾见过天日呢！所以我这次决意加入革命工作，……我觉得你更合宜于这种工作，我知道你是极富于情感的人，而现在你是失掉了感情的寄托处，何妨就把伟大的事业来作寄托呢？"

"你的话当然不错，不过你晓得我是一个性情比较静的人，我怕我不习惯于那种活动的生活。所以你还是先去，……也许以后我的思想转变了，我再找你去吧！……"

谈话的结果，我忽然得了一种可怕的暗示，我觉得沁珠的思想还没有把捉到一个核心。一时她要像一池死水平静着；一时她又要热闹紧张。呵，天！这是什么意思呵，然而我也顾不得许多了。三天后我便离了灰城。以后两年，我们虽然常常通信，而她的来信也是非常不一致，忽然解脱，忽然又为哀愁所困。后来为了我自己的生活不安定，没有确定的地址，所以通信的时候也很少了。直到她病重时，得到小袁一封快信，我便赶到这里来。而到时她却已经死了，殁了，我只看见那一副黑色的棺材，放在荒凉的长寿寺里。她！她就这样了结了她的一生！……究竟她这两年来怎样过活的？她何至于就死了？这一切的情形我想你比我知道得清楚，你能否说给我听？

这时夜幕已经垂在大地上了，虽然夏天日落得较迟，而现在已经八点多钟了，我们的晚饭还不曾吃。

"好，现在我们先去吃晚饭，饭后就在这院子里继续的谈下去，我可以把沁珠两年来的生活说给你。"我对素文说。

晚饭已经开在桌上了，我邀素文出去——饭厅在客堂的后面，这时电灯燃得通明。敞开的窗门外可以看见开得很繁盛的玫瑰，在艳冶的星光下，吐出醉人的芬芳。我们吃着饭又不禁想到沁珠。素文对我说：

"隐！假使沁珠在着，我们三人今夜不知又玩出什么花样了？她真是一个很可爱的朋友！……"

"是的。"我说:"我也常常想到她,你不晓得我这两年里,差不多天天和她在一处工作游玩。忽然间说是她死了,永远再不同我说话,我也永远再不看见她那微颦的眉峰,和细白的整齐牙齿。呵,我有时想起来,真不相信真有这回事!也许她暂且回到山城去了吧?……不久她依然要回来的。她活泼而轻灵的步伐,依然还会降临到我住的地方来,……可是我盼望了很久,最后她给了我一个失望!……"

这一餐晚饭我们是在思念沁珠的心情中吃完的。在我们离开饭桌走到回廊上时,夜气带来了非常浓厚的芬芳。星点如同棋子般,密密层层的布在蔚蓝的天空上。稀薄的云朵,从远处西山的峦岫间,冉冉上升,下弦的残月还没有消息,我们在隐约的电灯光中,找到了两张藤椅坐下。

"你可以开始你的描述了,隐。"素文催促我说。

阿妈端过两杯冰浸的果子露来,我递给素文一杯,并向她说道:"我们吃了这杯果子露,就可以开始了,但是从哪里说起呢?"我说到这里,忽然想起,沁珠还有一本日记在我的屉子里,这是她死后,我替她检东西,从书堆中搜出来的。那本东西可算她死后留给朋友们的一件好赠品,从曹死后,一直到她病前,她的生活和她的精神变化都详详细细的写着。

"素文,我去拿一件东西给你,也许可以省了我多少唇舌。而且我所能告诉你的,只是沁珠表面的生活,至于她内心怎样变动,还是看她的日记来得真实些。"我忙忙的到书房把这本日记拿了来,素文将日记放在小茶几上说道:"日记让我带回去慢慢看,你先把她生活的大略告诉我。时间不多了,十二点钟以前,我无论如何要赶回家去的。"

"好，我就开始我的描述吧！"我说。

当然你知道，我是民国十七年春天回到灰城的。那时候我曾有一封信给沁珠，报告我来的事情。在一天的下午，我到前门大街买了东西回到我姨母的家里。刚走到我住的屋子门前，陡然看见一个黑色的影子，在门帘边一晃，我很惊诧，正想退回时，那黑影已站在我的面前。呵，她正是别来五年的沁珠。这是多么惨淡的一个印象呵，——她当时所给我的！她穿着一件黑呢的长袍，黑袜黑鞋，而她的脸色是青白瘦弱。唉，我们分别仅仅五年，她简直老了，老得使我想象不到。但我算她的年龄至多不过二十六岁，而她竟像是三十五六岁的人，并且又是那样瘦，缺少血色。我握住她的手，我真不知说什么好，很长久的沉默着，最后还是我说道："沁珠，你瘦了，也老了！"

"是的，我瘦了也老了，我情愿这样！……"她的话使我不大了解，我只迟疑的望着她。她说："你当然知道长空死了，在他死后我是度着凄凉冷落的生涯。……我罚自己，因为我是长空的罪人呀！"她说到这里又有些眼圈发红。

"好吧！我们不谈那些令人寡欢的事情，你说说你最近的生活吧！"

"我还在教书，……这是无聊的工作，不过那些天真烂漫的小女孩，时常使我忘了悲哀，所以我竟能继续到如今。"

"除了教书你还作些文艺品吗？"

"有的时候也写几段随感，但是太单调，有人说我的文章只是哭颜回。我不愿这个批评，所以我竟好久不写了，就是写也不想发表。一个人的东西恐怕要到死后才能得到一些人的同情吧！"

"不管人们怎么说,我们写只是为了要写。不一定写了就一定要给人看;更不定看了就要求得人们的同情!……唉,老实说同情又值什么?!自己的痛苦还只有自己了解,是不是?"

"真对,隐,这些时候了,我们的分别。我时时想你来,有许多苦闷的事情我想对你谈,谢天,现在你居然来了。今晚我们将怎样度过这一个久盼始得到的夜晚呢?……"

"你很久没有看见中央公园的景致了,我们一同到那里兜个圈子,然后再同到西长安街吃晚饭,让我想,还有什么人可以邀几个来,大家凑凑热闹?"沁珠对我这样说。

"我看今夜的晚饭还是不用邀别人,让我们好好的谈谈不好吗?"我说。

"也好,不过近来我认识了几个新朋友,平日间他们也曾谈到过你,如果知道你来了,他们一定不放松我的,至少要为你请他们吃一顿饭。"

"那又是些什么人?"

"他们吗,也可以说都是些青春的骄子,不过他们都很能忠于文艺,这和我们的脾味差不多。"

"好吧,将来闲了,找他们玩玩也不错!"

我们离开了姨母家的大门,便雇了两部人力车到中央公园去。这时虽然已是初春,但北方的气候,暖得迟,所以路旁的杨柳还不曾吐新芽,桃花也只有小小的花蕊,至少还要半个月以后才有开放的消息吧,并且西北风还是一阵阵的刺入皮肤。到中央公园时,门前车马疏疏落落,游人很少。那一个守门的警察见了我们,微微的打了一个哈欠,似乎说他候了大半天,才候到了这么两个游人。

我们从公园的卍字回廊绕到了水榭。在河畔看河里的冰，虽然已有了破绽，然而还未化冻。两只长嘴鹭鸶躲在树穴里，一切都还显着僵冻的样子。从水榭出来，经过一座土山，便到了同生照像馆，和长美轩一带地方。从玻璃窗往里看，似乎上林春里有两三个人在吃茶。不久我们已走到御河畔的松林里了。这地方虽然青葱满目，而冷气侵入，使我们不敢多徘徊，忙忙的穿过社稷坛中间的大马路，仍旧出了公园。

到西长安街时，电灯已经全亮了。我们在西安饭店找了一间清静的小屋，泡了一壶茶吃着，并且点了几样吃酒的菜。不久酒菜全齐了，沁珠斟了一杯酒放在我的面前道：

"隐姊，请满饮这一杯，我替你洗尘，同时也是庆贺你我今日依然能在灰城聚会！"

我们彼此干了几杯之后，大家都略有一些酒意，这使我们更大胆的说我们所要说的话。

这一夜我们的谈话很多，我曾问到她以后的打算，她说："我没有打算，一切的事情都看我的兴致的转移，我高兴怎样就怎样，现在我不愿再为社会的罪恶所割宰了。"

"你的思想真进步了。"我说，"从前你对于一切的事情常常是瞻前顾后，现在你是打破了这一关，我祝你……"

唉，祝什么呢？我说到这里，自己也有些怀疑起来。沁珠见我这种吞吐的神情，她叹息了一声道："隐姊，我知道你在祝我前途能重新得到人世的幸福，是不是？当然，我感谢你的好心！不过我的幸福究竟在哪里呢？直到现在我还不曾发现幸福的道路。"

"难道你还是一池死水吗？唉，沁珠，在前五个月你给我的信中,所说的那些话,仿佛你要永久缄情向荒丘,现在还没有变更吗?"

"那连我自己也不知道。不过我的确比以前快活多了。我近来很想再恢复学生时代的生活,你知道今年冬天我同一群孩子们滑冰跳舞,玩得兴致很高呢。可是他们都是一群孩子呵,和孩子在一起,有时是可以忘却一切的怅惘,恢复自己的天真,不过有时也更容易觉得自己是已经落伍的人了,——至少在纯洁的生命历程上是无可骄傲的了。"

九点半钟敲过,我便别了沁珠回家。

十八

别了沁珠第三天的下午,我正预备走出公事房时,迎面遇见沁珠来了,她含笑道:"吓!真巧,你们已经完了事吧!好,同我到一个地方,有几个朋友正等着见你呢!"

"什么人?见我作什么?"我问。

"到了那里自然明白了。"她一面说,一面招手叫了两辆车子,我们坐上,她吩咐一声:"到大陆春去。"车夫应着,提起车柄,便如神驹般,踏着沙尘,向前飞驰而去。转了两个弯,已是到了。我们走进一间宽畅的雅座,茶房送上茶和香烟来,沁珠递了一根烟给我,同时她自己也拿了一根,一面擦着火柴,一面微笑说道:

"烟、酒现在竟成了我唯一的好朋友!"

"那也不坏,原也是一种人生!"我说。

"不错!这也是一种人生,我真赞成你的话,但也是一种使人不忍深想的人生呢！"

沁珠黯然的态度，使我也觉得忧伤正咬着我的心，我竟无话可安慰她，只有沉默的望着她，正在这时候，茶房掀开门帘叫道："客到！"三个青年人走了进来，沁珠替我们介绍了，一个名叫梁自云，比较更年轻，其余一个叫林文，沁珠称他为政治家，一个张炯是新闻记者。这三个青年人，果然都是青春的骄子，他们活泼有生气，春神仿佛是他们的仆从。自从这三个青年走进这所房间，寂寞立刻逃亡。他们无拘无束的谈笑着，谐谑着，不但使沁珠换了她沉郁的态度，就是我也觉得这个时候的生命，另有了新意义。

在吃饭的时候，他们每人敬了我一杯酒，沁珠不时偷眼看我，可是这有什么关系呢？那夜我并不脆弱，也不敏感，酒一杯杯的吃着，而我的心浪，依然平静麻木。

我们散的时候，沁珠送我到门口，握住我的手说："好朋友，今夜你胜利了！"

我只淡淡一笑道："你也不坏，从今后我们决不要在人前滴一颗眼泪才好！"沁珠点点头，看着我坐上车，她才进去。

自从这一天以后，这几个青年，时常来邀我和沁珠到处去玩，我同沁珠也都很能克制自己，很快乐而平静的过了半年。

不久秋天来了。一个星期天的早晨，我去看沁珠，只见她穿了一身黑色的衣服，手里捧着一束菊花，满面泪痕的站在窗前。我进去时，她不等我坐下，道："好！你陪我到陶然亭去吧！"我听了这话，心里禁不住打抖，我知道这半年来，我们强装的笑脸，今天无论如何，不能不失败了。

我俩默默的往陶然亭去。城市渐渐的向我们车后退去，一片苍绿的芦苇,在秋风里点头迎迓我们,长空墓上的白玉碑,已明显的射入我们的眼帘。沁珠跳下车来,我伴着她来到坟前,她将花轻轻的放在墓畔,低头沉默的站着,她在祝祷吧?我虽然没有听见她说什么,而由她那晶莹的泪点中,我看出她的悲伤。渐渐的她挪近石碑,用手扶住碑,她两膝屈下来,跪在碑旁:

"唉!多惨酷呀,长空!这就是你给我的命运!"沁珠喃喃的说着,禁不住呜咽痛哭起来。我蹲在鹦鹉冢下,望着她哀伤的流泪,我不知道我这个身子,是在什么地方?但觉愁绪如恶涛骇浪般的四面裹上来,我支不住了,顾不住泥污苔冷,整个身子倒在鹦鹉冢畔。

一阵秋风,吹得白杨发抖,苇塘里也似有呜咽的声音,我抬头看见日影已斜,前面古庙上的铃铎,叮当作响,更觉这境地凄凉,仿佛鬼影在四周纠缠,我连忙跳起,跑到沁珠那里,拉了她的手,说道:"沁珠,够了,我们去吧!"

"唉!隐!你好心点吧!让我多留一刻是一刻。回到城里,我的眼泪又只好向肚里流!"

"那是没办法的呀!你的眼泪没有干的时候,除非是……"我不忍说下去了。

沁珠听了这话,不禁又将目光投射到那石碑上,并轻轻的念道:"长空!我誓将我的眼泪,时时流湿你墓头的碧草,直到我不能来哭你的时候!"

"何苦呢?走吧!"我不容她再停留,连忙高声叫车夫。沁珠看见车夫拉过车子来,无可奈何的上了车。进城时,她忽然转过脸来说道:

"好了,隐!我又换了一个人,今晚陪我去跳舞吧!"

"回头再商量！"我说。

她听了这话又回头向我惨笑，我不愿意她这样自苦，故意把头掉开，她见我不理她，竟哈哈大笑起来。

"镇静点吧，这是大街上呢！"我这样提醒她，她才安静不响了。到了家里，吃过晚饭，她便脱掉那一身黑衣，换上一件极鲜艳的印度绸长袍，脸上薄施脂粉，一面对着镜子涂着口红，一面道：

"你看我这样子，谁也猜不透我的心吧？"

"你真有点神龙般的变化！"我说。

"隐！这就是我的成功，在这个世界上，只有这样的把戏，才能使我仍然活着呢！"

这一夜她是又快乐，又高傲的，在跳舞场里扮演着。跳舞场里的青年人，好像失了魂似的围绕着她。而不幸我是看见她的心正在滴着血。我一晚上只在惨恫的情感中挣扎着。跳舞不曾散场，我就拉着她出去。在车子经过天安门的马路时，一钩冷月，正皎洁的悬在碧蓝的云天上。沁珠很庄严的对我说道："隐！明天起，好好的作人了！"

"嗯。"我没有多说什么。过了天安门，我们就分路了。

过了一个星期，在一个下午，我因公事房里放假，到学校去看沁珠。只见她坐在女教员预备室，正专心一志的替学生改卷子呢。我轻轻的走近她身旁，叫了一声，她才觉得，连忙放下笔，请我坐下道："你今天怎么有工夫来？"

我告诉她公事房放假，她高兴的笑道："那末我们出去玩玩吧！这样好的日子，又遇到你放假！"

"好，但是到哪里去？"我说。

"我们到北海去划船，等我打个电话，把自云叫来。"沁珠说完，便连忙去打电话。我独自坐在她的位子上，无意中，看见一封信，信皮上有沁珠写的几个字是："他的确像一个小兄弟般的爱他的姊姊，只能如此……咳，天长地久有尽时，此恨绵绵无穷期……"

这又是什么意思呢，我暗暗的猜想着，正在这时候，沁珠回来了，她看见我对着那信封发怔，她连忙拿起那信封说道："我们走吧，自云也从家里去了。"

我们到了北海，沿着石级前去，没有多远，已看见自云在船坞那里等我们呢！

北方的天气，到了秋天是特别的清爽而高阔。我们绕着沿海的马路，慢慢的前进。蔚蓝的天色，从松柏树的权桠中闪出，使人想象到澄清如碧水的情人妙目。有时一阵轻风穿过御河时，水上漾着细的波漪，一切都是松爽的，没有压迫，也没有纠缠，似我们这一刹那间的心情。我回头看见站在一株垂杨旁的沁珠，她两眼呆望着云天的雁阵，两颊泛出一些甜美的微笑，而那个年轻的自云呢，他独自蹲在河边，对着水里的影子凝思；我似乎感到一些什么东西——呵，那就是初恋的诱惑，那孩子有些不能自持了吧！

"喂，隐！我们划船去吧！"陡然沁珠在我身后这样高声喊着，而自云也从河旁走了过来："珠姊要坐船吗？等我去交涉。"他说完便奔向船坞去，我同沁珠慢慢并肩前进。在路上，我忽对沁珠说："自云确是一个活泼而纯洁的孩子呢！"

"不错，我也这样感觉着……不过他还不是一个单纯的孩子，他也试着尝人间的悲愁！"沁珠感叹着说。

"怎么，他对你已有所表白吗？"我怀疑的问。

"多少总有一点吧，隐，你当然晓得，一个人的真情，是不容易掩饰的，纵使他极端守秘密，而在他的言行上，仍然随时要流露出来的呢！"沁珠说。

"当然，这是真话！不过你预备怎样应付呢？"我问。

"这个吗？我还不曾好好的想过，我希望在我们中间，永远是姊弟的情谊。"她淡淡的说。

"唉！沁珠，不要忘记你扮演过的悲剧！"我镇静的说。

"是的，我为了这个要非常的小心，不过好朋友，有时我真需要纯洁的热情，所以当他张开他的心门，来容纳我时，那真是危险，隐，你想不是可怕吗？假使我是稍不小心，……"她说完微微的叹了一口气。

沉默暂时包围了我们，因为自云已自船坞办妥交涉回来了。他含笑的告诉我们，船已泊在码头旁边。我们上了船，舟子放了缆，渐渐的驰向河心去。经过一带茂密的荷田时，船舷擦着碧叶，发出轻脆爽耳的声音。我提议，爽性把船开到里面去，不久我们的小船已被埋于绿叶丛中。举目但见青碧盈前，更嗅着一股清极的荷叶香，使我飘然有神仙般的感觉。忽然自云发见叶丛中有几枝已几成熟的莲实，他便不客气的摘了下来，将里面一颗颗如翡翠的椭圆形果实，分给我们。

正在这时，前面又来了一支淡绿色的划子，打破我们的清静，便吩咐舟子开出去。

黄昏时，我们的船停在石桥边，在五龙亭吃了一些点心，并买了许多菱藕，又上了小划子。我们把划子荡到河心，但觉秋风拂面生凉。高矗入云的白塔影子，在皓月光中波动，沁珠不知又感触些什么了,黯然长叹了一声,两颗眼里,满蓄了泪水。自云见了这样,连忙挨近她的身旁,低声道:"珠姊,作什么难过?"

"哪里难过,你不要胡猜吧!"沁珠说着又勉强一笑。自云也不禁低头叹息!

我深知此刻在他们的心海里,正掀起诡谲变化的波浪,如果再延长下去,我真不知如何应付了。因叫舟子把船泊到漪澜堂旁边,催他们下了船,算清船钱,便离开北海。自云自回家去,我邀着沁珠到我家里。那夜她不知写了一些什么东西,直到更深,才去睡了。

我同沁珠分别后的一个星期,在一个朋友家里吃晚饭,座中有一个姓王的青年,他问我说:"沁珠和你很熟吧!她近来生活怎样?……听说她同梁自云很亲密。"

"不错,他们是常在一处玩,——但还说不上亲密吧,因为我晓得沁珠是拿小兄弟般看待他的。"

"哦,原来如此,不过梁自云恐怕未必这样想呢?"那人说完淡漠的一笑。而我的思想,却被他引入深沉中去,我怕沁珠又要惹祸,但我不能责备她。真的,她并没一点错,一个青年女子,并不为了别的,只是为兴趣起见,她和些年轻的男人交际,难道不应当吗?至于一切的男人对她怎样想,她当然不能负责。

我正在沉思时,另外一个女客走来对我说道:"沁珠女士近来常去跳舞吧?……我有几个朋友,都在跳舞场看见她的。"

"对了。她近来对于新式跳舞,颇有兴趣,一方面因为她正教授着一班跳舞的学生,在职业上她也不能不时求进步。"我的话,使那位女客脸上渐渐褪去疑猜的颜色。

停了一停,那位女客又吞吞吐吐的说道:"沁珠女士人的确活泼可亲,有很多人欢喜她。"

我对那位女客的话,没有反响,只是点头一笑。席散后,我回到家里,独自倚在沙发上,不免又想到沁珠,我不能预料她的结局,——不但如此,就是她现在生活的态度,有时我也是莫明其妙,恰像浪涛般的多变化,忽高掀忽低伏,忽热烈忽冷静。唉!我觉得她的生活,正是一支失了舵的船,飘荡随风,不过她又不是完全不受羁勒的天马,她是自己造个囚牢,把自己锁在中间又不能安于那个囚牢,于是又想摔碎它。"唉!多矛盾的人生呢!"我时时想到沁珠,便不知不觉发出这样的感慨。

几阵西北风吹来,天渐渐冷了。有一天我从公事房回来,但觉窗棂里,灌进了刺骨的寒风,抬头看天,朵朵彤云,如凝脂,如积絮,大有雪意。于是我走到院子里,抢了几枝枯树干,放在火炉里烧着取暖,同时放下窗幔,默然独坐。隔了一阵,忽听房瓦上有沙沙的响声,走到门外一望,原来天空霰雪齐飞。大地上,已薄薄的洒上一层白色的雪珠子。

我在门口站了一会,仍旧进来,心里觉得又闷又冷凄,因想在这种时候,还是去看沁珠吧。披了一件大衣,匆匆的雇车到沁珠家里,哪晓得真不凑巧,偏偏她又不在家。据她的女佣说:"她同自云到北海滑冰去了。"

我只得怏怏的回来。

这一个冬天,沁珠过得很好,她差不多整天在冰场里,因此我同她便很少见面。有时碰见了,我看见她那种浓厚的生活兴趣,我便不忍更提起她以往的伤心,只默祝她从此永远快乐吧!因此我们不能深谈,大家过着平凡敷衍的生活。

渐渐的又春到人间，便是这死气沉沉的灰城，也弥漫着春意，短墙边探头的红杏，和竹篱畔的玉梨，都向人们含笑弄姿。大家的精神，都感到新的刺激和兴奋。只有沁珠是那样的悲伤和沉默。

正是一个星期日的早晨，我独自倚在紫藤架下，看那垂垂如香囊的藤花；只见蜂忙蝶乱，都绕着那花，嗡嗡嘤嘤，缠纠不休，忽然想起《红楼梦》上的两句话是"酿得百花成蜜后，为谁辛苦为谁甜"，被一阵凄楚的情绪包围着。正在这时候，忽听见前面院子里有急促的皮鞋声，抬头只见沁珠身上穿了一件淡灰色的哔叽长袍，神情淡远的向我走来。

"怎么样？隐！"她握住我的手说："唉！我的好时候又过去了，那晶莹的冰影刀光，它整整的迷醉了我一个冬天。但是太暂时了，现在世界又是一番面目，显然的我又该受煎熬了。"

"挣扎吧！沁珠，"我黯然说："我们掩饰起灵魂的伤痕，……好好的享受春的旖旎……"

"但是隐，春越旖旎，我们的寒伧越明显呢！"

"你永远是这样敏感！"

"我何尝情愿呢……哦，隐，长空墓上的几株松树，有的已经枯了，我今早已吩咐车夫，另买了十株新的，叫他送到那里种上，你陪我去看看如何？"

"好，沁珠，今天是清明，不是吗？"我忽然想起来，这样的问她。

她不说什么，只点点头，泪光在眼角漾溢着。

我陪沁珠到了陶然亭。郊外春草萋萋，二月兰含娇弄媚于碧草丛中。长空的墓头的青草，似乎更比别处茂盛，我不禁想起那草时时被沁珠的眼泪灌溉，再回头一看那含泪默立坟畔的沁珠。我的心，禁不住发抖，唉！这是怎样的一幕剧景呵！

不久车夫果然带了一个花匠，挑着一担小松树来，我同沁珠帮着他们种在长空的坟旁。沁珠蹲在坟前，又不禁垂泪许久，才悄然站起来望着那白玉碑凝视了一阵，慢慢转身回去。

我们分别了大约又是两星期吧，死沉沉的灰城中，沥漫了恐慌的空气，××军势如破竹般打下来了。我们都预算着有一番的骚扰，同时沁珠接到小叶从广东来的信，邀她南方去，并且允许给她很好的位置。她正在踌躇不决的时候，自云忽然打电话约她到公园谈话。

自从这一次谈话后，沁珠的心绪更乱了。去不好，不去也不好，她终日挣扎于这两重包围中，同时她的房东回南去，她又须忙于搬家，而天气渐渐热起来，她终日奔跑于烈日下。那时我就担心她的健康，每每劝她安静休养，而她总是凄然一笑道："你太看重我这不足轻重的生命了！"

在暑假里，她居然找到一所很合适的房子搬进去了。二房东只有母女两人，地方也很清静。我便同自云去看她，只见她神情不对，忽然哈哈大笑，忽然又默默垂泪。我真猜不透她的心情，不过我相信她的神经已失了常态，便同自云极力的劝她回山城的家里去休息。

最后她是容纳了我们的劝告，并且握住我的手说道："不错，我是应该回去看看他们的，让我好好在家里陪他们几天，然后我的心愿也就了了，从此天涯海角任我飘零吧！这是命定的，不是吗？"

我听了她这一套话，感到莫明其妙的凄酸，我连忙转过脸去，装作看书，不去理她。

两天后，沁珠回山城去了。

她在山城仅仅住了一个月，便又匆匆北来。我接到她来的电话便去看她。在谈话中，她似乎有要南去的意思，她说："时代猛烈的进展着，我们势有狂追的必要。"

"那么你就决定去好了。"我说。

她听了我的话，脸上陡然飞上两朵红云，眼眶中满了眼泪，这是什么意思呢？我揣测着，但结果我们都只默然。不久自云来了，我便辞别回去。

一个星期后，我正预备到学校去上课，只见自云慌张的跑来，对我说道：

"沁珠病了，你去看看她吧！"

我便打电话向学校请了假，同自云到沁珠那里，只见她两颧火红的睡在床上，我用手摸摸她的额角，也非常灼烫，知道她的病势不轻，连忙打电话给林文请他邀一个医生来。不久林文同了一个中国医生来，诊视的结果，断定是秋瘟，开了药方，自云便按方去买药，林文送医生去了。我独自陪着她，只见沁珠呻吟着叫头痛得厉害。我替她擦了一些万金油，她似乎安静些了。下午吃了一剂药，病不但不减，热度更高，这使得我们慌了手脚，连忙送她到医院去。沁珠听见我们的建议，强睁着眼睛说道："什么医院都好，但只不要到'协和'去！"当然她的不忍重践长空绝命的地方的心情，我们是明白的。因此，就送她到附近的一个日本医院去。医生诊查了一番，断不定是什么病，一定要取血去验，一耽搁又是三天。沁珠竟失了知觉，我们因希望她病好，顾不得她的心伤，好在她现在已经失了知觉，所以大家商议的结果,仍旧送她到"协和"去,因为那是比较最靠得住的一个医院。在那里经过详细的检查,才知道她患的是脑膜炎,这是一种不容易救治的病,据医生说:"万一不死,好了也要残废的。"我们听了这个惊人的消息,大家在医院的会客室里商议了很久,才拟了一个电报稿去通知她的家属。每天我同林文、梁自云轮流的去看她。一个星期后,她的舅父从山城来,我们陪他到医院里去,但沁珠已经不认识人了。医生尽力的打针,灌药,情形是一天一天的坏下去,她舅父拭着眼泪对我们说:"可怜小小的年纪,怎么就一病不起,她七十多岁的父亲,和她母亲,怎么受得住这样的打击呢!"我们无言足以安慰他,除了陪着掉泪以外。

又是三天了。那时正是旧历的中秋后一日,我下午曾去看过沁珠,似乎病势略有转机,她睁开眼向我凝视了半响,又微微的点点头。我连忙走近去叫道:"沁珠!沁珠!你好些吗?"但没有回答,她像是不耐烦似的,把头侧了过去,我怕她疲劳,便连忙走了。

夜里一点多钟了,忽听见电话铃拼命的响,我从梦里惊醒跳下床来,拿过电话机一问,正是协和医院,说沁珠的病症陡变,叫我立刻到医院来。我连忙披了件夹大衣,叫了一部汽车奔医院去。车子经过长安街时,但见云天皎洁,月光森寒,我禁不住发抖。好容易车子到了医院,我三步两窜的上了楼,只见沁珠病房门口,围了两三个看护,大家都在忙乱着。

走到沁珠的床前时,她的舅父和林文也来了,我们彼此沉默着,而沁珠喉头的痰声急促,脸色已经灰败,眼神渐散,唉!她正在作最后的挣扎呢。又是五分钟挨过了,看护又用听筒向沁珠心房处听了听,只见她的眉头紧皱,摇了摇头。正在这一刹那间,沁珠的头向枕后一仰,声息陡寂,看护连忙将那盖在身上的白被单,向上一拉,罩住了那惨白的面靥。沁珠从此永久隔离了人间。那时惨白的月色,正照在她的尸体上。

当夜我同她舅父商量了一些善后的问题。天明时,我的心口作痛,便不曾看她下棺就回去了。

这便是沁珠最近这两年来的生活和她临终时的情形。

当我叙述完这一段悲惨的经过时,夜已深了,月影徘徊于中天,寂静的世界,展露于我们的面前。女仆们也多睡了。而我们的心滑润于哀伤中。素文握着我的手,怅望悠远的天空,低低的叹道:"沁珠,珠姊!为什么你的一生是这样的短促哀伤……"素文的热泪滴在我的手上。我们无言对泣着,过了许久,陡然壁上的时钟敲了两下。我留素文住下,素文点头道:"我想看看她的日记。"

"好,但我们先吃些点心和咖啡吧。"我便去叫醒女仆,叫她替我们煮咖啡,同时我们由走廊上回到房里去。

十九

我们吃过点心,便开始看沁珠的日记。那是一本薄薄的洋纸簿子,里面是些据要的记载,并不是逐日的日记,在第一页上她用红色墨水写了这样两句话:"矛盾而生,矛盾而死。"

仅仅这两句话,已使我的心弦抖颤了,我们互相紧握着手,往下看:

四月五日 今天是旧历的清明,也是长空死后的第三个清明节。昨夜,我不曾睡在惨淡的灯光下。独对着他的遗影,流着我忏悔的眼泪,唉!"珠是娇弱的女孩儿,但她却作了人间最残酷的杀人犯,她用自私的利刃,杀了人间最纯挚的一颗心……唉,长空,这是我终身对你不能避免的忏悔呵!"

天光熹微时,我梳洗了,换了一件淡兰色的夹袍,那是长空生时所最喜欢看的一件衣裳。在院子里,采来一束洁白的玉梨,踏着晨露,我走到陶然亭。郊外已充满了绿色,杨柳发出嫩黄色的芽条,白杨也满缀着翡翠似的稚叶;长空坟前新栽的小松树,也长得苍茂。我将花敬献于他的坟前,并低声告诉他"珠来了!"但是空郊凄寂,不听见他的回音。

渐渐的上坟的人越来越多了,我只得离开他回来。到家时我感觉疲倦在压轧我,换下那件——除了去看长空永不再穿的淡蓝夹袍,便睡下了。

黄昏时,泉姊来找我去学跳舞,这当然又是忍着眼泪的滑稽戏,泉姊太聪明,她早已看出我的意思,不过她仍有她的想法——用外界的刺激,来减轻我内心的煎熬,有时这是极有效的呢!

我们到了一个棕色脸的外国人家里,一间宽大而布置美丽的大厅,钢琴正悠扬的响着。我们轻轻的叩着门板,琴声陡然停了,走出一个绅士般的南洋人,那便是我们的跳舞师了。他不会说中国话,而我们的英文程度也有限,有时要用手势来帮助我们语言的了解。

我们约定了每星期来三次,每次一个钟头,每月学费十五元。

　　今天因为是头一次，所以他不曾给我们上课，但却请我们吃茶点，他并且跳了一个滑稽舞助兴，这个棕色人倒很有兴趣呢……

　　四月七日　梁自云今天邀我去北海划船。那孩子像是有些心事，在春水碧波的湖心中，他失却往日的欢笑。只是望着云天长吁短叹，我几次问他，他仅仅举目向我呆望。唉，这孩子葫芦里卖的什么药呀，我不由得心惊！难道又是我自造的命运吗？其实他太不了解我，他想用他的热情，来温暖我这冷森的心房，简直等于妄想。他是一尘未染的单纯的生命，而我呢，是一个疮痍百结，新伤痕间旧伤痕的狼狈生命呀！他的努力，只是我的痛苦！唉，我应当怎么办呢？躲避开这一群孩子吧！长空呀！你帮助我，完成我从悲苦中所体验到充实的生命的努力吧！

　　四月九日　我才下课，便去找泉姊，她已经收拾，等着我呢，我们一同到了跳舞师家里。今天我们开始学习最新的步伐。对于跳舞，我学起来很容易，经他指示一遍以后，我已经能跳得不错了。那棕色人非常高兴的称赞我。学完步伐时，又来了两个青年男女，跳舞师介绍给我们，同时提议开个小小的跳舞会，跳舞师请我同他跳交际舞，泉姊也被那个青年男人邀去作舞伴，那位青年女人替我们弹琴。

　　我们今天玩得很高兴。我们临走时，棕色人送我们到门口，并轻轻对我说："你允许我作你的朋友吗？"

作朋友,这是很平常的事,我没有踌躇便答应他道:"可以。"

回来时,泉姊约我去附近的馆子去吃饭,在席间我们谈得非常动劲。尤其对于那棕色人的研究更有趣。泉姊和我的推测:那棕色人,大约是南洋的艺术家吧,他许多举动,都带着艺术家那种特有的风格,浪漫而热烈。但是泉姊最后竟向我开起玩笑来,她说:"沁珠,我觉那棕色人,在打你的主意呢!"

我不服她的推测。我说:"真笑话,像我这样幼稚的英文程度,连语言都不能畅通,难到还谈得到别的吗?"

而泉姊仍固执的说:"你不信,慢慢看好了!"

对于这个问题,我们一笑而罢。回家时,我心里充满着欣慰,觉得生活有时候也还有趣!我在书案前坐下来,记下今天的遭遇。我写完搁笔时,抬头陡然视线正触在长空的照片上,我的心又一阵阵冷上来。

四月十五日　今天小叶有一封长信来,他劝我忘记以前的伤痕,从新作人,他愿意帮助我辟一条新生命的途径,他要我立刻离开灰城,到广东去,从事教育事业,并且他已经替我找好了位置。

小叶对我的表白,这已是第五次了。他是非常急进的青年,他最反对我这样残酷处置自己。当然他也有他的道理,他用物质的眼光,来分析一切,解决一切,他的人生价值,就在积极的去做事,他反对殉情忏悔,这一切的情绪——也许他的思想,比我彻底勇猛。唉,我真不知道应当怎样办了。在我心底有凄美静穆的幻梦!这是由先天而带来的根性。但同时我又听见人群的呼喊，催促我走上大时代的道路。绝大的眩惑，我将怎样解决呢？可惜素文不在这里，此外可谈的人太少，露沙另有她的主张，自云他多半是不愿我去的。

这个问题困扰了我一整天，最后我决定去看露沙。我向她叙述我的困难问题，而她一双如鹰隼的锐眼，直盯视我手上的象牙戒指，严厉的说："珠！你应当早些决心打开你那枯骨似的牢圈。"

唉，天呀！仅仅这一句话，我的心被她从新敲得粉碎。她的话太强有力了，我承认她是对的。她是勇猛的，但是我呢，我是柔纤的丝织就的身和心，她的话越勇猛，而我越踌躇难决了。

回到家里，我只对着长空的遗影垂泪，这是我自己造成的命运。我应当受此困厄。

四月十八日 早晨泉姊来看我，近来我的心情，渐渐有所转变，从前我是决意把自己变成一股静波，一直向死的渊里流去。而现在我觉得这是太愚笨的勾当，这一池死水，我要把它变活，兴风作浪。泉姊很高兴我这种态度，她鼓励了我许多话，结果我们决定开始找朋友来筹备。

午饭时，车夫拿了一个长方形的纸盒子和一封信进来说："适才一个骑自行车的人送来的。"我非常诧异，连忙打开盒子一看，里面放着一束整齐而鲜丽的玫瑰，花束上面横拴着一个白绸蝴蝶结，旁有一张片子，正是那个棕色人儿送来的，再折开那封信一看，更使我惊得发抖,唉,这真是怪事,棕色人儿竟对我表示爱情。我本想把这花和信退回,但来人已去得远了,无可奈何,把花拿了进来,插在瓶子里,供在长空的照像前,我低低的祝祷说:"长空!请你助我,解脱于这烦恼绞索的矛盾中。"

五月一日 小叶今天连来了两信快信,他对我求爱的意思更逼真更热烈了。多可怕的烦纠!……唉,近来一切更加死寂了,学校虽然还在上课,我拟到南边去换换空气,并不见得坏,就是长空如果有灵,他必也赞成我去。

陡然我想起小叶的信上说:"沁姊!你来吧,让我俩甜美的快乐的度这南国的春——迷醉的春吧!"我的脸不由得热起来,我的心失了平衡,无力的倒在床上,不知是悲伤还是眩惑的眼泪,滴湿了枕衣。

我抬手拿小叶的信时,手上枯骨般的象牙戒指,露着惨白的牙齿,向我冷笑呢。"唉,长空!我永远是你的俘虏!"我痛哭了。

不知什么时候,泉姊走了进来,她温和的抚着我的肩,问道:"沁珠,你又自找苦吃!"

唉,泉姊的话真对,我是自找苦吃,我一生都只是这样磨折自己,我自己扮演自己,成功这样一个可怕的形象,这是神秘的主宰,所给我造成的生命的典型!

五月六日 泉姊还不晓得棕色人对我求爱的趣事,今天她照例的约我去学跳舞。我说我不打算去了。她很惊奇的看着我道:"为什么?我们的钱都交了,为什么不去学？"

我说："太麻烦了，所以还是不去为妙！"

泉姊仍不大明白我的话，她再三的诘问我，等到我把始末告诉了她，她才哈哈大笑道："有趣！有趣！果不出我所料。"同时又对我说道："你真真的是命带桃花运，时时被人追逐！……他送花既在两星期前，你怎么今天才决定不去呢？"

"当然有缘故，"我说，"送花本是平常的礼节往来，而且他第一封信写得很有分寸，我自然不好太露痕迹的躲避他，谁知情形越来越不对，因此决定躲避他。"

泉姊也曾谈起自云，——那孩子虽然也有些莫明其妙的在追求我，可是我对他的态度，始终是很坦白的，同时他也太年轻，不见得有什么深切的迷恋，只是一种自然的冲动，将来我替他物色个好人物，这孩子就有了交代。

现在只有小叶使我受苦，他有长空一样的深刻与魄力，这两点他差不多使我失掉自制之力。许多朋友都劝我忘记以往，毁灭过去。就是长空也以为只要他死了，我的痛苦即刻可以消逝，其实这是一个错误的观念，事实上我是生于矛盾，死于矛盾，我的痛苦永不能免除。

五月十五日　晚上我写了一封家信后，我独自在院子里梦想一切的未来，我第一高兴的是灰城的沉闷将被打破，——也许我内心的沉闷也跟着打破，将来我或者能追踪素文，过一些慷慨激昂的生活，这也正是长空所希望我的吧！

一缕深刻的悲伤,又涌上心头,如果长空还活着,他不知该如何的高兴,他所希望的大时代,居然降临人间!但现在呢,唱着凯歌归来的英雄队里,再也找不到他顾长的身影。唉,长空,还是我毁了你呵!

深夜时,我是流着忏悔的眼泪,模糊的看月华西沉。

六月十二日 下午同泉姊去中央公园的茅亭里,谈得很深切。她希望我到广东去,自然我要感激她的好心,但恨我是一个永远徘徊于过去的古怪人,我不能洗涤生命上的染色,如果到广东去,我也未必快乐,而且我怀惧生活又跌进平凡,也许这是件傻事,因为憧憬着诗境般的生之幻梦,而摒弃了俗人的幸福。可是我情愿如此,幽冥中有一种潜力,策我如此,所以我是天生成的畸零人!

从公园别了泉姊,在家里吃过晚饭,独自在柳树下枯坐,直等明月升到中天,我才去睡觉。

六月十五日 自云和露沙都劝我回山城,好吧,这里是这样乏味,回到爸爸妈妈的怀里去,也许能使我高兴些。

车票已买定,明天早晨我就要和这灰城,和灰城里的一切告别了。我祈祷我再来灰城时,流光已解决了所有的纠纷。

沁珠的日记就此中断,我们只顾把一页一页的白纸往后翻,翻到最后一页,我们又发现了沁珠的笔迹:

九月十日 我病了,头痛心里发闷,自云和露沙陪了我一整天,在他们焦急的表情上,我懂得死神正向我袭击吧!唉,也好,我这纠纷的生活,就这样收束了——至少我是为扮演一出哀艳悲凉的剧景,而成功一个不凡的片段,我是这样忠实的体验了我这短短的人生!……

二十

我们放下日记本,彼此泪眼相视,睡魔早已逃避得不知去向。远远的鸡声唱晓了,我掀开窗幔,已见东方露出灰白色的云层,天是在渐次的发亮,女仆也已起来。我们从新洗过脸,吃了一些点心,那一缕艳阳早射透云衣,高照于大地之上。素文提议到沁珠停灵的长寿寺去。

我们走出大门,街上行人还很少,在那迷漫了沙土的街道上,素文瘦小的身影,颓伤的前进着。转过一个弯,一家花厂正在开门,我们进去买了一束白色的荼蘼花,和一些红玫瑰,那花朵上,露滴晶莹的发着光,象征着活跃新鲜的生命,不由得使我们感到沁珠生命花的萎谢与僵死,不久的将来,就是在这里感伤的我和素文,也不免要萎谢与僵死!唉,当我们敲那长寿寺的山门时,我们的泪滴,更浸润了那束鲜花,在晨风中,娇媚的颤动着。

一个五十多岁的老人,如鬼影般的闪出山门来,素文高声的对他说:"喂,你领我们到十七号房间去。"

"哦。"老人应着,伛偻着身子,领我们绕过大殿,便见一排停柩的矮屋,黯淡的立着。走到十七号房间的门口时,他替我们开了锁,只见一张白木的供桌上,摆着蜡钎香炉,和四碟时鲜水果,黑漆的灵柩前,放着一个将要凋谢的花圈,花圈中间罩着沁珠的遗像——一个眉峰微颦,态度沉默的少女遗像,仅仅这一张遗留人间的幻影,已使我们勾起层层的往事,不能自支的涌出惨伤的眼泪来。"唉,沁珠呀!你为了一个幻梦的追逐,而伤损一颗诚挚的心,最后你又因忏悔和矛盾的困境,而摒弃了那另一世界的事业,将生命迅速的结束了,这是千古的遗憾,这是无穷的缺陷哟!"

但是我们的悲叹,毫无回响,却惹起白杨惨酷的冷笑,它沙沙瑟瑟的说:"世界还在漫漫的长夜中呢,谁能打出矛盾的生之网呢?"

我们抱着渴望天亮的热情,离开了长寿寺,奔我们茫漠的前途去了。

(此篇1至17章原载于1931年《小说月报》,后因1932年1月日军进攻上海,商务印书馆被焚而未载完。1934年5月商务印书馆出版单行本。)

庐隐雕像。